달이 이끄는 이세계 여행 8.5

아즈미 케이

—시간은 약간 거슬러 올라간다.
이것은 빠르게 지나간 여름날,
미스미 마코토와 그의 학생들이 경험한 일상의 한 장면이다.
코앞까지 다가온 학원제를 앞둔 학생들은
열의와 함께 크게 성장했다.
그들의 영향을 받은 마코토도
마찬가지로 단련에 열과 성을 다한다.
아공을 거닐던 마코토에게 새로운 만남이 찾아 왔다.

이것은 미스미 마코토와 학생들이 겪은
여름 방학 무렵의 이야기다.

목차

진
롯츠갈드 학원의 학생.
두 자루의 검을 능숙하게 다룬다.
아베리아
마코토의 제자 중
한 사람으로서, 활과 마술을
능숙하게 다룬다.
시키를 상대로 절찬 짝사랑
중이다.
시프
롯츠갈드 학원의 학생.
거상 렘브란트의 딸.
유노의 언니.
유노
롯츠갈드 학원의 학생.
거상 렘브란트의 딸.
시프의 동생.

주요 등장인물
시키
원래 모습은 「리치」라고 불리는 언데드 몬스터. 마코토와 계약함으로써 사람의 모습이 되었다. 롯츠갈드 학원에선 학생들의 존경을 받고 있다.
미오
원래 모습은 거대한 거미. 마코토와 계약함으로써 사람의 모습을 얻었다. 최근 들어선 요리를 연구하는데 열중하고 있다.
토모에
본래 모습은 「신(蜃)」이라고 불리는 용. 마코토와 계약함으로써 사람의 모습을 얻었다. 감을 아주 좋아 한다.
미스미 마코토
본작의 주인공. 부모의 사정으로 이세계에 소환된 비운의 고등학생. 여름 방학 중에도 아공과 롯츠갈드를 오가느라 엄청 바쁘다.

아공편

1

롯츠갈드 학원은 여름 방학을 앞두고 있었다.

나, 미스미 마코토는 본업인 쿠즈노하 상회를 경영하는 동시에 이 학원의 교사로 근무하며 그럭저럭 바쁜 나날을 겪고 있는 와중이었다.

여름 방학이 시작된다는 건 나한테도 개인적인 시간이 난다는 걸 뜻한다. 그런 고로 모처럼 주어진 자유 시간 동안 뭔가 자신만의 목표를 이뤄 보자는 마음을 먹은 참인데…….

"잠깐만, 마코토 군. 지금 진심으로 하는 소리야?"

"지금 난 어디까지나 진지하게 말하는 거야. 그런데 그 눈빛은 또 무슨 뜻이냐?"

"그야 마코토 군이 마력을 늘리고 싶다는 소릴 하니까 이런 건데, 이미 나보다 훨씬 많지 않아? 도대체 무슨 이유로 그런 짓을 하려는 거지? 마력 은행이라도 차릴 생각이야?"

나는 보기 좋게 마시던 차를 뿜은 무례한 은발의 청년을 상대로 다시 설명을 시작해야 했다.

"거긴 대체 누구랑 거래하는 은행인데? 공교롭게도 나한테 그런 취미는 없어. 그리고 마력 그 자체를 늘리고 싶다기보다 어디까지나 한 번에 쓸 수 있는 마력을 늘리고 싶다는 거야."

이곳은 모험가 길드의 마스터에게 주어진 개인 사무실이었다.

이름과 모습, 그리고 성별까지 자유자재로 바꿔 오는 방식으로 오랜 세월 동안 길드의 우두머리로 군림해 온 변태— 가 아니라 천재라 불리는 상위 용『만색(萬色)』루토가 쓰는 방이다.

지금 나와 마주보는 자세로 앉아 있는 은발이 바로 루토였다. 나의 종자인 상위 용 출신의 토모에가 기억하고 있던 바로는 옛날엔 여자였던 모양이지만, 지금의 루토는 보시다시피 아주 멋진 남자였다. 보는 관점에 따라선 나를 아득히 능가할 만큼 규격 밖의 존재야.

"……말인즉슨, 마코토 군은 하나의 술법을 행사하는데 쓸 수 있는 마력의『양』을 늘리고 싶다는 뜻인가?"

"맞아. 당장 필요한 연습의 종류나 방향조차 짐작이 안 가더라. 토모에나 미오, 시키가 말하기로는 별로 뾰족한 수는 없다더군."

결론부터 말하자면, 지금으로선 딱히 효과적인 훈련 방법은 없는 거나 마찬가지였다.

마력의 최대치와 동일하게, 오랜 세월에 걸친 수련을 쌓고 나서야 약간이나마 출력이 올라갈 가능성이 존재할 뿐이었다. 그 이외의 방법은, 소위 말하는 계약 등을 통해 자신보다 차원이 높은 상위 존재의 권속(眷屬)으로 들어가 기본적인 용량을 확장하는 것 정도였다.

전자의 방법엔 즉효성이 없었으며, 후자의 방법은 실행하려면 반드시 필요한 계약 상대가 마땅치 않았다. 솔직히 말해서 거의 막다른 길목으로 들어간 거나 다름없는 상황이다.

"으음—. 구체적인 방법에 관해선 전혀 아는 바가 없지만, 마코토 군은…… 스스로 지니고 있는 마력의 최대치를 증폭시킬 수 있는 것 같더라? 그와 마찬가지로 단번에 쓸 수 있는 마력의 양까지 훈련을 통해 늘릴 수 있다는 사고방식을 가지고 있는 모양인데—."

"아니, 마력의 사용량을 늘리지 않고선 술법의 위력을 올릴 수 있을 리가 없잖아? 지금 난 어디까지나 일반적인 마술사들이 쓰는 방법을 가르쳐달라는 거야. 모르긴 몰라도 토모에나 다른 일행들은 너무 어렵게 생각한 나머지, 쓸데없이 수준 높은 방법만 찾다가 좋은 생각이 안 떠오르는 걸로 보였거든."

"일반적인 방법이라? 일반적인 마술사들이 술법의 위력을 높이기 위해 하는 일은……."

"응, 일반적으로 뭘 하는데?"

"레벨을 올려."

"내 레벨은 1인 상태로 꿈쩍도 안 하거든?"

"장비를 갖추기도 한다더라."

"……."

이미 상당한 수준의 장비를 갖추고 있는 걸로 안다.

"이상이야."

"인마."

"지금 난 분명한 사실만 언급한 거야. 일반적이라기보다는…… 마코토 군 이외의 다른 마술사들은 보다 강력한 장비품을 도입하는 방식으로 술법의 위력을 강화시키는 경우가 보통이거든. 그리고 그 이상의 위력이나 효과가 필요할 땐 레벨을 올려서 상위 술법을 익혀."

"상위 술법이라? 이미 깨우친 술법을 응용하는 건 비정상적인 방식이라는 소리야?"

"기본적으로 마술이라는 기술 체계는, 예를 들어 1~10 같은 식으로 술법마다 위력의 폭이 정해지거든. 평균적인 능력으로 쓸 때는 5의 위력을 발휘하는 술법이, 마코토 군의 관점으로 봐서 『출력』이 약하거나 속성에 따른 상성이 안 좋을 때는 1~4 사이의 위력으로 감퇴되는 식이야. 거꾸로 상성이 좋을 때는 6~10 사이의 위력을 발휘하지. 하지만 아무리 술법을 응용해 봤자, 한계치인 10을 넘을 순 없어."

루토는 그야말로 교사를 방불케 하는 태도로 나에게 마술의 기초에 관해 설명했다.

"애초부터 마술을 행사할 경우의 영창은 술법의 위력과 범위, 효과를 정하기 위한 과정이야. 마코토 군이 쓰는, 불릿이라고 했나? 그건 사용 방식 자체가 너무 상식 밖이야. 원형을 찾아볼 수 없을 만큼 응용된 결과, 위력까지 천정부지로 올라가잖아? 그런 운용 방식은 일반적으로 가능할 리가 없어. 지금처럼 마코토 군의 희망에 따라 자유자재로 조립할 수 있다는 것 자체가 거의 기적이나 마찬가지야."

"그렇게까지 거창하게 나오다니……. 난 그냥 출력 부분만 올리고 싶을 뿐이야. 지금은 조금 효율이 안 좋게 느껴지거든. 출력만 보강한다면, 좀 더 잘 싸울 수 있지 않을까 싶어."

"지금 쓰는 방법이 비효율적으로 느껴지는 까닭은, 단순히 네 최대 마력이 너무 높은 탓이지만 말이야……. 엄청나게 불균형적이긴 하더라. 일반적으로 마력의 최대치와 출력은 어느 정도 연동 될 수밖에 없거든. ……그건 그렇고 그 출력에 관한 얘기를, 아까 말한 『늘릴 수 있다는 사고방식을 가지고 있는 모양인데』라는 부분까지 되돌아 가보자."

"……."

"본디, 마력의 최대치나 출력 등은 선천적으로 타고나는 재능이야."

"재능?"

"응. 심지어 평범한 개인의 노력으론 어쩔 도리가 없는 재능이지. 평생 동안 1할부터 2할까지 변동되는 정도가 고작일 만큼 절대적인 수치야."

"하지만 나는 마력의 최대치가 오르고 있는 것 같던데?"

"길을 가다가 그런 소릴 하는 날엔 순식간에 연구 기관에게 납치되고 실험실로 끌려가서 인체 실험을 당할 수도 있는 레벨이거든? 물론 널 걱정할 필요야 전혀 없겠지만 말이야."

"……정말로?"

"정말로 더할 나위 없을 만큼 틀림없는 현실이야."

"그렇군. 간단히 늘어나는 수치가 아니란 말이지……."

"사실 마력을 늘리는 방법에 관해선, 나 역시 대단히 궁금하던 참이야. 그걸 가르쳐주는 대가로 돈이든 물건이든 사람이든 얼마든지 치를 준비가 되어 있을 정도거든?"

루토…….

참 태연하게 무서운 소릴 지껄이는 녀석이다.

그나저나 모처럼 상담하러 왔는데 완전히 헛발질로 끝났다. 불가능하다는 현실을 파악하는 걸로만 끝나는군. 학생들의 여름 방학이 시작된 이후로 어딘지 모르게 나 자신에게도 새로운 과제를 부과해야겠다는 생각이 들던 지금, 가장 적절한 테마가 될 수 있지 않을까 싶었는데 말이야. 과제 자체를 재검토해야 하나? 활을 쏘는 건 어디까지나 일과의 일부니까, 한정된 기간 동안 극복할 과제가 될 순 없거든.

결국 일이 이렇게 된 이상, 남은 과제는 방어력을 증강시키는 것 정돈가? 최근 들어 살벌한 사건들이 늘어난 만큼, 좀 더 철벽에 가까운 방어력을 갖추지 않고선 불안한 마음이 든다.

"으음—, 가르쳐달라고 해봤자 사실 나로서는 지극히 평범한 작업이나 하고 있을 뿐이야. 말하자면 일종의 일과라고 해야 하나?"

"그건 참…… 꽤나 혁명적인 일과인 모양이군. 나한테 말할 수 있는 내용이야?"

"활을 쏘고 있을 뿐이야."

"활?"

"응. 넌 알고 있잖아? 궁도(弓道) 연습을 하고 있어."

"이름 정도야 알고 있지만, 검도나 유도와 달리 어중간하게 메이저가 되지 못하는 그거지?"

"응, 맞는 말이야. 처맞는 말."

왜 굳이 다른 경기들이랑 궁도를 비교하는 건데?

게다가 그다지 좋지 않다는 뉘앙스의 말투를 쓸 땐 얻어맞을 각오는 있다는 뜻이겠지.

"아, 아하하— 미안, 그냥 장난이야. 지금껏 나와 만난 일본인들

중에선 할 줄 아는 친구들이 거의 없었던 종목이거든. 야구나 축구나 검도를 하던 친구들은 가끔씩 있었지만 말이야."

"메이저하거나 마이너하다는 건 경기의 본질하곤 상관없지 않나? 최소한 나한텐 진지하게 몰두할 만한 인생의 일부니까, 그냥 그런 줄 아셔."

"정말로 미안해. 나 역시 개개인의 취향은 자유라는 데는 동감이야. 그건 그렇고, 마코토 군은 그 궁도를 하는 방식으로 활을 쏠 때마다 마력의 최대치가 레벨업된다는 건가?"

나의 말을 쉽사리 믿을 수 없다는 듯이, 루토가 수상쩍다는 눈빛을 띠었다.

"아마도 그런 것 같아."

"……시범을 한 번만 보여줄 수 있을까?"

"그건 뭐, 조만간 기회를 만들어 보자. 솔직히 다른 사람들한테 보여주는 걸 그다지 좋아하는 편은 아니거든. 게다가 여기선 동아리 활동으로 하는 것도 아니니까."

"유감이군. 일단 나는 그 『기회』가 올 때까지 기대하고 있을게. 이건 가져가."

루토는 정말로 유감스러운 듯이 작은 한숨을 내쉬더니, 갑자기 종잇조각 몇 장을 건네 왔다.

"뭔데?"

"일단 내가 아는 한, 마력의 출력을 올리는 다양한 수련 방법들의 목록을 만들어본 거야. 너무 큰 기대는 하지 마. 여름 동안 열심히 하는 정도로 눈에 띄게 확 오를 수단은 아니거든. 아무튼 비교적 가장 확실한 것들만 골라본 거야."

"우오! 고마워, 진짜 반갑다!"

지금껏 실컷 거드름이나 피우던 것치고는, 준비 자체는 다 갖추고 있던 모양이다.

뭐, 나로서는 고맙게 받을 뿐이다.

"이 정돈 별거 아니야. 개인적으론 학원의 강사이자 상인 신분인 네가, 여름 방학이라는 이유로 뭔가 새롭게 시작할 필요는 없지 않을까 싶지만 말이야. 마치 학생들처럼 부지런하군."

"이 세계로 오고 나서 학생 신분을 잃은 이후론, 말하자면 나한테 있어선 하루하루가 일요일이나 다름없잖아?"

"그런가? 상인 신분이 된 이상, 하루하루가 월요일이나 다름없을 수도 있을 것 같은데?"

하필 월요일로 예를 들고 싶냐? 일부러 우울한 기분을 들게 만드는 이유가 뭔데?

"뭐…… 그렇게 볼 수도 있지. 아무튼 여름 방학이라는 단어 자체가 괜히 신선하게 들리더라. 그러고 보니, 여름 방학이 다가올 땐 언제나 들뜬 기분과 기대감으로 주체가 되질 않던 기억이 문득 떠올랐을 뿐이야."

"……."

불현듯, 루토의 표정이 나를 달래는 듯한 부드러운 빛을 띠었다.

지금의 나는 감정적으로 흔들리고 있다기보다, 그냥 옛날을 그리워하고 있을 뿐이다.

"진…… 담당 중인 학생들을 상대하다 보니까 은근히 그리운 기분이 들더니, 갑자기 여러모로 의욕이 솟아나더군. 벌써부터 그리워할 만큼 엄청 옛날 일도 아닌데, 참 신기하더라."

"……가끔씩 옛날 일을 떠올리는 건 별로 나쁜 경향은 아니지 않을까? 아무튼, 짧은 기간 동안 집중적으로 특정한 작업에 몰두한다는 건 대단히 유익한 행동이야. 네가 멋진 여름 방학 기간을 가지기를 기도할게. 나는 새로운 너와 만나게 될 학원제 날이 오기만을 기대할 뿐이야."

"지금은 그런 식의 부담감까지 기분 좋게 느껴지는군. 어쨌든 고맙다, 루토. 또 보자."

나는 그런 식으로 대화를 일단락 지은 다음, 몸을 일으켰다.

"응. 마코토 군의 방문은 언제든지 대환영이야."

나는 손을 흔드는 루토의 배웅을 받으며 모험가 길드를 뒤로했다.

결정적인 정보를 얻을 수는 없었으나, 일상적인 수련 방법에 관한 정보는 손에 넣었다.

한 여름 동안 열심히 하는 정도론 눈에 띄는 결과를 얻기는 어려운 모양이지만, 좀 더 긴 기간 동안 지속함에 따라 얻을 수 있는 효과에 관해선 조금 기대가 된다.

바깥엔 아직 드높이 떠 있는 태양빛이 내리쬐고 있었다.

이런 날씨의 시가지를 거니는 건 별로 내키지 않았기에 얼른 용건을 마치고 싶었다.

다음 목적지는…… 거기군.

오늘 나는, 학원의 사서인 에바 양의 호출을 받은 몸이었다. 흥미로운 책을 소개해줄 모양이다. 최근의 나는 여러모로 바쁜 나날을 겪고 있는 와중이었지만, 어찌됐건 독서를 할 시간 정도는 만들 수 있었다. 게다가 우연히 빈 시간이 날 때는, 책들의 덕을 톡톡히 보고 있다. 에바 양의 추천 도서는 완전히 엇나가는 경우가 적다 보니 시간을 때우는 덴 안성맞춤이었다.

여름 방학 동안은 아공(亞空)에 틀어박힐 마음을 먹고 있던 나로서는, 그녀에게 빌리는 책이 무척이나 반가울 수밖에 없었다.

여름 방학을 맞이한 학원에는 인기척이 눈에 띄게 줄어들었다.

그러다 보니 평상시의 활기에 비할 수준은 아니었지만, 고향으로 돌아갈 예정이 없는 학생들이나 기숙사 생활을 하고 있는 장학생들은 아직 학원을 다니고 있었다.

이 기간에도 임시 강사들이 개설하는 강의를 들으러 오거나 자기 단련을 하는 식으로, 본인들 나름대로 후회 없는 하루를 만들고자 노력하는 학생들의 숫자는 결코 적지 않았다.

이런 말을 하는 나 또한, 강의를 받는 학생들의 부탁을 받아 예정에 없던 임시 특강을 열어야 하는 입장이다. 지금은 나 역시 각오를 다진 상태지만, 처음엔 학생들의 쓸데없는 열기가 좀 부담스럽게 느껴졌다.

……하지만 여기서 거두는 성적과 쌓아 올린 실력이 자신들의 미래로 직결되는 일부의 학생들에게 있어선, 학원의 장기 휴가 기간은 기본적으로 노는데 쓸 시간이 아니었다.

자기도 모르게 나 스스로 겪은 고등학교 2학년 무렵의 여름 방학과 비교해 버리고 말았다.

응, 쓸데없는 열기라는 말은 롯츠갈드의 학생들한텐 적절치 않은 표현이야.

이따금씩 얼마 되지 않는 학생들과 엇갈리던 나는, 드디어 목적지였던 도서관에 도착했다.

일단 여기서부턴 필담을 써야 하는 공간이다.

[에바 양, 안녕하셨나요?]

나는 여느 때와 다를 바 없이, 마력으로 말풍선을 만들어 그녀를 불렀다. 휴만 이외의 종족들과 의사소통할 수 있는 자신의 능력은 개인적으론 몹시 편리하게 쓰고 있는데다가, 아공으로 여러 종족들을 받아들일 때는 이보다 더할 수 없이 유용한 특기였다. 하지만 이런 식으로 평범한 사람들과 대화를 나누지 못할 때는 정말 불편하다. 언젠간 해결하고픈 과제 중 하나다.

"라이도우 선생님! 기다리고 있었습니다."

카운터 너머로 보이던 안경을 쓴 차분한 분위기의 여성, 에바 양이 만면의 미소로 나를 반겼다.

[길드로 가서 볼일이 좀 오래 걸렸거든요. 늦게 온데 관해선 사과드립니다.]

"선생님께서 몹시 바쁘시다는 거야 당연히 알지요. 듣자 하니 담당하고 계신 학생들로부터 여름 방학 동안에도 단련시켜 달라는 부탁을 받으셨다면서요?"

[예. 다들 의욕이 넘쳐나더군요. 최선을 다하는 학생들의 기대에 최대한 부응하는 것 역시, 학원 강사의 의무니까요.]

"상근 선생님 분들은 절반 이상 바캉스나 고향으로 돌아가시느라 학원을 떠나신 상태니, 라이도우 선생님 같은 경우는 흔치 않답니다. 저는…… 그런 분에게 더 호감이 가지만요.”

[감사합니다. 그런 말씀을 듣고 나니 점점 더 의욕이 솟아나는군요. 그나저나, 에바 양? 저에게 추천해주실 만한 책을 발견하셨다면서요?]

인사치레를 가볍게 흘려 넘기자마자 곧장 본론으로 들어갔다.

“……예. 바로 이겁니다.”

[이건 도서가 아니라 논문인가요? 꽤나 오래된 물건인 것 같군요.]

에바 양이 나에게 건넨 것은 깔끔히 제본된 도서가 아니라, 한데 묶은 종이들을 간이로 꿰매 만든 논문 뭉치였다.

이런 종류의 서류는 도서관을 다니다가 몇 번 정도 목격한 바 있다. 대부분의 경우는 연구자들이 발표한 논문들이다. 대대적으로 널리 알려진 유명한 학설들이라기보다, 제각각 지극히 개인적인 연구 성과로 발표되자마자 그냥 묻혀버린 것들이다. 그리고 사본이 제작되거나 정식으로 제작될 기회가 주어지지 않았던 논문들이 도서관의 소장 자료로서만 보존된 것이다.

“라이도우 선생님께선 마력을 운용하는데 흥미가 있으신 듯이 보였거든요. 흔한 책들이나 논문들은 거의 다 섭렵하신 듯한 선생님께, 오늘은 약간 별종 같은 논문을 소개하고자 합니다.”

별종이라?

굳이 따지자면, 지금은 제일 흔하고도 편한 방법을 필요로 하던 참인데…….

어디 보자…… 저자명을 적는 칸에는 지금껏 온갖 교본들을 훑어본 나에게도 몹시 생소한 이름이 적혀 있었다. 요컨대 무척이나 엉뚱한 샛길로 엇나간 분의 논문일지도 모른다는 뜻이다.

논문의 제목은『마력을 이용한 물리적 간섭과 그 가능성에 관해. 가시화의 시점에서』?

[마력을 이용한 물리적 간섭……이라고요?]

술법을 발동시켜 물체에 간섭하는 방법이 아니라, 마력 그 자체를 쓴다는 뜻인가?

호오, 술법이 아니라 마력 그 자체를 주제로 다루는 논문은 꽤나 흔치 않은 편이야.

꽤나 유별나 보이는 한편, 논문의 요점에 관해선 전혀 짐작조차 가지 않았다.

마력을 가시화시킨다는 개념에 관해선 대충 이해가 간다.

강력한 술법을 영창할 경우, 술법을 행사하기 위한 마력이 몸 밖으로 세차게 흘러나온다. 그 마력이 온몸으로부터 발산되는 순간, 제각각 고유의 빛을 띤 마력이 타인한테도 보이게 된다.

마력의 색깔은 사용자의 특성이나 속성과의 상성, 숙련된 술법의 분류 등에 따라 달라진다. 마력의 색깔은 글자 그대로 각양각색이라더군.

"예. 이건 어떤 연구자 분께서 평생 동안 추구한 테마에 따라 지극히 독자적인 이론을 전개한, 그야말로 알 만한 사람들만 아는 독창적인 논문입니다."

말인즉슨, 일반인들과 전혀 상관없을 뿐만 아니라 극히 일부의 매니아들만 아는 논문이라는 뜻이군. 마술적 이론에 관해선 아직

초심자의 영역에 머물러 있는 나의 실력으로 그런 전문적인 내용을 정확히 이해할 수나 있을까? 하지만, 무척이나 흥미로운 제목이라는 건 틀림없다.

루토한테 받은 수련 방법과 함께, 여름 방학 동안 독파해볼까?

[분명히 흥미를 끄는 논문이긴 합니다. 이걸로 여름 방학 기간의 목표가 하나 더 생긴 셈이군요. 감사합니다.]

"여름 방학 기간의 목표라고요? 라이도우 선생님께선 마치 학생들 같은 말씀을 하시는군요."

에바 양이 입가로 손을 가져가 조그맣게 웃었다.

현재의 신분은 강사 쪽이지만, 학생들과 뒤섞여 학원이라는 환경에 적응하다 보니 자기도 모르게 학생들의 입장에 서서 생각할 때가 있다. 여기로 오기 전만 해도 지극히 평범한 학생 신분이었던 이상, 이 정도의 버릇이 남아있는 건 자연스러운 현상이다. 하지만 여름 방학 기간 동안의 나는, 기본적으로 학원이 아닌 아공을 주된 생활권으로 삼을 생각이다.

스스로 설정한 몇 가지 목표를 달성하고자, 차분하게 눈앞의 과제들을 공략하고 싶었다. 가능한 한 가시적인 성과가 나올 때까지 최선을 다할 계획이다.

당장 공략할 목표는 루토의 수련 방법을 이용한 마력의 출력 강화와, 에바 양에게 빌린 이 논문을 독파하는 걸로 하자.

물론 여름 방학 동안에도 에마 일행들로부터 산더미처럼 올라오는 보고나 상담 등을 해결해야 한다. 그런 건 목표라기보다 업무로 분류할 일들이니 구분은 확실하게 지어야 하나?

진이나 다른 학생들에게 뒤쳐지지 않을 만큼, 자기 자신의 실력을 향상시키고 싶다.

지금으로선 진 일행은 강의 중의 모의 전투 상대를 담당하는 미스티오 리자드 종족의 파랑도마뱀 군에게 연전연패를 기록하고 있지만, 최근의 심상치 않은 성장 속도로 봐선 혹시 이번 여름 방학 동안 한 번 정도는 그를 격파하는데 성공할지도 모른다.

……사실 개인적으론 꽤나 기대하고 있는 전개였다.

[아무튼 에바 양. 즐거운 여름 방학 기간이 되시기를 바랍니다. 한동안 이곳을 방문하는 횟수는 줄지도 모릅니다만, 상회로 와주셨을 땐 간단한 상담 정도는 가능할지도 모릅니다.]

"신경 써주셔서 감사합니다. 선생님이야말로 즐거운 여름 방학을 가지시기 바랍니다."

일부러 입구까지 배웅 나온 에바 양을 상대로 가볍게 눈인사를 한 나는, 도서관을 뒤로했다.

어디 보자.

일단 아공으로 돌아가서 본격적인 숙제들을 시작해 보실까!

◇◆◇◆◇

이곳은 지구나, 여신이 관리하는 이세계 중 어디에도 속하지 않는 장소였다.

아공—. 그러한 이름으로 불리는 세계였다.

아공은 명목상, 나의 소유물로 간주되고 있다.

이곳을 터전 삼아 생활하고 있는 주민들은, 「나의 나라」로 인식하고 있는 모양이다.

하지만 개인적으론 상당한 위화감을 씻을 수가 없다. 우리가 살고 있는 현재의 「아공」은, 나와 계약하기 전부터 토모에가 지니고 있던 능력에 의해 발생된 이공간(異空間) — 원래의 아공 — 이 변질되어 탄생한 곳이다. 말하자면 태반이 토모에가 지닌 능력의 산물이다.

……아무튼 그런 줄로 알고 있었지만, 최근 들어선 그렇게 잘라 말하기도 어려운 모양이다.

분명히 나의 힘으로도 이 공간을 드나들 수 있는데다가, 미오나 시키 역시 약간의 훈련을 쌓고 나선 마음대로 드나든다. 굳이 말할 필요 없이, 토모에는 처음부터 자유자재로 드나든다.

그런데 예전에 시험 삼아 서로에게 아공 출입을 금지한 상태와 허가한 상태라는 조건을 설정한 다음, 넷이서 출입 가능 여부에 관해 실험한 적이 있다.

그 결과, 토모에조차 나에게 금지당한 상태로는 아공에 간섭할 수 없다는 사실이 밝혀졌다.

그리고 저 녀석이 원래부터 만들 수 있었던 이공간으로서의 아공은 일단 따로 출현시킬 수 있을 뿐만 아니라, 예전처럼 자유자재로 조종까지 할 수 있다는 것이다.

말인즉슨, 아마도 현재의 아공과 토모에의 능력은 엄밀하게 봐선 서로 다른 능력으로 변화한 모양이다. 우리가 보고 있는 드넓은 공간의 정체는 더욱더 깊숙한 미궁으로 들어가 버렸다.

구별하기 쉽도록 「아공」이라는 이름 자체를 바꿔 보자는 마음을 먹은 적도 있다만, 토모에의 성격으로 봐선…… 멋대로 OEDO(오에도)라는 이름을 붙일 듯한 무서운 예감이 든다.

아무튼, 아공을 지배하는데 관해선 나에게 가장 강력한 간섭 능력이 있는 건 틀림없다. 아마도 토모에와 맺은 지배의 계약에 의한 영향을 받고 있는 걸로 보이지만, 자세한 사항에 관해선 아직 제대로 된 조사조차 시작되지 않았다. 일단은 언젠가 시작해 볼 마음은 있긴 있다.

그러다 보니 이곳의 주민들에게 뭔가 문제가 발생할 땐, 나나 토모에를 비롯한 종자들에게 판단이나 허가를 요구하는 경우가 상당히 많다. 솔직히 임금님이나 지배자 따위완 거리가 먼 내가, 거의 그에 준하는 입장으로 추대된 데는 다 그럴 만한 이유가 있던 것이다.

개인적으론 그냥 임대인 정도가 딱 맞는 입장이라는 감각이었다.

여름 방학 동안엔 이곳에 오래 머물겠다는 뜻을 실무적인 총괄을 담당하는 하이랜드 오크 종족의 에마에게 전하자, 마치 기다렸다는 듯이 각처로부터 온갖 보고와 상담 세례가 빗발쳤다. 일과 중엔 시찰에 이은 시찰로 인해, 정말 눈 돌아가게 바빴다.

다행히 상회 쪽에는 여름 방학 기간 동안엔 롯츠갈드 밖으로 거래를 하러 다녀야 한다는 명분하에 기본적으론 부재중이라는 사실을 통지한 상태였기 때문에, 따로 걱정할 필요는 없었다.

아공에는 수많은 종족들이 살고 있다. 당연히 전부 직접 관리하는 방법으론 끝이 없을 테니, 각 종족의 사소한 일들에 관해선 자율적인 권한을 부여한 상태로도 이 모양이다. 정말로 전부 직접 관리할 경우엔 몸이 몇 개라도 부족하리라.

나 같은 녀석은 아공만 가지고도 이 모양 이 꼴이니, 전 세계를 지배하겠다는 건 그야말로 엄청난 중노동이라는 생각이 들었다. 지금 휴만들과 전쟁을 벌이고 있는 마왕이라는 아저씬 대단한 워커홀릭일지도 몰라. 나에게 세계 정복은 완전히 미친 짓으로밖에 보이지 않았다.

왜냐하면…… 당장 눈앞의 잡일 처리에 쫓기다 보니 2주일이나 지나 버렸단 말이야!

즉, 휴가 기간 가운데 대충 3분의 1이나 되는 시간이 순식간에 지나가 버린 셈이다.

그 동안 할 수 있었던 일은, 논문을 읽는 것과 루토로부터 전수받은 마력 출력 향상용 수련 방법들을 계속하는 것 정도가 고작이었다. 시간은 그야말로 쏜살처럼 지나갔다.

일단 논문은 즐겁게 읽었을 뿐만 아니라, 뭔가 잡힐 듯 말 듯한 감촉까지 느꼈다.

다양한 수련 방법들에 관해선 솔직히…… 별로 눈에 띄는 효과는 없었다.

수련을 막 시작할 때야 그나마 성장 가능성이 있을 테니 경우에 따라선 초반부터 능력치의 상승을 몸으로 느낄 수 있지 않을까 싶었다만, 세상사가 그런 식으로 쉽게 굴러갈 리가 없었다.

어쨌거나 그 녀석의 수련 방법 메모에 적혀 있던 양의 세 배 정도는 소화했는데 말이야……. 아무리 나라도 조금 힘이 빠질 수밖에 없다.

"마코토 님, 시간되시나요?"

"응, 괜찮아."

혼자서 사소한 자기혐오에 시달리다 보니, 문 너머로부터 익숙한 목소리가 들려왔다. 아침에 일어나자마자 한동안 땀을 흘린 다음, 밥을 먹고 나서 한숨 돌리고 있을 때를 노려 노크 소리가 들려온다. 최근 며칠 동안의 지극히 일상적인 광경이다. 업무 개시라고 표현하기도 한다.

"안녕히 주무셨나요, 마코토 님? ……혹시 오늘은 기분이 안 좋으신가요?"

문을 열자, 이미 말끔한 옷차림을 갖춘 채로 넘쳐나는 의욕을 주체할 수 없는 듯한 하이랜드 오크 종족의 에마가 나의 시야로 들어왔다. 그녀는 벌써부터 나의 얼굴로 드러난 정신적 피로감을 꿰뚫어 본 듯이 걱정스러운 표정을 지었다. 오늘의 그녀는 활동적인 바지 차림이다. 그러고 보니 최근 들어선 그녀가 나풀거리는 옷을 입은 모습은 거의 본 적이 없었다.

"괜찮아, 에마. 어제저녁, 이렇게 내가 일정 시간 동안 아공에 머무는 것만으로도 큰 도움이 된다고 했잖아? 대충 그런 이유로, 오늘도 열심히 뛰어 보자는 마음을 먹었을 뿐이야."

"감사합니다. 사실 오늘 스케줄은 평소보단 비교적 여유 있게 잡았습니다. 날이면 날마다 온갖 잡무에 관한 결정이나 일상적인 보고만 드리기도 죄송하던 참이었거든요."

에마는 그러한 대사와 함께, 면목 없다는 듯이 희미한 미소를 지었다.

"너무 신경 쓰지 마. 이래 봬도 주민들의 이야기를 듣는 건 좋아하는 편이거든. 이제 곧 고르곤 종족 여러분들께서 오실 수 있을 것 같다면서? 어제 그 말을 듣고 정말 반갑더라."

"그런 종류의 보고는 도저히 뒤로 미룰 수 없다 보니, 마코토 님께서 가능한 한 빨리 시간을 잡아주실 수밖에 없습니다. 그건 그렇고 최근 들어 은근히, 다들 그냥 마코토 님과 직접 대화를 나누기 위한 목적으로 용건을 만들어 오는 듯한 분위기가 눈에 띕니다. 그런 종류의 행동들을 최대한 삼가달라는 통지를 전달하려고 종자 분들과 상의하던 참입니다."

"그렇군. 하지만 학원의 방학이 끝난 이후론 그럭저럭 바빠질 걸로 예상되는데다가, 상회를 언제까지나 방치할 수도 없는 상황이야. 지금은 가능한 한 주민들과 같은 시간을 공유하고 싶어. 어찌됐건 주민들한텐 여러모로 신세를 많이 졌으니까, 그 보답까지 겸해서 말이야."

실제론 나보단 토모에나 미오가, 드워프나 오크들을 수족처럼 마구 부려먹는 편이다.

하지만 그렇다고 난 몰랐다는 말이 먹혀 들어갈 리가 없다.

토모에가 됐건 미오가 됐건, 저래 봬도 순전히 나를 위해 움직이는 경우가 적지 않은데다가…… 이제는 거의 가족 같은 두 사람이다. 시키는 나머지 둘처럼 닥치는 대로 다른 이들에게 명령하기보다, 적성 높은 소수의 인원들과 힘을 합쳐 나의 부탁을 들어주는 경우가 많다.

지금 시키는 얼마 전에 이주 관계로 면접을 본 고르곤이라는 종족의 불편을 해소하기 위한 아이템을 제작하는 중이다.

어제 받은 보고에 따르면, 일단 기본적인 형태는 완성된 모양이다. 지금은 그런 식의 보조 아이템 없이 그녀들의 불편한 신체적 특징 — 구체적으론 눈으로 본 상대를 막무가내로 석화시켜 버리는 능력 — 을 제어하기 위한 훈련에 관해 상담하고 있는 단계라더군.

부탁한 것보다 한 단계 위의 성과를 거두는 시키는, 종자로 볼 때는 대단히 우수한 자원이다.

정말 나로서는 꼭 본받고 싶은 상대야.

"그렇게 말씀해 주시니 저희는 정말…… 아니, 죄송합니다. 너무나 감사한 나머지 당장 드릴 말씀이 떠오르지 않는군요."

에마는 나의 대답을 듣자마자 대단히 감동한 표정으로 말문이 막힌 듯한 반응을 보였다.

"아니, 그렇게 감동 먹을 만큼 엄청난 소린 한 적 없거든?"

"마코토 님 같은 주인을 얻게 된 저희는, 정말로 대단한 행운아들입니다…… 으윽."

눈물짓지 마, 에마. 사실 주인이건 왕이건, 정말 나한텐 너무나 야단스럽게만 들리는 호칭들이야. 지금껏 자기 자신을 그런 존재로 여긴 적은 없다. 하지만 정신을 차리고 보니 주위 사람들에게 도련님이라고 불리는데 적응하기 시작한 자기 자신이 있다는 건, 참 모순된 얘기였다.

"어흠…… 에마? 오늘의 스케줄을, 이제 슬슬 시작해 볼까?"

“앗, 죄송합니다! 오늘은 우선, 익인(翼人) 종족과 모의 전투를 하실 예정이 잡혀 있습니다. 지금껏 각 종족들과 친선을 도모하는 의미를 겸한 시합은 정기적으로 치러 왔습니다만, 마코토 님께서 그들을 직접 상대하시는 건 이번이 처음입니다. 카른 족장은 무척이나 긴장한 듯이 보였습니다. 이미 여러 차례에 걸쳐 다른 종족들과 대전한 그들은, 현재로선 아직 무패를 기록하는 중입니다. 대단히 강력한 종족이지요.”

익인과 고르곤—.

양쪽 다 여름 방학을 이용한 이주 면담에 합격한 종족들이다.

종족적인 특성에 따라 눈이 지닌 능력의 부작용을 해결해야 할 과제가 남아 있던 고르곤은 아직 이주해 오지 않았지만, 익인들은 일찌감치 이주 작업을 끝마친 상태였다.

익인은 그 이름대로 등에 날개가 나 있는 종족으로서, 높은 지대에 거주지를 건설하는 문화를 지니고 있다 보니 오크나 드워프들과 약간 멀리 떨어져 있는 곳에 마을을 이룬다.

현재, 익인들을 위해 산기슭의 암벽을 그들의 거주지로 개조하는 중이다. 원래는 더 높은 곳에 마을을 이루는 걸로 들었던 나는 끈질길 만큼 그들의 뜻을 확인했다. 하지만 나와 너무 멀리 떨어지는 건 예의가 아니라는 이유를 들어서 그들의 새로운 거주지는 꽤나 순조롭게 결정 났다.

게다가 황야에 살던 무렵엔 수많은 외적들로부터 몸을 지키기 위해 높은 지대를 거주지로 삼고 있던 것뿐이라, 반드시 높은 데로 가야 할 당위성은 딱히 없는 모양이다.

토지는 남아도니까, 예상치 못한 경우가 벌어졌을 땐 이사하는 걸로 다 해결되는 문제였다.

더군다나 기존의 아공 주민들 중에선 아무도 암벽을 쓰지 않는 이상, 거주하는데 관해선 전혀 문제가 없다.

"익인들이란 말이지……. 사람들 말로는 꽤나 강한 종족이라더라."

"역시나 하늘을 자유자재로 날 수 있다는 장점이 몹시 크더군요. 안전한 데서 일방적인 파상 공격을 가해오는 그들을 상대론 명확한 대책 없이는 대항하기 어렵습니다. 다행히 공격의 위력은 별로 강하지 않다 보니, 그들을 상대로 하는 저희들의 승률은 금방 올라가겠지만요!"

흔치 않게 에마가 기세등등한 표정으로 열변하는 모습을 보니, 은근히 흥미가 동하고 말았다.

"아하하하, 하이랜드 오크들까지 한 번 깨졌다면서?"

"……분하게도 첫 전투를 치렀을 땐 저들의 압승이었습니다. 하이랜드 오크 종족의 마술사인 메이지의 역할은 기본적으로 보조입니다만…… 그들 같은 상대와 싸워야 할 경우를 대비해서, 앞으론 원거리 공격 담당으로도 단련시키려 합니다. 물론, 새로운 전술을 구축하는 작업은 이미 진행 중입니다."

"그, 그렇구나."

에마가 상당히 분한 듯한 목소리로 하이랜드 오크 종족의 향후 계획에 관해 언급했다.

저, 전혀 웃음이 나올 만한 건수가 아니었나 보다.

"이왕 시합을 치르는 이상, 나도 마음을 다잡아야겠군. 좋은 참고가 된 것 같아, 에마."

"아니, 그건 좀……."

에마가 갑자기 말을 더듬거렸다.

방금 전까지만 해도 익인들을 절찬하는 걸로 보였는데, 또 뭔가 있나?

"뭔데?"

"이건 저뿐만 아니라, 다른 종족 분들과도 논의를 거듭한 결과입니다만……."

"응."

"아마도, 익인 여러분은 마코토 님을 상대론 치명적일 만큼 상성이 나쁘지 않을까 싶습니다."

"상성이 나빠?"

"물론! 저희가 마코토 님과 상성이 좋다는 뜻으로 드린 말씀은 아닙니다. 오히려 마코토 님은 그런 쪽으론 손쓸 방도가 없다거나, 상성으로 판단할 존재가 아니라는 말이 더 적절하지요."

"그런 건 전혀 상관 안 하니까 너무 당황하지 마."

"아, 예. 말인즉슨 익인 종족은 대단히 강하다는 것이 잠정적인 저희들의 결론입니다만, 마코토 님께서 보실 땐 그다지 강하게 느껴지지 않을 것으로 예상됩니다. 능력적인 상성 때문에 익인 종족의 전투력이 과소평가 당하는 건, 그들에게 조금 가혹하지 않을까 싶어서요……."

"요컨대 실제론 내가 느낄 감촉보단 강할 테니 그들에 대한 평가를 높게 잡아달라는 소리야?"

이건 참, 에마치고는 굉장히 흔치 않은 제안이었다.

그녀는 업무가 됐건 전투 훈련이 됐건 꽤나 엄격한 기준을 설정하는 축에 속하기 때문이다.

"그 정도까지 신경 쓰실 필요는 없습니다. 그저 지금부터 저 또한 그 광경을 보게 되겠지만, 아마도 엄청난 쇼크를 받을 것 같아서요. 저희들의 능력으론 틀림없이 엄청난 고전을 감수해야만 하는 상대가, 모르긴 몰라도 마코토 님을 상대할 땐 그야말로……."

정말로 흔치 않게 말끝을 흐리는군.

"어딘지 모르게 스스로가 터무니없이 나쁜 짓에 가담하는 듯한 기분이 듭니다요, 에마 양."

"토모에 님이 말씀하시기로는『날벌레나 다름없다』는군요."

"……날벌레라니, 참 지독한 표현이군."

"그 단어가 약간 생소한 저에게도, 대충 엇비슷한 예감은 들던 참입니다."

그녀를 오로지 어감만으로 납득시키다니, 날벌레라는 단어는 그만큼 세긴 센가 보다.

완전히 납득한 건 아니었지만, 에마에게 이런 말을 들은 이상에야 익인 종족의 역량을 가능한 한 객관적으로 평가할 수 있도록 노력해 보자.

다만…… 고작 하늘을 날 수 있는 능력만으론 그다지 대단하다는 실감이 안 오는 건 사실이다. 전투기 정도 수준이라면야 우습게 볼 수 없겠지만, 아마도 맨몸으로 날아다닐 테니 공격을 맞으면 추락할 수밖에 없잖아? 으—음, 여기서 머리를 굴려 봤자 답이

나올 리가 없다.

우선은 본인들의 솜씨부터 구경해 보자.

◇◆◇◆◇

날벌레였습니다.

에마에게 객관적으로 봐 달라거나 상성은 어느 정도 고려해 달라는 소릴 들은 기억은 나지만, 저로서는 딱 잘라 말할 수밖에 없더군요.

익인들은 이곳의 종족들 가운데 가장 약했다. 숲 도깨비들한테도 전혀 미치지 못할 정도.

분명히 상당한 고도의 상공까지 올라갈 수 있는 모양이지만, 그들의 장점은 그것뿐이었다.

상상한 대로, 그들은 상공으로부터 마술이나 투척 공격을 감행해 왔다. 하지만 공격의 위력을 어느 정도 이상 올리기 위해선 결국 그럭저럭 낮은 고도까지 하강해야만 한다.

사거리 때문인지, 명중 정확도가 문젠지는 모르겠다. 아무튼 그들은 상대방에게 강력한 공격을 가해야 할 땐 자신들의 장점을 거의 스스로 포기하는 거나 다름없는 행동을 해야만 한다.

분명히 높은 고도를 날아다닐 때야 에마의 말마따나「지지야 않겠지만」, 전체적인 화력 자체가 낮다 보니 결정적인 공격 수단이 없었다. 요컨대 상대방을 제압할 방법이 없다는 뜻이다.

모르긴 몰라도 오크나 리자드가 그들의 전술에 완전히 적응하고

난 뒤엔 도망만 다니다가 무승부를 노리는 수밖에 없지 않을까?

확실한 장점은 높은 비행 고도와…… 그것 말고는 전원의 협력 체제가 꽤나 원활하다는 것 정도가? 구름 위로 올라간 이후로도 나를 향해 그럭저럭 정확한 공격을 날려 왔다. 물론 위력에 관해선 따로 언급할 필요조차 없겠지만, 뭔가 특별한 협공 연습의 성과로 보인다.

……글렀다. 칭찬할 구석은 딱 그 정도뿐이야. 아무리 호의적으로 해석해 본들, 그들은…….

"결국…… 사실 이렇게 될 줄은 알았지만요."

에마가 이마에 손을 괸 채로 깊은 한숨을 내쉬었다.

눈앞의 광경은, 에마가 완전히 예상하고 있던 결과였나 보다.

"에마…… 미안하지만, 익인 종족의 전투력에 관해선 뭔가 착각한 거 아니야?"

숲 도깨비나 드워프들 가운데 그럭저럭 실력을 갖추기 시작한 인원들은 아공 밖으로 데리고 나가기도 하지만…… 익인들을 데리고 나갈 수 있을 때까진 상당히 긴 시간이 필요해 보였다.

나와 붙어 다니는 것만으로도 바깥으로 나갔다가 터무니없이 험한 꼴을 당할지도 모르거든. 그런 고로, 최소한의 실력을 갖출 때까진 절대로 바깥으론 데리고 나갈 수 없다.

"아녜요, 강해요. 강하다고요. 마코토 님 이외의 다른 상대들한텐, 정말로 틀림없이—."

"그들을 감싸고 싶다는 마음은 이해가 가. 하지만 저들은 강하다기보단, 지지만 않을 뿐이야. 뭐, 당분간은 여기서 특별 훈련 메뉴나 소화해야 하지 않을까 싶어."

"그렇긴…… 하지요. 분명히 결과만 봐선, 그런 결론밖에 안 나와요. 하지만, 에휴……."

익인들을 상대로 치른 방금 전의 모의 전투를 돌이켜 보자.

내가 서 있던 곳은, 주위에 시야를 가로막는 엄폐물이 없는 허허벌판이었다.

그리고 익인들은 거기서 약간 거리가 떨어져 있는 숲속에 모여 있던 관계로, 전투는 서로가 보이지 않는 상태로 시작됐다.

시합 개시 직후, 익인들은 땅바닥과 수직을 이루는 각도로 상승하기 시작했다. 자신들의 메인 필드인 하늘로 향한 것이다.

수직 이륙인데다가, 꽤나 만만치 않은 속도였다.

저런 식의 움직임은 평범한 새들의 날개로는 감히 흉내조차 못 내리라.

하지만 하늘이라는 곳은 상당히 넓은 관계로, 구름이 떠올라 있는 고도까지 상승하기 위해선 그럭저럭 오랜 시간이 걸린다. 말인즉슨, 그때까지 그들의 모습은 완전히 노출된다는 뜻이다.

그런 고로 언뜻 봐선 무방비하게 직각으로 날아오르는 그들을 향해, 인사 대신 불릿으로 원거리 공격을 날렸다. 당연히 원거리 공격에 대한 대책 정도야 준비한 줄 알았기 때문에, 그들의 역량을 확인하고자 일부러 전원이 아닌 열 명한테만 날려 본 건데…….

결과는 제1파로 나온 수십 명 가운데, 조준을 맞춘 열 명 전원이…… 추락하고 말았다.

잠깐? 농담하는 거지? 그런 소리가 입을 박차고 나올 뻔했다.

만약 전원을 노려 쐈을 땐 애들은 도대체 어떻게 되는 거야?

제1파가 격추당하는 광경을 목격하자마자, 황급히 날아오르던 스무 명 남짓의 제2파가 시야로 들어왔다. 이번엔 전원에게 조준을 맞춰 보니 보기 좋게 전부 명중했다. 사냥꾼에게 격추당한 들새들처럼, 허무하게…… 지상으로 떨어졌다.

계(界)로 반응을 살펴본 결과, 절반 이상이 즉시 전투 불능 상태가 된 모양이다.

원거리 공격에 대한 대책 없이 나는데다가, 추가로 방어력까지 종잇장 수준이라니…….

이대로 상승 중인 저들을 계속 저격할 경우, 맨 처음 못 본 척한 제1파 이외의 인원들은 모조리 속수무책으로 끝나버릴 듯이 보였다.

이대로는 저들의 정확한 실력조차 파악할 수가 없다.

직설적으로 말하자면, 현재의 참상이야말로 저들의 실력을 정확하게 반영하고 있다는 것이 나의 본심이었다. 하지만 에마의 조언을 들은 이상, 저들에게 진짜 실력을 발휘할 기회 정도는 공정하게 주고 싶었다.

우리의 시합을 멀리서 관전하고 있던 에마가 벌써부터 포기한 얼굴로 고개를 가로젓고 있었다. 익인들에 대한 의심할 여지없는 동정심이 엿보였다.

일단 제3파 이후의 인원들은 그냥 방치하여 그들의 움직임을 살펴보기로 마음먹었다.

하늘로 올라간 익인들은 몇 명씩 나뉘어 편대를 구성한 다음, 구름을 이용하거나 가끔씩 술법을 써서 연성한 구름에 몸을 숨기는 방식으로 나에게 접근해 왔다.

그러나 아무리 구름이 시야를 차단하는 효과를 지닌다 한들 벽은 아니다. 활이나 술법을 그냥 통과시켜 버리는 이상, 나의 불릿을 막을 수 있을 리가 없다.

시야가 막혀 있든 말든, 위치를 파악하는 계로 마음껏 명중시킬 수 있다는 뜻이다.

멀리서 저격당하는 상황을 버티다 못한 익인들은, 잇달아 지상에 가까운 곳까지 하강하여 손에 든 무기나 준비하던 술법으로 나에게 공격을 시도해 왔다.

순간적으로 그들이 선보이는 협공「만」은 정말 훌륭하다. 편대를 구성하는 방식부터 전투기들의 실전 비행을 보듯이 완벽에 가까웠다.

하지만!

나는 불릿만 가지고도 모조리 격추할 수 있거든. 기껏해야 수십 발 정도밖에 안 되는데다가 하늘로부터 오는 공격은 훤히 다 보인다. 회피나 방어조차 필요 없다.

당장 공격력부터 저들을 뚜렷하게 능가하는 나의 불릿은, 상대방의 공격을 상쇄하는 수준이 아니라 예외 없이 전부 다 관통해 버렸다.

그 결과, 굳이 맞추려 하지 않았던 몇 명한테까지 빗나간 불릿이 명중되고 말았다.

지상으로 추락한 익인들이 크게 다치지 않도록 쿠션에 해당되는 술법을 펼쳤다.

그런 식으로 탈락한 익인들을 돌보는 가운데, 나의 등 뒤로 돌아 들어온 집단 하나가 방금 전의 공격 이후로 약간의 시간차를 둔 기습 공격을 감행해 왔다.

계로 파악한 결과에 따르면 위력은 방금 전과 엇비슷한 수준이었다. 곧장 다시 격추해 버릴 수도 있었지만 한 번 정도는 제대로 된 위력을 확인해 보기 위해 일부러 공격을 받아보기로 마음먹었다. 어쨌거나 장벽 정도는 전개했지만 말이야. 아니나 다를까, 그들의 공격을 받은 나의 장벽은 꿈쩍도 하지 않았다. 제대로 된 무기가 갖추어지지 않았던 무렵의 하이랜드 오크와 비슷한 수준으로 보일 정도였다. 볼품없는 공격이었다. 그리고 무방비하기까지 하다.

나를 중심으로 하늘을 빙빙 돌고 있던 익인족 부대로부터 약간 초조한 감정이 전해져 왔다.

나는 계로 전원의 위치를 파악할 수 있다.

위치를 파악할 수 있다는 건…… 명중시키기도 간단하다는 뜻이다.

나는 하늘을 향해 오른손을 뻗었다.

허공을 도는 중인 40명 정도의 모든 익인들에게 조준을 맞췄다.

손바닥으로 모여든 마력이 동그란 구체를 형성하더니, 그 주위로 문양이 새겨진 띠가 돌기 시작했다. 또다시 낙하하는 인원을 구조하는 역할까지 나 자신이 맡을 경우, 모의 전투라는 형식 자체를 유지할 수 없게 될지도 몰라. 그런 고로, 일단 구조 작업은 에마에게 맡겼다.

그러고 보니 나는 기본적으로 상대방을 공격할 때는 불릿과 변형된 불릿밖에 안 쓰지만, 에마가 볼 땐 나의 불릿은 이미 초급 술법인 기존의 불릿과 완전한 별개의 기술인 모양이다.

변형을 가한 나의 불릿은 중급이나 상급 공격 술법에 해당된다는군. 참고로 제각각 이름이 붙어 있다. 미오에게 썼던 연사 불릿은 『찢어발기는 노도의 굉격(알바레아 이그니스)』이랬나?

그리고 지금처럼 수많은 상대를 겨냥한 동시 공격의 가칭은 『격렬한 마녀들의 축제가 번창하다(할라우 본 사타나엘)』였던 걸로 기억한다.

하지만 실제로 내가 쓰고 있는 술법은 어디까지나 영창을 변형시킨 초급 불릿이다 보니, 항상 완전히 똑같은 술법을 쓰고 있는 걸로 보긴 어려운 모양이다.

차라리 그냥 개틀링 불릿이나 호밍 불릿 같은 식으로 대충 부르자니까?

영창 단계에서 기대하는 효과를 언급하는 관계로, 각각의 불릿을 별개의 독자적인 술법으로 구분한다는 사고방식은 생소하게 느껴졌다.

보다 정확하게 술법을 조립하거나 명칭을 의식함에 따라 약간이나마 위력을 올릴 수 있을지도 모르지만…… 지금의 범용성을 죽이고 싶지도 않다.

아직은 상황의 변화에 따라 유연하게 대응할 수 있는 편이 여러모로 유리해 보이거든.

어쨌든 40명의 표적을 추적하는 기능을 띠의 문양에 담아…… 불릿을 해방시켰다.

섬광이 작렬하더니, 나의 술법은 40줄기 빛의 띠가 되어 공중의 익인들에게 날아갔다.

"아니, 아무도 못 막는단 말이야?"

대부분의 익인들은 장벽을 전개할 틈조차 없이 직격으로 불릿을 얻어맞았다. 간신히 공격을 방어하는데 성공한 일부의 인원들 또한, 전개한 장벽이 찢어지며 맥없이 꿰뚫려 버렸다.

아마 이주를 신고했던 인원은 100명 남짓이었던 걸로 기억한다. 말하자면 지금 격추한 사람들까지 합치면 거의 전원인가? 부상자나 전문적으로 지원을 담당하는 서포트 인원들까지 계산하고, 부대 단위의 전투 방식이 기본인 모양이니 몇 명 정도 남아 봤자 더 이상 전투를 지속하기는 어려우리라. 아직 카큰 족장이나 보좌인 쇼나 양은 나오지 않았지만…… 이제 슬슬 마무리를 짓는 편이 좋을지도 몰라.

대충 그런 식의 계산을 끝마친 순간, 꽤나 색다른 반응이 계의 그물에 잡혔다.

크다. 게다가 지금껏 익인들로부터 느낀 반응보다 훨씬 강력한 기척이다. 그들의 본진이 설치된 숲속으로 시선을 돌리자, 크게 요동치는 나무 사이로부터 커다란 새가 뛰쳐나왔다.

작은 전투기 정도의 덩치는 되겠군. 게다가 위에 누가 타고 있잖아?

자세히 확인해 보니, 카큰 족장의 얼굴이 나의 시야로 들어왔다.

계로 새를 살펴 본 결과, 그 정체는 다름 아닌 쇼나 양이었다. 익인 종족의 특수 능력들 중에선 거대한 새로 변신하는 능력이 있는 모양인데, 바로 그 능력을 발동시킨 걸로 보인다.

거대한 새는 진한 초록빛 장벽을 두른 채로, 기세 좋게 높은 고도까지 올라갔다.

구름을 통과하려는 두 사람을 향해 처음 사용한 것과 똑같은 위력의 불릿을 날렸지만, 초록빛 장벽에 막혀 버렸다. 응. 나는 바로 이렇게 버티는 모습을 보고 싶었던 거야.

다음은 뭘 하려는 거지?

소용돌이라도 일으킬 거야? 혹시 보이지 않는 바람의 칼날을 난사해 올 건가? 구름을 연성한 연장선으로 천둥이라도 떨어뜨리려나?

이 세계로 오고 난 이후의 나는 아직 벼락 속성의 술법을 구경한 적이 없었다. 나의 마력으로도 약간 저려 오는 정도의 정전기 같은 것밖에 못 만드는 만큼, 그쪽 속성을 구사하는 종족이 있다면 그 주가는 급상승하게 되리라.

그러나 그들은 그러한 나의 기대를 깔끔하게 저버리고 말았다. 상공으로 올라간 그들의 힘이 고조되는 기운이 전해져 왔다. 하지만 그들이 사용한 기술은, 강화 계열 술법이었다.

지금 한창 전개 중인 바람의 마력과 자신들의 육체를 강화하는 술법이다.

그들에게 남아있던 비장의 무기는…… 자폭 공격이었다는 뜻이다.

그들의 마지막 수단은, 지극히 직선적이고도 단순한 육탄 돌격이었다.

"공중이라는 안전지대를 획득한 결과, 단조로운 공격 수단만 남아 버렸다는 건가? 유감이군."

계로 포착하고 있던 거대한 새와 사람의 반응이 순간적으로 사라졌다.

급강하를 시작한 것이다.

바로 아래 방향을 향한, 직활강이나 다름없는 무모한 궤도였다.

평범한 사람들은 시도하다가 기절할 듯한 엄청난 속도였다.

그러나 그들은 점점 더 속도를 올렸다. 내가 회피할 경우, 확실하게 땅바닥과 부딪쳐 자멸할 수밖에 없는 스피드로 들이닥쳤다.

물론, 피할 리는 없다.

우선 활을 쏴서 격추하는 방법이 떠올랐지만, 지금의 그들을 상대로 활을 쓸 필요는 없었다.

나는 그들을 마주보는 자세로 허리를 낮게 숙였다.

우선 쇼나 양이 변신한 커다란 새의 주둥이를 왼손으로 막자마자, 한 템포 늦게 온몸을 던져 오는 카큰 족장의 창을 오른팔로 밀어 올렸다.

"막혔단 말인가?! 하지만!"

카큰 족장은 경악을 금치 못한 표정으로 두 눈을 크게 떴다.

"아무리 빠른 공격이라도, 단순한 일직선 돌격을 막기란 어렵지 않거든요."

빗나간 창을 들고 있던 카큰 족장의 몸이 기세 좋게 나의 옆으로 비껴 지나갔다.

통할 가능성 자체는 미지수였지만, 상태 이상을 해제하는 술법을 부여한 오른손으로 쇼나 양의 뺨을 향해 일격을 날렸다.

"크윽!"

얻어맞은 충격파로 인해 날아가 버린 그녀는 익인의 몸으로 돌아가며 쓰러졌다.

"아직 안 끝났습니다!!"

착지하는데 실패하여 흐트러진 자세로, 아직 포기하지 않은 카큰 족장이 창으로 공격해 왔다.

나는 고개를 돌린 여세를 몰아 창을 밟아 누른 다음, 그를 향해 손을 뻗은 자세로 불릿을 대기시켰다. 이걸로 체크 메이트다. 솔직히 말해서 조금 실망이다.

마지막 순간까지 실낱같은 기대를 버리지 않고 있었거든.

"카큰 족장?"

"예, 항복입니다……."

익인들을 상대로 치른 모의 전투는 이렇게 끝났다.

다 함께 힘을 합쳐 한데 모은 부상자들을, 에마 양과 익인 종족의 술사가 치료하기 시작했다.

그들에 대한 나의 소감은 결국, 「날벌레」라는 단어 하나로 수렴될 수밖에 없었다.

토모에 녀석, 꽤나 그럴싸한 소릴 다 하는군. 정말 기가 막힐 만큼 정곡을 찌른 표현이었다.

솔직히 말해서 활이나 원거리 공격용 술법을 지닌 상대한텐 봉그 자체야.

아무리 하늘을 나는 능력을 지니고 있더라도 그들의 실태는 정말 심각해 보인다.

카큰 족장이나 쇼나 양 또한, 시합의 결과에 관해선 굉장한 쇼크를 받은 모양이다. 물론 그들 이외의 전사 여러분들 역시, 시합 시작 전과 완전히 다른 표정을 짓고 있었다.

하지만 그들을 달랠 말은 전혀 나오질 않았다. 오히려 걸고넘어질 구석이 너무 많아서, 적절한 지적의 강도를 조절하는 일로 골치가 아플 정도야.

그러나 그들은 다들 나의 입이 떨어지기만 기다리는 중이다.

모의 전투를 위해 잡아 놓은 시간은 아직 많이 남아 있었지만, 오늘은 이들과 더 이상 시합을 치러 봤자 서로의 시간을 낭비하는 결과만 야기하리라는 예감이 들었다.

두 번째 시합부턴 나 역시 거리낌 없이 이륙 중의 그들을 저격할 생각이니, 아마도 시합이 끝나는 데 몇 분조차 걸리지 않을 것이다.

경우에 따라선, 전부 날아오를 때까지 기다릴 필요조차 없이 불릿을 날릴 수도 있다.

일단 오늘이 처음이니…… 나는 약간 부드럽게 자신의 소감을 언급하기로 마음먹었다.

"음―, 어디 보자. 우선은 다들 수고하셨습니다."

내가 입을 연 순간, 익인들은 긴장한 표정으로 자세를 바로잡았다.

"여러분과 치른 모의 전투는 오늘이 처음이었던 관계로, 우선은 찬찬히 여러분의 전투 방법을 확인하는 과정을 거쳤습니다."

찬찬히, 라는 표현을 썼지만 실제론 불과 몇 분 정도였다. 기본적인 나의 자세에 관해선 그들도 파악하고 있었다. 그래서 자신들의 능력을 확인하기 위해 힘을 조절하고 있던 나를 상대로도 고작 몇 분조차 버틸 수 없었다는 충격적인 결과에 크나큰 충격을 받은 듯이 보였다.

"어……. 여러분의 장점은 역시나, 하늘을 날 수 있다는 점이 아닐까 싶군요."

『…….』

고개를 숙이고 있는 이들 역시 조금씩 눈에 띄었지만, 대부분의 익인들은 나와 마주보는 자세로 평가를 기다리고 있었다. 글렀다……. 아무리 부드럽게 표현해 봤자 결국 지적만 하다가 끝날 거야. 이왕 이렇게 된 바엔 차라리 직설적으로 나가 버리는 편이 나아 보인다.

미안합니다, 익인 여러분.

"하지만 그 장점 하나를 너무 과신하고 있던 걸로 보입니다."

『……!!』

"공중을 활용한 전투라면, 상대의 사거리 밖까지 높이 나는 것만큼, 상대의 사거리가 더 길 경우의 대처 방법, 즉, 도망치지 못할 경우의 대비책을 중시해야 합니다. 하지만 여러분은 고고도 비행에 대한 자만심으로 인해 그런 쪽을 완전히 등한시하고 있더군요."

익인들이 숨을 죽이는 낌새가 곧장 전해져 왔다.

"그리고 지지 않는 싸움에 지나치게 적응한 나머지 결정적인 공격 수단이 부족합니다. 앞으로도 저나 다른 종족들을 상대로 한 모의 전투를 치른다면 『지지만 않는 이기지 못 하는 전투 방식』을 고집하셔봤자 아무 의미 없을 겁니다. 공격 수단의 다양화와 위력 향상이야말로 여러분들의 급선무라고 생각되네요. 머지않아 하이랜드 오크나 미스티오 리자드, 드워프들이 여러분들의 화력을 완벽하게 봉쇄할 수 있게 되면 서로에게 유효타를 날릴 수 없는 상황이 찾아올 테니까요."

『……!!』

"그렇게 전개될 경우, 압도적으로 불리한 건 여러분들입니다. 왜냐하면 결정타가 없기 때문이지요. 이대로는 다른 종족들의 전술이 새롭게 갱신될수록 여러분들은 버티기 힘들어질 겁니다. 그리고 마지막 순간의 카큰 족장이나 쇼나 양처럼 자폭 공격으로 화력을 보강하는 방법은 포기하세요. 반격으로 집중포화를 당한다는 결과가 뻔히 보이거든요."

나의 말로 인해 정곡을 찔린 익인들은 명확하게 풀죽은 듯이 보였다.

"우선 여러분의 기본적인 전술을 재검토한 다음, 공격 수단과 위력을 늘리는 것이 시급합니다. 그리고 가장 중요한 이륙 방법 또한 좀 더 가다듬을 필요가 있어 보입니다. 거기가 바로 여러분들의 스타트 지점입니다. 다음번엔 하늘로 나가기도 전에 끝나지 않도록 열심히 훈련을 쌓아 주세요. 이상입니다."

"도, 도련님!"

침묵하고 있던 익인들 가운데 단 한 사람, 카큰 족장이 진지한 표정으로 나를 불러 세웠다.

"예? 또 뭔가 하실 말씀이 남아 있나요, 카큰 족장님?"

아뿔싸, 자기도 모르게 학원의 강사 모드에 가까운 태도를 취하고 말았다.

좀 자제하자. 그렇지 않아도 방금 대단히 엄격한 소릴 한 참이잖아.

"저희는 하이랜드 오크나 엘더 드워프, 미스티오 리자드 종족의 여러분들과 마찬가지로 아공을 개척하거나 조사하는 작업, 그리고 아공 랭킹이라는 강자들의 모임에 참가하고 싶습니다."

"그렇군요."

"그에 관해선 도련님의 허가를 받아야 하는 줄로 압니다. 저희들의 참가를 허락해 주실 수 있겠습니까?"

카큰 족장은 정말 대단하군.

설마 방금 전 같이 무지막지한 꾸지람을 듣고도 참가할 뜻이 남아있을 줄은 몰랐다.

"……아공 랭킹은 일정한 규칙에 따라 서로의 실력을 겨루는 자립니다. 스스로 책임을 질 수 있다는 전제하에 누구나 참가할 수 있지요. 하지만 아공 개척에 관해선, 당장은 허가를 해드릴 수가 없습니다. 여러분들의 전투력으론…… 약간 적절치 못한 측면이 있거든요. 아공을 개척하거나 조사하는 작업은 방어적인 능력보단 좀 더 임기응변을 살려 여러 상황에 대처할 수 있는 능력과 최소한의 공격력을 필요로 하는 분야입니다. 죄송합니다만, 지금의 여러분들은 그 기준을 만족하지 못 하시는 걸로 보입니다."

익인 일행은 다들 몹시 낙담한 듯이, 대단히 알기 쉽게 얼굴을 일그러뜨렸다.

미안. 하지만 여러분을 쓸데없이 위험한 곳으로 보내고 싶진 않아.

"그러니 지금은 실력을 키우는데 집중해 주세요. 당장 여러분들께서 담당하실 임무에 관해선 마을이 제대로 자리를 잡으면 에마를 통해 언제든지 소개해 드릴 수 있는 상황입니다. 아무튼, 오늘은 수고하셨습니다."

그리고 나는 모의 전투 경기장을 뒤로했다.

“에마, 갈까?”

“예, 마코토 님.”

“후, 훈련을 도와주신 도련님께 경례!”

익인 대표인 카큰 족장의 호령이 떨어지자, 나의 등 뒤로부터 익인들의 목소리가 들려왔다.

『감사합니다!!』

상성이 좋다거나 나쁘다기보다, 하늘이라는 공간을 활용하는 방법이 틀려먹었단 말이지.

대단히 혹독한 소릴 지껄인 입장이지만, 그들을 일부러 위험한 데로 보내고 싶지 않다는 건 분명한 본심이다. 그러니 실력에 관해선 솔직하게 현재의 부족한 점들을 보완하는 형식으로 재출발하도록 유도하는 수밖에 없다. 일단 지금으로선 당분간은 훈련하는 데 내가 직접 끼어들 여지도 없어 보여.

아, 아니면 내가 계속 술법을 영창하면서 고정 포대에 가까운 역할로 저들을 상대하는 방식의 훈련 방법을 시도해 보는 건 어떨까?

술법을 행사하는 상태를 계속 유지함으로써 마력이 흐르는 상태를 지속시킨다— 루토에게 전달받은 수련 방법 중 하나를 겸하는 수단이니 나 자신에게도 이득이 된다.

어차피 마력에 관해선 다양한 방법을 시도하는 것 말고는 확실하게 상승시킬 전망이 보이지 않는 이상, 하지 않는 만큼 손해거든. 응, 역시 앞으로도 익인들을 상대로 하는 모의 전투는 계속 치르도록 하자. 꾸준한 노력은 실력으로 이어진다잖아?

2

그곳은 커다란 활엽수들이 한데 모인 울창한 숲의 한복판이었다. 뭔가 있다— 일행 중 한 사람이 오랜 경험을 통해 도출된 직감에 따라 발걸음을 멈췄다.

현재의 아공은 미스미 마코토의 자택 부지를 중심지로 삼아, 시가지가 급속하게 발전되고 있었다. 바로 그 마코토가 거주하는 집 뒤편으로 보이는 숲의 입구 부근부터, 하이랜드 오크 종족에 의한 개척 · 조사 작업이 이루어지고 있었다.

발걸음을 멈춘 자는 바로 그 조사단의 일원인 한 사람의 전사였다.

그만큼 명확한 직감으로 알아차린 것은 아니었으나, 어디선가 위험을 감지한 몇 명의 다른 전사들 역시 움직임을 멈췄다. 그리고 곧장 거의 전투에 준하는 경계 태세를 취하기 시작했다.

"뭔가 있다."

"그렇군. 하지만 장소를 감지할 수가 없다. 단순한 짐승은 아닌 것 같아."

"여긴 거의 마수(魔獸) 클래스에 가까운 『단순한 짐승』들이 굴러다니는 곳이야. 어쨌거나 방심은 금물이다."

"물론이지."

다시금 전사들의 대열이 움직이자, 방금 전보다 더욱 느린 속도로 조사가 재개됐다.

식물과 나무의 채집, 그리고 수렵—.

아직껏 아공에는 미확인 물체가 잔뜩 존재한다.

따라서 일상적인 탐색을 통해, 약간씩이나마 미지의 존재들을 줄여 나가야만 한다.

그것은 때때로 위험을 동반할 뿐만 아니라, 끝없이 이어지는 무한한 임무이기도 하다.

그 임무를 수행할 권리를 얻은 이들은 모두, 자신들의 소명에 관해 책임감과 긍지를 느끼고 있었다. 실력과 기개 또한 충분하고도 남을 정도였다.

하지만 그들이 마주해야 하는 상대는 미지의 환경과 생물들이었다.

아공은 이세계 출신인 마코토가 지니고 있는 기억이나 지식에 따라 환경을 조성하는 측면이 있었다. 그래서 마코토의 지식을 예습하면 최소한도의 필수 대책 정도는 세울 수 있었다. 하지만 결코 완벽한 방비를 갖출 수 있을 정도는 아니었다.

최초로 이질적인 기척을 감지한 하이랜드 오크 종족 최고의 전사인 아가레스는 바로 이 날, 그 사실을 몸소 깨달았다.

어디선가 묵직한 물건이 땅으로 떨어지는 소리가 들려왔다.

일행의 선두에 서서 경계 태세를 유지하고 있던 아가레스가 순간적으로 고개를 돌렸다.

"크!"

방금 방심을 하지 말자는 기본 방침을 서로 확인한 동료들 중 한 명이 쓰러져 있었다.

어렴풋한 바람이 그의 뺨을 어루만졌다.

아가레스는 상대방의 존재를 막연하게 느끼고만 있는 단계였다.

그에 비해, 상대방은 벌써 경계 단계에서 행동 단계로 이행하고 있는 중이었다.

"습격이다, 정신 똑바로 차……?!"

동료들의 주의를 환기시키고자 고함을 치려던 아가레스의 귀로, 묵직한 진동음이 다다랐다.

시선을 돌리자, 바로 옆의 나무줄기가 떨리고 있었다.

아가레스는 곧바로 습격자의 흔적을 발견하는데 성공했다.

발톱 자국이었다.

예리한데다가, 굳세다.

그리고 가장 위협적인 것은 상대방의 엄청난 민첩성이었다.

그는 상대의 정확한 형상을 파악할 수조차 없었다.

아가레스가 말을 끝마치지 않은 까닭은 나무의 진동을 느낀 탓이 아니었다. 이미 그를 제외한 동료들 전원이 정신을 잃은 상태였기 때문이다.

하이랜드 오크는 세계의 끝으로 펼쳐진 황야를 무대로 온갖 세파에 시달렸을 뿐만 아니라 수많은 종족들이나 환경을 상대로 가혹한 생존경쟁을 극복해 온 종족이다. 그런데 그 정예들이 눈 깜짝할 사이에 제압당한 것이다. 첫 번째 인원이 쓰러지고 아가레스가 입을 열 때까지 걸린 시간은 겨우 몇 초 정도였다. 정체불명의 상대는 한 마디의 말을 미처 마치지도 못할 만큼 지극히 짧은 시간 동안 아가레스 일행을 거의 다 전멸시킨 것이다.

마지막 한 사람인 아가레스는 아직 온전한 정신과 체력을 유지하고 있는 상태였으나, 나머지가 전부 당해 버린 이상, 하나의 부대로서는 사실상 전멸당한 거나 마찬가지였다.

아가레스는 전사로서나 대장으로서나 압도적인 패배감을 맛보고 있는 중이었다.

“이 발톱 자국은 설마, 늑대의 것인가?! 하지만 예전에 목격한 늑대한텐 이 정도의 능력은……!”

조사대로 선발된 인원들은 예외 없이 마코토의 기억과 지식을 익힐 뿐만 아니라, 본인에게 직접 조언이나 충고를 듣고 온다.

주인과 직접 말을 나눈다는 것 또한, 그들의 긍지를 고취시키는 요소 가운데 하나였다.

아가레스는 마코토가 언급하던 숲속의 존재들 가운데 가장 조심해야 하는 상대들로 거론된 두 가지 동물들의 이름을 떠올렸다.

마코토가 숲속의 위험한 동물들 가운데 으뜸으로 꼽은 두 이름은 「늑대」와 「곰」이었다.

양쪽 다 똑같이 만만치 않은 존재들이었지만, 그들은 특히 늑대와 맞닥뜨릴 경우엔 전투를 펼치기보단 즉각적으로 퇴각하라는 충고를 듣고 나왔다.

가능한 한 싸움을 피해 달라는 것이 마코토의 바람이었다.

마코토의 신신당부를 전해 듣고 늑대가 그에게 뭔가 특별한 의미를 가지는 생물인 것으로 판단한 전사들은, 그 짐승들을 상대로 한 전투를 최대한 피하기로 다짐했다.

아가레스 역시 과거의 조사 과정에 참가했다가 엇비슷한 생물을 발견한 적이 있다. 그때는 명령에 따라 전투를 회피한 다음, 일단 보고만 올린 걸로 기억한다.

그러나…… 눈앞의 짐승은 명확하게 그때 만난 생물과 겉모습만 비슷할 뿐인 다른 존재였다.

'그때 만난 놈은, 역시 들개라는 종이었나? 도련님께서도 그럴 가능성이 높을 것이라는 말씀과 함께 쓴웃음을 지으셨다. 하지만 지금 들이닥친 놈이 늑대일 경우엔…….'

아가레스는 언제부턴가 무의식적으로 가지고 있던 자만심을 몹시 부끄럽게 여겼다.

전투를 피한다는 소린— 눈앞의 상대한텐 도저히 해당되는 말이 아니었다.

최소한, 숲을 무대로 전투를 펼칠 때는 자신보다 확실하게 격이 높은 상대였다.

"……후읍."

그러나 아가레스는 숙련된 전사였다.

'나보다 격이 높건 낮건, 절대로 그냥 당하진 않는다.'

흔들리던 정신을 다시 집중시킨 아가레스는, 손 안의 할버드 자루를 다잡자마자 죽이 되든 밥이 되든 최강의 반격을 날리겠다는 마음가짐으로 자세를 갖췄다.

우오오오오오오오오옹!!

그 순간, 엄청난 포효 소리가 갑작스럽게 그의 온몸을 꿰뚫었다.

"……?!"

거의 경련에 가까운, 강렬한 진동이 그의 몸 안을 돌아 다녔다. 아울러 오장육부가 오그라들 만큼 무지막지한 살기가 아가레스의 온몸을 조였다.

'이건 포효(로어)의 일종인가? 늑대라는 짐승은 개가 진화한 마수나 다름없는 존재가 아니었나? 이건 어중간한 용, 아니, 내가 알던 그 어떤 용의 포효보다 훨씬……!'

방심한 적은 없었다. 경계를 늦춘 적은 더더욱 없었다.

그러나 늑대의 포효가 아가레스에게 완전히 작용한 결과, 그의 몸은 자유를 잃고 말았다.

그것은 몸 안의 투기를 송두리째 뽑아 버릴 듯한, 압도적인 포효였다.

아가레스는 그제야 처음으로 자신을 향하던 살기의 근원을…… 마주봤다.

분명히 개와 닮았지만, 어딘지 모르게 압도적인 기품을 띤 그 짐승의 눈과 어금니와 발톱과 향기 날 만큼 멋진 털가죽이 스쳐 지나갔다.

눈이 아닌, 감각과 마음으로 느꼈다.

'먹힌다.'

지금의 자신과 상대방을 나누는 역량의 차이가 포식자와 먹이의 관계나 다름없다는 사실을 파악한 아가레스는, 곧바로 그러한 결론에 다다를 수밖에 없었다.

'크으으으윽! 헛소리 마! 아직 죽을 순 없다! 나는! 반드시 살아야만 한단 말이다!!'

그리고 곧바로 부정했다.

정반대의 두 가지 생각 사이를 오가던 그의 머릿속으로 황야 시절과 아공 이주 후의 생활, 뼈저리게 몸에 새겨진 싸움의 기억들이 한꺼번에 흘러들어와 삶에 대한 집착을 환기시켰다.

"하아앗!!"

그는 기합을 담은 고함소리와 함께 포효로 구속되어 있던 몸의 자유를 되찾았다.

일시적으로 한계를 초월한 집중력을 발휘한 아가레스는 쓰러진 동료들을 지킬 수 있는 위치로 달려갔다. 그의 눈동자에는 절대로 물러나지 않겠다는 결의가 깃들어 있었다.

「……전사였던 모양이군. 이 숲으로 더 이상 들어오지 않는다면 오늘의 너희가 저지른 무례를 특별히 용서하마. ……용서는 단 한 번뿐이다. 돌아가라.」

차분하고도 낮은 목소리가, 아가레스의 머릿속을 울렸다.

"누, 누구냐?!"

아가레스의 목소리가 공허하게 울려 퍼졌다.

그러나 그의 물음에 대한 대답이나, 다음 말은 돌아오지 않았다.

아공의 숲에 순간적인 침묵이 되돌아왔다.

방금 전까지 아가레스가 느끼고 있던 기척, 늑대의 기척은 이미 온데간데없었다.

"나는, 저 녀석에게 목숨을 빚졌단 말인가?"

가까스로 위기를 극복한 아가레스가 혼자서 멍한 상태로 중얼거렸다.

스스로 중얼거린 혼잣말의 의미가 머릿속으로 스며들수록, 몸속의 힘과 긴장이 빠져나갔다. 온몸의 힘이 빠져 달아난 아가레스는 쓰러지듯이 한 걸음 물러났다.

그러나 그는 더 이상 물러날 수 없었다.

하이랜드 오크의 몸은 방금 전까지 상대하던 늑대가 아닌 또 다른 물체 — 거대하고도 부드러운, 무심코 넋이 나갈 만큼 폭신폭신한 감촉의 털가죽 — 의 품안으로 들어가 버린 것이다.

'뭐지?!'

아가레스는 마른 침을 삼켰다.

그는 등 뒤로부터 자신의 몸을 천천히 뒤덮는 듯한 감촉을 확인하기 위해 고개를 돌렸다.

늑대의 기척을 감지한 이후, 아가레스는 그쪽에만 지나치게 정신이 팔려 있었다. 강렬한 존재감을 감지하는데 정신을 집중한 그는, 또 다른 기척의 접근을 깨달을 수 없었던 것이다. 고개를 들자, 하이랜드 오크들 가운데 특히나 커다란 몸집을 자랑하는 자기 자신보다 더욱 거대한 짐승이 아가레스의 시야로 들어왔다. 온몸을 에워싼 검은 털가죽을 자랑하는 그 짐승의 동그란 두 눈동자는 사랑스럽기 그지없었다. 살기는 전혀 느껴지지 않았다.

두 다리로 서서 한쪽 팔로 나무를 짚고 있는 한편, 나머지 한쪽 팔은 아무렇게나 흔들고 있는 걸로 보였다. 당장 덤벼들 듯한 낌새는 전해져 오지 않았다.

그러나 아가레스는 방금 전과 똑같은 종류의 긴장으로 온몸이 경직되는 감각을 느꼈다.

본인으로선 아직 그 느낌에 관한 개념을 정리하지 못한 듯 했으나, 그 감정의 정체는 의심할 여지없이 공포 그 자체였다. 절대로 이길 수 없는 상황 아래 강자와 격돌하는 공포—.

마코토나 그의 종자인 토모에 일행을 상대할 때는 격이 너무 달라 느낄 수조차 없는 종류의— 현실감을 띤 공포였다.

'곰……?'

아마도 마코토가「무지막지하게 센 모양이니 조심하는 편이 좋을 것 같아」라고 언급하던 걸로 기억한다. 눈앞의 짐승이, 느긋하게 비어 있던 한쪽 팔을 치켜들었다.

살기는 느껴지지 않았다. 하지만…… 두렵다.

늑대나 곰이나, 영문을 알 수 없다는 걸로는 마찬가지였다.

설마 동시에 만나게 되다니, 주인의 불운이 옮겨온 듯이 기이할 만큼 불행한 전개였다.

"으, 으아아아아아!!"

공포로 인해 정신이 나간 아가레스의 몸이 반사적으로 움직였다.

무기를 휘두르는데 필요한 거리는 확보되지 않은 상태였다. 그는 들고 있던 할버드를 쓰기보단, 방어구를 장착한 어깨로 거의 영 거리로부터 몸통박치기를 감행하는 방법을 선택했다. 곰은 전혀 회피 동작을 보이지 않았다. 당연히 공격은 제대로 명중했다. 아가레스의 몸이 곰의 몸 안으로 깊숙이 파고들어갔다. 하지만 상대로부터 돌아온 반응은 그 정도가 다였다. 곰은 꿈쩍도 하지 않았다.

아가레스는 어깨의 방어구 너머로부터 전해져 오는 절망적인 감촉을 느꼈다.

'맞아, 이제야 기억난다. 도련님께선 곰은 겉보기보다 훨씬 두꺼운 지방으로 몸을 지킨다고 하셨지. 단순한 타격은 어지간한 위력이 아니고선 통하지 않을지도 모른다는 말씀까지 하셨다. 지금 나

는 도대체 무슨 짓을……?'

아가레스는 기세 좋게 튕겨 나왔다.

다시금 정면의 곰을 마주본 그의 시야로, 아무렇게나 휘두른 곰의 오른손이 스쳐 갔다.

그의 반응 속도로는 도저히 피할 수가 없었다. 강렬한 충격과 함께 가슴부터 배까지 두 동강이 난 듯한 날카로운 통증을 마지막으로, 아가레스는 정신을 잃었다.

실제론 심한 출혈은 있었지만, 아가레스의 몸통은 멀쩡히 붙어 있는 상태였다. 공격을 받기 직전의 그가 무의식적으로 내민 할버드가 꺾여 나가 약간이나마 쿠션에 가까운 역할을 수행한 것이 그가 치명상을 피할 수 있었던 원인 중 하나였다. 그러나 공포에 사로잡혀 있던 아가레스는 무의식적으로 곰의 공격을 실제보다 강대한 위력인 걸로 착각한 것이다. 곰은 정신을 잃은 하이랜드 오크의 한쪽 다리를 붙잡은 채 숲속을 향해 발걸음을 옮겼다.

「멈춰라, 곰 애송아.」

아가레스 역시 들은 적 있는 늑대의 목소리가, 이번엔 숲속으로 울려 퍼졌다.

곰이 약간 고개를 든 자세로 주위를 둘러봤다.

「그자는 이 몸에게 용서받은 자다. 따라서 지금 그의 목숨을 거두는 꼴을 두고 볼 순 없다.」

"……."

곰은 침묵을 지켰다.

「만약 어리석게도 똑같은 상황이 되풀이될 경우, 그때는 말리지 않으마. 네 맘이다. 하지만 이번만은 용납할 수 없다. 설마 겨우 이런 일로 우리가 나눈 약속을 어기려는 건 아니겠지?」

"……."

완전히 납득한 것은 아닌 듯이 보였다. 정말로 마지못해 어쩔 수 없다는 듯이, 곰은 사냥감의 다리를 내팽개쳤다. 그리고 숲속 깊숙이 자취를 감췄다. 아울러 늑대의 기척도 사라졌다.

아가레스의 부상을 치료하는 데까진 책임을 질 생각이 없는 모양이다.

혹은 정신을 잃고 있던 나머지 인원들이 눈을 뜨기 시작한 낌새를 파악하고 있었는지도 모른다. 그날, 숲속으로 들어갔다가 만신창이가 된 몰골로 돌아온 아가레스의 조사대는 마코토에게 보고서를 올렸다. 늑대와 곰을 발견했다는 내용이었다.

◇◆◇◆◇

밤마다 논문을 읽는 일과가 은근히 벅차게 느껴지기 시작했다.

애초부터 논문이라는 종류의 글을 읽는데 익숙하질 않다 보니, 내용을 이해하면서 읽어 나가는 것만으로도 꽤나 피곤했다.

흥미로운 내용이라는 건 틀림없었지만, 나의 원래 목적인 마력의 「출력 상승」과 꽤나 거리가 먼 내용까지 섞여 있다 보니 조금씩 머리가 혼란을 일으키기도 한다.

일단 대략적으로 정리해 보자.

마력이라는 자원은 이 세계의 주민들이 일반적으로 마술을 사용하기 위한 대가인 걸로 추정된다. 기본적으로 보이지 않을 뿐만 아니라 만질 수도 없지만, 요컨대 마술을 쓰기 위해 지불하는 돈이나 마찬가지였다. ……하룻밤 동안의 휴식 정도로 거의 회복되는 자원을 돈으로 비유하는 건 조금 엉뚱한 관점일지도 모르겠군. 참고로 보이지 않는데다가 만질 수 없다는 성질 가운데 「보이지 않는다」는 부분에 관해선 예외가 있다. 강력한 술법을 행사할 때처럼 대량의 마력을 단번에 방출할 땐 눈에 보이는 색깔을 띤다는 사실은 나 역시 경험상 잘 알고 있다.

딱히 사용자가 보유한 마력의 총량을 파악할 수 있다기보다는, 지금 사용하는 마력의 양을 눈으로 볼 수 있을 뿐이다.

하지만 어쨌든 보이긴 한다.

지금 읽고 있는 논문에 따르면, 대량의 마력을 계속 방출함으로써 부차적으로 그 「색깔을 띤 마력」에 의해 지극히 약한 장벽이 발생된다고도 한다.

다만 일반적인 것에 비해 그 강도가 지극히 약한 그 장벽의 성능은, 정말로 초보적인 장벽 술법 이하라는군. 따라서 실용적인 측면은 전혀 없는 거나 마찬가지였다.

상당량의 마력을 소비하는 대마술을 행사할 때마다 이런 식으로 사소한 부록이 따라와 봤자, 그에 의존하는 자는 아무도 없다. 그런 종류의 술법을 사용할 필요가 있는 상황일 경우, 술사를 지키는 장벽은 따로 준비하는 것이 정석적인 수단이다.

하지만 이 논문의 저자에게 있어서 중요한 점은 따로 있었다.

비록 미약한 장벽이라 할지라도 그 장벽을 「만질 수 있다」는 점이었다.

마력은 주어지는 상황에 따라 보거나 만질 수 있다는 뜻이다.

해당 논문의 착안점은, 마력의 방출량에 따라 보거나 만질 수 있다는 것이었다.

요컨대 저자는 마력의 방출량을 더욱 늘림에 따라 물질화가 가능할 것으로 믿었다.

하지만 그는 후자의「마력을 만질 수 있는」현상을 일으키기 위해선 정말 어지간히 마력을 조종하는데 빼어난 협력자가 있는 게 아니라면 현상을 정확히 파악하기조차 어렵다는 사실을 언급했다.

해당 논문의 저자가 술사로서 타고났던 능력은 그야말로 평범한 수준이었다. 지극히 평범한 마력량의 소유자였던 그가 이러한 현상을 혼자서 재현하기란 거의 불가능에 가까웠다. 따라서 저자는 마력의 물질화 실험과 함께 자신의 마력량을 보강하는 연구까지 병행하던 모양이다. 그 과정에서 저자는 보다 많은 양의 마력을 술법에 부여하는 방법에 관해서도 모색하고 있었다. 루토가 가르쳐준 방법들 이외의 다양한 방법들을 논문에 기록되어 있어서 솔직히 고맙다는 말밖에 나오지 않았다. 그야말로 나에게 큰 보탬이 되는 정보였다.

뭐, 그가 남긴 방법들 역시 루토가 말하기로는「초장기적인 수련을 거치고 나서야 유효한 방법」인 모양이니 아직 효과를 실감할 수 있는 수준은 아니었다.

그나저나, 이 사람은 참 용케 마력을 물질화시킨다는 테마를 다룰 생각을 했군. 정말 대단한 학자 선생님이셨던 모양이야.

……에휴.

하나의 술법에 보다 많은 마력을 부여할 수 있도록 강화해 보자는 목표를 세운 데까진 나쁘지 않았지만, 아직은 좀처럼 뾰족한 방법을 찾을 수가 없는 상황이다.

이럴 시간 동안 차라리 좀 더 많은 술법들을 익히는 편이 실력을 키우는 더 빠른 지름길일지도 몰라. 상위 공격 술법 같은 것들 말이야.

술법을 쓰는데 필요한 최소한의 마력은 영창 과정을 통해 방출된다.

지금의 나처럼 억지로 일반적인 경우보다 소비량을 늘리기보다는, 원래부터 마력 소비량이 많은 술법을 익혀 버리는 편이 그나마 쉬운 길로 보였다.

하지만 순간적으로 가장 적절한 술법의 영창 언어를 떠올리지 못할 경우, 정작 신속한 대처가 필요한 타이밍을 놓칠 수가 있다. 그 점에 관해선 지금의 장벽과 불릿은 가장 적합한 기술이었다. 어디까지나 자기류로 사용할 수밖에 없는 결함을 지니고 있는데다가, 나 자신의 적성을 고려할 땐 술법의 위력을 더 이상 극적으로 향상시키기는 어려워 보이지만 말이야.

"단순히 마력을 방출하는 데까진, 별로 어렵지 않아."

실용성에 관해선 일단 넘어가고, 실제로 이 논문의 실험을 재현하면서 논리를 전개해 보자. 루토에게 받은 수련 방법들 중에서도 「장시간에 걸친 마력 방출」이라는 항목을 본 적 있으니 최소한의 훈련 효과는 기대할 수 있을 거야. 이런 한밤중에 실내로부터 마력을 방출하는 건 주민들에게 걱정을 끼칠 수도 있을 테니, 창문으로 조용히 빠져 나가서 하자.

인간적으로 정말 밤늦은 시간대다 보니, 다들 자고 있는 관계로 주위는 고요하기 그지없었다. 게다가 다들 자는 데서 소란을 피우는 건 비상식적인 행동이다. 나는 인기척을 찾아볼 수 없는 들판으로 향했다. 그리고 주민들이 사는 촌락이나 우리 집과 멀리 떨어진 데서 몸 안의 마력을 무작정 방출하기 시작했다.

이런 식으로 마력을 방출하는 데까진 어려울 게 전혀 없었다. 거의 수도꼭지를 비틀어 물을 트는 거나 다름없는 과정이다. 걸릴 구석은 전혀 없다.

그러나 지금은 아무리 마력을 방출시켜 봤자 무의미하다.

결국 술법을 발동시킬 땐 몸 안으로 되돌려야하기 때문이다. 활시위를 당길 때의 집중력을 응용한 방식으로 주위의 마력을 되돌리는 작업은 그럭저럭 빨리 끝나지만, 여러모로 낭비가 많다. 애초부터 되돌릴 마력을 굳이 밖으로 방출할 필요가 있냐는 거야.

단점은 뚜렷하다. 황야를 돌아다니다가 처음으로 휴만들이 모여 살던 베이스인 「절야(絕野)」에 도착한 그날, 마력을 마구 흘리다가 그 동네의 모든 전투 요원들로부터 임전태세로 극진한 환영을 받아 도망쳐 온 적이 있다. 으, 떠올리자마자 눈이 머금고 있던 땀이 흘러나오는군.

아무튼—.

예컨대 밖으로 방출한 마력을 복귀시키는 과정 없이 곧장 써먹을 순 없을까? 마력을 안팎으로 써서, 출력을 두 배로 올려 버리는 식으로 말이야.

우선 마력을 방출해야겠지?

마력 흡수(드라우프니르) 반지를 붉게 물들일 정도의 마력을 몸 밖으로 방출하는 거지.

그리고 불릿을 영창합니다.

이번엔 조심스럽게, 물론 생략하는 부분은 없어야 한다.

바깥의 마력을 사용하는 걸 의식하는 방법으로…… 발동!

허공을 향하던 손바닥으로부터 무사히 불릿이 나왔습니다.

……평상시처럼 몸 안의 마력을 가져가는 방식으로 말이지.

자신의 마력이 아예 존재하지 않는 것처럼 무시하는 방법을 써 볼까? ……물론 그딴 잔머리는 통할 리가 없다는 예감이 들었다.

차라리 궁도 연습을 할 때의 집중 방식을 써 봐? 말로 표현하긴 어렵지만…… 요컨대 과녁까지 이어지는 공간과 자신의 경계를 허무는 것 같은 감각이다.

다시 한번 마력을 몸 밖으로 방출해 보자.

자기 자신과 자신의 마력뿐만 아니라 몸속의 마력과 바깥의 마력까지, 지극히 좁은 범위 안의 모든 대상을 전부 한 덩어리로 인식한다.

그리고 불릿을 발동시킨다.

어라, 기분 탓인가? 손바닥과 약간 거리가 떨어진 장소로부터 불릿이 나온 것 같은데?

마력 소비는 어디서…… 윽, 아뿔싸. 손에 정신을 지나치게 집중시키다가 놓쳐 버렸다.

기죽을 필요 없이 다시 한 번 시도해 보자.

밖으로 방출한 마력의 양을 분명하게 파악한 다음…… 불릿을 발사한다.

방금 전과 마찬가지였다. 평소보다 은근히 거리가 떨어진 데서 불릿이 나왔다.

마력은…… 밖으로 방출한 데서도, 약간 줄었잖아?!

모든 마력을 밖으로 방출한 데서 소비한 건 아니었지만, 이건 정말 엄청난 현상인지도 몰라. 어디 보자…… 지금 도대체 뭐가 어떻게 된 거지?

아니, 일단 이론은 중요하지 않아! 지금은 방금 일어난 일이 우연 따위가 아니라, 확실한 재현성이 있다는 사실을 확인해야 하는 상황이다.

오늘밤의 과제는 이 현상을 검증함으로써, 마력 소비 효율의 미세한 차이를 확인하는 거야. 그러기 위해선 최대한 많은 양의 불릿을 쏴봐야 한다.

이론은 나중에도 얼마든지 검증할 수 있다. 우선은 시행을 거듭함으로써, 올바른 방향을 설정하는 작업을 우선할 수밖에 없다.

만약 모든 일이 다 잘 풀릴 경우…… 언젠가 몸속과 바깥으로부터 두 배의 마력을 술법을 발동시키는데 우겨 넣을 수 있을지도…… 헤헤.

머지않아 정말로 루토가 놀라는 얼굴을 구경하게 될지도 모르겠군.

마력을 마구 몸 밖으로 방출한다.

집중한다.

불릿을 쏜다.

집중한다.

불릿을 쏜다.

집…….

불릿을 쏠 때마다 일일이 정신 집중을 푸는 게 성가시군.

활을 쏘는 동안에는 과녁을 꿰뚫고 자세를 풀 때마다 흐름이 멈춘다. 그건 일종의 법도에 가까운 전통이니 어쩔 수 없지만, 지금 하고 있는 건 술법 시전이자 일종의 훈련이야.

…….

응, 역시 집중은 유지하는 편이 좋아 보인다.

지속 가능한 한 현재의 상태를 유지하자.

다시금, 불릿을 연속으로 발사한다.

좋아. 점차 소비되는 마력의 양이 고르게 평균화되는 느낌이 온다.

지금은 몸속의 마력을 소비하는 양이 서서히 줄고 있는 상태로, 한 발당 쓰는 마력은 기본적인 소비량보다 훨씬 적었다. 그만큼 바깥의 마력으로부터 충당하고 있는 걸로 예상된다.

아무튼 이대로 바깥의 마력을 소비하는 비율을 증가시켜, 결과적으로 안팎의 비율이 반반 정도가 될 경지까지 오르고 싶다.

완전한 평균화시키는데 성공한 이후에는 몸 안으로부터 나가는 마력을 기존의 불릿 소비량에 가깝게 증가시킴으로써, 마력의 과잉 공급을 통한 위력 강화 효과를 기대할 수 있을지도 몰라.

어쨌거나 지금은 일심으로 불릿을 연사할 뿐이다.

정말로 아주 조금씩이었지만, 확실하게 목표로 가까이 가고 있는 감각이 무척이나 달콤하다.

최근 들어 별로 맛보지 못한 감각이야.

정신을 좀 더 집중시켜 몸속의 마력과 바깥의 마력을 고르게 써 나가자. 나의 마력과 나의 마력을 고르게 써 나가자. 쏜다, 쏜다, 쏜다…….

오로지 쏘는 데만 정신을 집중시킨 상태로 반복 작업을 거듭하며 그 감각을 뼈에 사무칠 만큼 아로새겼다. 그러다 보니…….

—윽, 뭐지? 눈부시잖아?!

갑작스럽게 따가울 만큼 강렬한 빛이 나의 눈으로 날아 들어왔다.

이런 한밤중에, 도대체 무슨 빛이야?

어, 어라? 저 빛은 몸 안(나)의…… 아니, 몸 밖(나)의……?

나는…… 누구, 였더라—?

"도련님!"

"도련님!!"

"어?!"

도, 도련님? 나는 두 사람의 갑작스러운 고함소리를 듣고 나서야 정신을 차렸다.

"지금껏 하시던 일에 관해, 여쭤 봐도, 되겠습니까? 헉, 헉……."

"아침부터 방을 비우고 계셨거든요…… 그런데 여기로 와 보니—."

기모노 차림의 두 여성이 어쩐지 무척이나 숨찬 상태로 나의 얼굴을 들여다보고 있었다.

한밤중에 뭔 난리야—? 아니, 어라? 방금 전보다 주위가 훨씬 밝은 것 같은데?

"도련님?"

"토모에, 도련님께서 이상하세요!!"

하늘을 올려다보니, 어렴풋하게나마 이제 슬슬 동이 틀 듯한 분위기였다.

벌써 아침이라고? 방금 전까지만 해도 한밤중이었는데? 이상하군.

나는 안개 낀 듯이 개운치 않은 머리를 흔들면서, 맨땅에 누워 있던 몸을 일으켰다.

아직 완전한 정상은 아니다. 머릿속이 뒤죽박죽이야.

이 둘은 누구…… 아니, 물론 아는 얼굴들이다.

토모에—.

맞아, 이 녀석은 토모에다. 나와 계약을 나눈 용이야.

사무라이와 시대극을 너무 좋아하다 못해 엘더 드워프에게 일본도까지 만들게 한 장본인이다.

또 한 사람은 미오다.

황야를 헤매다가 나를 덮쳤던 재앙의 검은 거미. 이 녀석한텐 거의 먹히기 직전까지 간 듯한 기억이 나지만, 어쩌다 보니 토모에와 마찬가지로 계약까지 맺고 말았다.

먹는 걸 좋아하는 성격으로, 약간 나한테 집착하는 경향이 있다. 어라, 약간……이었나?

이제야 좀 기억이 난다. 그리고…… 나는…….

"응, 난 마코토야. 미스미 마코토."

"예? 물론 그렇습지요."

"예, 저의 주인님이신 마코토 님이시죠."

정신을 차리고 보니…… 벌써 동이 트고 있었다.

불릿들을 쏘다 보니 하룻밤을 꼴딱 새웠나? 감각적으론 한두 시간 정돈 줄 알았다. 최소한 여섯 시간 이상 강행군을 감행했다는 뜻이다. 자기 자신조차 보이지 않게 될 만큼 열중한…… 걸로 설명할 수 있는 상황은 아니군. 방금 전의 나는 분명히 조금 정상이 아니었다.

완전히 기억이나 인식 체계가 혼란을 일으킨 상태였다. 도대체 뭐가 문제였던 거지?

자기 자신과 마력의 관계—.

깊숙이 정신을 집중하는 방식—.

그것들과 힘을 조절하는 방식을 제대로 파악하지 못한 결과, 지나치게 몰입한 건가?

오늘밤엔 정신을 똑똑히 차린 채로 계속해 보자. 괴롭거나 힘든 건 훈련할 때는 당연히 각오할 일들이야. 잠깐 멍 때리는 정돈 별거 아니다.

모처럼 잡은 힌트였다. 나는 절대로 이 기회를 놓칠 순 없다.

"토모에, 미오. 잘 잤어?"

"안녕히 주무셨습니까, 도련님."

"안녕히 주무셨나요, 도련님?"

"……고마워."

두 사람은 아침이 왔는데도 돌아오지 않는 나를 걱정한 나머지, 수고스럽게 이런 곳까지 달려 나온 것이다. 토모에와 미오한텐 감사하는 말밖에 나오지 않는다.

"뭐가요?"

"어?"

"아니, 아무것도 아니야. 돌아가자."

밤을 샜단 말이지?

나는 오른손과 왼손을 쥐락펴락하거나, 어깨를 위아래로 움직여 몸의 상태를 확인했다.

으—음.

피곤한 느낌은 전혀 없다.

일본에 있을 무렵엔, 아침부터 저녁까지 맹연습한 날은 이튿날 학교로 갈 기력을 쥐어짜기도 만만치 않았는데 말이야.

혹시 이쪽 세계가 지구 쪽보다 상대적으로 살기 편한 환경이라는 뜻인가?

만약 그렇다면, 솔직히 나한텐 별로 달갑지 않은 소식이군.

나는…… 깨닫지 못 하는 사이에 천천히 녹슬고 있는 중인지도 모른다.

피로로 움직이지 못할 만큼 고되게 단련하는 훈련 방법이 아니라면 효과가 없을지도 몰라.

이대로는 몸이 녹슬 수도 있다.

상상하는 것만으로도 오싹한 기분이 들었다.

어렸을 때처럼 허약한 체질로 돌아가고 싶진 않아.

그것만은 무조건 사양하겠다.

나는 힘차게 고개를 가로저어 몸으로 엉겨 붙는 오한을 뿌리쳤다.

"정말로 아무 문제없으십니까, 도련님?"

"물론이야."

나는 걱정해 주는 토모에에게 즉시 대답했다.

"일단은 지금 하신 말씀을 믿도록 하겠습니다. 그건 그렇고 약간 신경 쓰이는 보고가 올라온지라, 도련님께 말씀드리고자 합니다."

"호오, 뭔데?"

토모에의 의미심장한 말을 듣고선 조금 흥미가 동한 내가 그녀에게 다가간 순간, 미오가 우리 사이를 가로막았다.

"잠깐, 토모에! 그런 종류의 용건에 관해선 아침밥부터 먹고 나서 말씀드리기로 했잖아요!"

"흠, 알다마다. 약간 신경 쓰이긴 하오나, 그다지 시급한 안건은 아닙니다. 미오의 말마따나 식사를 마치고 나서라도 늦지 않을 걸로 사료되는군요."

"글쿠나. 일단 기대할게."

"옙."

"그런데, 미오? 들려오는 말로는 최근 들어 더더욱 본격적으로 음식 만드는데 눈떴다면서? 혹시 오늘 아침밥은 미오가 직접 만든 건가?"

"아, 예! 아직 전부 직접 만들 정돈 아니지만, 절반 정도는 저의 작품이랍니다. 도련님께서 여기 오래 머무시는 동안엔 아침이나 점심은 물론이거니와 저녁까지, 전부 만들어 드릴 수 있도록 최선을 다해 정진할게요!!"

"절반이나? 좋아, 아침밥에 관해서도 기대할게."

"예! 마음껏 기대해 주세요!"

정말로 놀랍긴 놀랍다.

미오의 음식 솜씨는 대단한 속도로 향상되는 중이다. 최근 들어선 식칼을 든 채로 부엌에 서 있는 모습이 그럭저럭 그럴듯하게 보일 정도야.

내 실력은 전반적인 집안일 가운데 하나로서 간단한 음식 정도를 혼자 겨우 만들 수 있는 수준이다. 아마도 이미 미오에게 아득히 추월당했겠지. 머지않아 나의 할 일은 사전준비의 일부를 돕는 정도만 남게 되리라는 예감이 들었다. 괜찮아.

그때는 그녀에게 일본 요리를 비롯한 현대 요리들의 조리법을 제공하는 역할이나 맡도록 하자. 어쨌거나 정성을 다할 만한 분야가 있다는 건 좋은 일이다.

미오는 주로 츠이게의 요리사 여러분들한테 쳐들어가서 요리 수업을 받고 있는 모양인데, 그들에게 지나친 민폐까진 끼치지 말라는 다짐이나 받아 두자.

"츠이게의 요리사 여러분들께선 본업이 따로 있는데도 불구하고 너한테 요리를 가르쳐 주시는 중이니, 언제나 감사하는 마음으로 너무 뻔뻔한 짓은 하지 마."

"물론, 잘 압니다. 도련님께 누가 될 짓은 절대로 하지 않아요. 그리고 최근 들어 딱 알맞게 「편리한 아이」를 찾은 이후론, 가게들의 주방으로 직접 쳐들어가는 빈도는 줄었답니다.”

“어, 그렇단 말이야? 난 또 별 볼일 없는 소리를 했군, 미안해. 지금 말한「편리한 아이」라는 사람은 뭐하는 분이셔?”

“직업은 모험가지만, 색다른 요리 지식을 가지고 있는지라 공부하는데 큰 도움이 되더군요.”

흐음, 모험가란 말이지? 전문적인 요리사는 아닌 모양이다.

요컨대 기본적인 레퍼토리는 캠프 요리 같은 종류인가? 보존 식품을 잘 활용한 조리 방법이 빛날 듯한 장르군.

…….

어, 갑자기 엄청나게 맛있을 것 같은 음식들의 모습이 머릿속으로 떠올랐다.

얼른 밥부터 먹고 싶은 기분이야.

그러고 보니 갑자기, 배가…… 고프다.

“응. 밥 얘길 하다 보니까 어쩐지 배가 고프다. 돌아가자. 그리고 얼른 밥부터 먹자. 그나저나, 미오? 그 모험가 분한텐 뭔가 성의가 담긴 보답을 하도록 해.”

“값은 선불로 치렀으니 걱정 마세요. 아무튼 도련님, 일단 귀갓길부터 서두르시죠.”

“도련님, 도련님? 혹시 일전에 먹은 감 요리가 나왔을 땐, 이 몸에게도 좀 나눠 주십시오.”

토모에가 살며시 나의 귓가로 다가와서 속삭였다.

하지만 미오 역시 비슷할 만큼 가까이 있다 보니, 당연히 들통날 수밖에 없다.

"토모에! 음식의 양은 모자라지 않을 테니, 본인에게 주어진 몫만으로 만족하세요!"

"네가 쓸데없이 맛있는 음식을 만들어 버린 거야말로 큰 문제다! 이른 아침부터 술을 부르는 안줏거리를 잇달아 만들어 오다니, 이건 거의 계략이야!"

"당신 말마따나, 오늘의 메뉴는 곶감 두부 무침과 맛술 풍미의 주무른 감이에요! 하지만 도련님의 몫을 채가는 건 용납할 수 없어요! 정 먹고 싶을 땐 시키가 먹을 거나 노리세요!!"

"으으음……."

하긴 예전에도 먹어본 메뉴였지만, 곶감 두부 무침이나 맛술 풍미의 주무른 감이나 양쪽 다 맛있었다.

곶감을 쓴 두부 무침은 무척이나 부드러운 단맛이 인상적인 반찬이었다.

맛술 풍미에 관해선 지금 미오의 발언을 듣고 나서야 깨달았는데, 조금 주무른 감을 쓴 모양이다. 그 말을 듣고 나니 날로 먹을 때와 조금 다른 식감에 관해서 납득이 갔다. 맛술 비슷한 양념을 조금 뿌렸을 뿐인데, 굉장히 술과 잘 맞을 듯한 소박하고도 개성적인 맛을 자랑한다.

참고로 맛술 「풍미」라는 이름을 쓴 까닭은 아직 우리가 맛술을 완전히 재현하진 못한 탓이다. 다만 이에 관해선, 토모에가 일단 「맛술 풍미」를 맛본 이후로 진짜 맛술을 재현하는데 엄청난 열정과 끈기를 보이고 있으니 언젠가 「풍미」라는 단어를 뗄 날이 올지도 몰라.

아침부터 그 두 가질 먹으란 소리야? 토모에의 술이 잘 넘어가겠군.

토모에는 취하는 경우가 거의 없지만, 일단 마시기 시작하면 굉장히 길게 가는 스타일이다. 어느 틈엔가 모여든 드워프나 리자드맨들과 함께 주정뱅이 군단을 결성하고, 「오늘이 무슨 축제날이었나?」 같은 상태로 돌입하는 경우가 적지 않다 보니 무척이나 난감하다. 그녀가 그냥 입가심만 하도록 제어하는 거야말로 나의 역할이었다.

"토모에? 참기 어려울 지도 모르지만, 아침밥이라는 사실을 잊지 마. 일하는데 지장을 안 가져올 만큼만 마셔."

"선처는 하겠습니다만…… 미오가 만든 음식은 도수가 센 술에도 잘 맞거든요. 이거야 원."

"……동감이야. 개인적으론 곶감이 들어간 두부 무침의 파괴력은 정말 대단하더라. 게다가 넌 아공산 감을 즐겨 먹잖아?"

"정확하게 말씀드리자면, 감 같은 품종을 아공 이외의 장소에서 구경할 기회는 거의 없습지요. 참고로 이 몸은 언젠가 각지의 감 맛을 비교해 보고 싶다는 생각을 할 정도론 감을 좋아합니다. 그렇군, 둘 다 나온단 말이렷다? 시키의 몫 말고는 포기해야 하나……? 으으음."

토모에는 꽤나 진지하게 남의 반찬을 빼앗아 먹을 궁리를 시작한 듯이 보였다.

사실 기껏해야 반찬 수준의 양밖에 없거든.

한 사람 당 주어진 양 자체가 별로 많지 않다 보니 타인의 몫까지 탐이 나는 마음에 관해선 이해가 안 가는 건 아니야. 미오는 시범 삼아 만들어 본 메뉴에 관해 가능한 한 많은 사람들의 의견을 필요로 하는 모양이다. 나한테도 자주 소감을 물어 본다. 그때마다 「토모에에게 빼앗겼다」는 대답을 입에 담을 순 없다. 그건 미오에게 있어선 가장 반갑지 않은 소감이었다.

"토모에…… 너무 선을 넘으면 식탁 위로부터 감을 철수시킬 거예요. 후식 말고는요."

"큭…… 시키 걸로만 참도록 하마."

"좋아요."

다른 사람들한텐 그다지 들려주고 싶지 않을 만큼 레벨 낮은 대화를 즐기는 한편, 우리는 아침밥을 얻어먹기 위해 집으로 가는 발길을 재촉했다.

스스로 나아가야 할 길의 단서를 손에 넣은 그날의 나는, 무척이나 마음이 가벼웠다.

◇◆◇◆◇

"호오! 이렇게나 가까이 있었단 말이야?!"

자기도 모르게 큰 소리가 나와 버렸다.

아침 식사를 마친 나는, 새로운 기분으로 아까 보류한 토모에의 보고를 받았다.

조사대가 제출한 보고서의 내용에 따르면, 하이랜드 오크 종족의 정상급 전사인 아가레스가 대장을 맡고 있는 부대가…… 드디어 그들과 마주친 모양이다.

늑대와, 곰—.

아공의 생태계는 굉장히 특이하다. 원래 일본을 서식지로 삼고 있던 생물들이 똑같은 형태로 존재하는 경우가 가끔씩 눈에 띄지만, 알 수 없는 이유로 대단히 강한 놈들이 많은 모양이다. 토모에가 파견한 마수 등에게 당하지 않은 채로 유유히 살아갈 수 있다는 건, 단순한 야생동물의 레벨을 아득히 뛰어넘는다는 증거였다. 무장한 오크나 리자드맨들의 전투력으로도 고전할 수밖에 없는 상대가 존재하는 이상, 나의 일반 상식은 거의 무용지물이나 마찬가지였다.

아무튼 숲속의 동물들 가운데 곰은 특히나 강하고도 위험한 짐승이라는 얘기는 아가레스와 그의 일행에게도 한 걸로 기억한다. 일본에 살 땐 곰을 직접 본 건 몇 번 정도 동물원에나 가서 구경한 정도였다. 개인적으론 곰은, 단순히 굳세고도 무서운 동물이라는 인상이다.

다만 카펫 등으로 쓰인 털가죽의 감촉은 꽤나 푹신푹신했다. 언뜻 볼 땐 어딘지 모르게 익살기가 있다. 이런 점은 강하다는 이미지와 함께 언밸런스한 구석이 상당히 색다르게 다가온다. 하지만 어쨌거나 곰은 나한테 있어선 숲을 지배하는 강자들 중 대표격이었다.

나는 남몰래 곰들뿐만 아니라 늑대들 또한 숲을 서식지로 삼고 있을지도 모른다는 기대를 품고 있었다. 가끔씩 하이랜드 오크나 미스티오 리자드로 구성된 조사대 인원들이 엇비슷한 짐승들과 맞닥뜨렸다는 보고는 자주 들려 왔다. 강력한 짐승들이었던 모양이지만, 하나 같이 야생화된 집개들 같은 느낌을 주는…… 늑대로는 판단하기 어려운 녀석들이 대부분이었다.

아직 직접 마주친 적 없는 일본 늑대[#1]는, 일본에 살 때부터 박제 상태로조차 구경할 기회가 없는 존재였다.

나 스스로가, 늑대들을 숲의 왕이라 부를 만한 존재이자 어딘지 모르게 다른 동물들과 다른 신성한 대상으로 느낀다는 점 또한 무시할 수 없었다.

늑대를 단순히 세기만 한 짐승으로 일컫는 건…… 약간 잘못된 인식이라는 느낌을 받는다.

일본 늑대는 현대로 와선 이미 멸종된 종이다.

이젠 뼈나 박제로밖에 존재하지 않는 짐승인 탓일까. 상상력을 자극하는 동물이다. 무척이나 신비한 존재로 느껴진다고나 할까?

개인적으로 일본의 산악신앙 등을 접할 기회가 몇 번 정도 있었던 것 또한, 늑대라는 말 그 자체를 거의 일종의 환수(幻獸)처럼 받아들이게 된 이유 중 하나일지도 모른다.

늑대는 단순한 늑대가 아니라는 식으로, 평범한 동물들과 달리 드래곤이나 그리폰 같은 상상 속의 신비한 동물들에 가까운 인상을 가지고 있다.

일본 늑대가 이미 멸종한 존재다 보니 실질적인 피해를 받을 일이 없다는 사실을 무시할 순 없겠지만, 곰이나 멧돼지 등에 비해 나쁜 이미지는 별로 없었다.

#1 **일본늑대** 절멸종.

오히려 좋은 이미지로 인식되는 경우가 많지 않나?

존귀한 신을 가리키는 「오오카미(大神)[#2]」로 치환되기도 한다.

불과 얼마 전까지 늑대의 두개골 등을 부적으로 쓰는 늑대 신앙까지 존재할 정도였다.

물론 그런 종류의 신앙들로 인해 뼈나 털가죽을 손에 넣고자 하던 이들이 늑대들을 남획한 사실이, 결과적으론 그들의 멸종을 가속화시키는데 한몫 거들었을지도 모르지만 말이야.

참고로 일본 늑대의 멸종은 멧돼지나 사슴의 과잉 번식을 야기함으로써 사람들의 생활에도 적지 않은 피해를 준 모양이다.

아무튼 나는 생태계의 밸런스를 바로잡기 위해선 늑대라는 존재가 필요할지도 모른다는 가설을 믿는 편이다. 물론 아직껏 늑대가 생존 중인 다른 나라들의 경우, 그들에 의한 가축 피해가 끊이지 않는데다가 인간에게 해를 끼치는 동물로 지정되는 경우가 적지 않은 걸로 봐선 절대로 단순한 문제일 리는 없다.

유럽 등지의 동화나 민간전승들을 살펴보면 늑대는 교활한 악당의 상징처럼 묘사되는 경우가 많다. 그렇듯 반드시 숲이나 사람들에게 필요한 존재로 간주되지 않는 것은 사실이다.

늑대, 오오카미(大神), 오오카미—.

역시 불가사의한 동물이다.

후후, 물론 이건 어디까지나 나 혼자만의 개인적인 동경심일지도 몰라.

하지만 이번 하이랜드 오크 조사대 멤버들을 산 채로 무력화시

#2 오오카미(おおかみ) 일본어로 늑대와 신은 발음이 같음.

켰을 뿐만 아니라 아가레스를 압도하고 엄중한 경고와 함께 마을로 돌려보내준 그 존재는, 가히 신에 필적하는 늑대라는 말이 어울린다는 느낌을 받았다. 당연히 그 직후 출현한, 완벽한 방어구를 갖추고 있던 아가레스를 일격에 쓰러뜨린 푹신푹신한 털가죽의 곰 또한 진짜 곰인 걸로 예상된다. 곰은 이번이 첫 발견 보고였다.

늑대와 곰이라?

개인적으로 특별시하는 숲의 짐승들이, 설마 아공의 시가지와 그리 멀지 않은 숲을 서식지로 삼고 있을 줄은 몰랐다. 지금껏 우리 집 뒤편을 자세히 조사하지 않은 건 큰 맹점이었군.

하여튼 전혀 예기치 못한, 반가운 보고였다.

"조사대의 보고를 살펴본 바로는 꽤나 만만치 않은 힘을 지닌 마수인 모양입니다. 그러니 이 몸이나 미오가 직접 지휘하는 부대와 함께 확인하고 와야 하지 않을까 싶습니다만……."

보고를 마친 토모에가 진언해 왔다.

그녀는 나를 위해 성가신 일을 책임질 생각인 듯이 보였다.

하지만 나의 생각은 조금 달랐다. 늑대의 뜻을 존중하는 형태로, 가능한 한 오래도록 양호한 관계를 구축하고 싶다……는 건 나 혼자만의 독선적인 이기심일까?

"아니, 그건 별로 좋은 생각은 아닌 것 같아."

"다른 생각이 있으십니까?"

"아가레스 일행은 엄중한 경고를 받았고, 순전히 상대방의 자비로 인해 무사히 돌아온 상황이야. 어떤 형태로든, 다시 들어가는 건 상대의 경고를 완전히 무시하는 셈이지."

"분명히 그렇긴 합니다."

"염화(念話)에 가까운 방법으로 의사소통까지 가능하다면서?"

"과연 소통을 하긴 한 걸까요? 그저 일방적으로 자기들 할 말만 지껄였다는 느낌이더군요."

"그 정도로도 충분해. 어쨌든 지금 난 집중하던 일이 조금씩 진척되는 중이야. 경우에 따라선 곰이나 늑대를 상대할 대비책 중 하나로 써먹을 수 있을지도 몰라."

"……도련님께서 대비책을 마련하신다고요? 도대체 이번엔 얼마나 터무니없는 짓을 저지를 심산이시죠? 혹시 오늘 아침 하시던 수행과 관련 있는 겁니까?"

"조금 있긴 있을 것 같아. 아무튼 지금은 수행을 우선하고 싶고, 그들의 경고를 곧바로 어겨봐야 서로의 관계를 악화시키는 결과만 낳을 상황이야. 언젠간 경고를 어길 수밖에 없더라도, 교섭 수단은 가능한 한 많이 확보하고 싶어."

"늑대와 곰을, 꽤나 높게 평가하시나 보군요."

토모에는 약간 불만스러워 보였다.

딱히 토모에나 미오에게 맡길 수 없다는 의도는 아닌데 말이야.

"토모에와 미오를 못 믿는 건 아니야. 나의 개인적인 독선일 뿐이야. 두 사람한텐 숲 외곽을 지키는 안전망 역할을 맡길게. 우선은 나 혼자 그들과 담판을 짓고 싶어."

"그리고 덤으로 그 새로운 대비책이라는 방법까지 시험해 보고 싶으시다는 겁니까?"

"응."

"정말로 독선적이시군요."

"늑대가 나온다니까 어쩔 수 없지. 나한테 있어선 조금 특별한 존재거든. 드래곤처럼 말이야."

"바로 그 드래곤은 눈앞에 있지 않습니까? 어디다 내놓건 부끄럽지 않은 드래곤 말입니다."

"아하하하! 맞는 말이야. 하긴 토모에야 무조건 특별한 존재지. 여기로 오자마자 토모에와 만날 수 있었던 건, 나한텐 정말 대단한 행운이었는지도 몰라."

"……."

"그 이후로도 어쩌다 보니 상위 용들하곤 꽤나 인연이 있는데다가, 미오하고도 만났지. 혹시 난 환수들이랑 만나기 쉬운 체질인가?"

"도련님께선 참 흥미로운 말씀을 다 하시는군요. 오직 그것뿐이라면 정말 일찍 죽기 딱 알맞은 체질입니다. 『환수 조우』 같은 특성은, 어지간히 유별난 모험가가 아니고서야 만인 중의 만인이 반길 리가 없을 겁니다."

토모에가 쓴웃음을 지은 채 농담을 입에 올렸다.

"동감이야. 뭐, 일단 그런 줄 알아. 머지않아 색다른 광경을 구경시켜줄 수도 있을 것 같으니, 당분간 나한테 맡겨 봐."

"……알겠습니다. 도련님께서 부탁하신다는 데야 저희들로선 거스를 수 있을 리가 없지요."

"고마워."

토모에는 그럭저럭 납득한 모양이다.

그러고 보니 토모에의 정체는 의심할 여지없는 드래곤, 말인즉슨 용이었다.

이세계로 오자마자 환수들 가운데 으뜸가는 존재와 곧장 만났을 뿐만 아니라 이런 식으로 밀접한 관계를 맺게 된 것은, 상상의 범위를 아득히 뛰어넘는 사건이었다. 일본도나 조금 특수한 게임부터 시작해서 시대극 등에 이르기까지. 토모에한테는 항상 여러모로 예상치 못한 부분을 자극받다 보니 눈앞에 드래곤이 있다는 감각을 까먹을 때가 많다. 반성해야겠군.

……잠깐?

그렇게 된 건 결국 다 토모에 탓 아닌가?

"또 신경 쓰이는 점이라도 있으십니까?"

"아니, 아무것도 아냐. 오늘은 오후부터 자유시간이니, 또 잠깐 다른 사람들한테 민폐를 안 끼치는 데서 혼자 일 볼게. 무슨 일이 있을 땐 거리낌 없이 와. 밥은…… 필요 없어."

"몸을 지나치게 혹사시키는 건 삼가실 순 없겠습니까? 게다가 끼니를 거르시겠다니……."

"직접 말하기는 좀 무서우니까, 네가 미오한테 말 좀 잘 해주라. 주군의 사소한 부탁이야. 난 이만 갈게."

"잠깐만요? 가긴 어딜 가십니까, 도련님! 이 몸 역시 그건 좀…… 큭, 벌써 도망치셨나?"

토모에의 체념한 목소리가 어렴풋이 들려올 정도의 타이밍을 노려, 총총히 달아났다.

그렇군, 늑대가 있었단 말이지…….

요컨대 최대한 빨리, 지금 잡힐 듯 말 듯한 나의 새로운 힘을 손에 넣어야 한다는 뜻이군!

늑대는 대단히 강하다니까 철저한 대비책을 세우고 나서 그들을 만나러 가자.

어차피 밤새 연습해 봤자 지치지 않으니까 갈 데까지 가보자.

아예 뻗어버릴 만큼 지칠 수 있다는 건 오히려 크게 환영할 일이다.

이번엔 미세한 수정을 가하면서, 그 호접지몽(胡蝶之夢)[#3] 같은…… 자기 자신을 파악 못 하다가 현실과 꿈의 구별이 가지 않는 상태로 빠져들지 않도록 세심한 주의를 기울이자.

외부로 방출한 마력의 활용을 실마리 삼아, 한 여름의 과제를 완성시킬 수 있을 듯한 예감이 들었다. 나의 예감은 벌써부터 거의 하나의 확신으로 변하고 있는 중이었다.

◇◆◇◆◇

일주일이 지났다.

나는 드디어 몸 밖의 마력을 몸속의 마력과 비슷하게 인식 가능한 경지에 올랐다. 지금은 외부로 방출한 마력까지 자신이 가진 마력의 일부처럼 술법을 쓰는데 활용 가능한 단계였다.

그리고 술법의 발동 지점 또한 기존의 손 근처뿐만 아니라, 꽤나 다양한 지점으로 마음껏 이동시킬 수 있다. 자아를 잃을 듯한 트랜스 상태로 돌입하는 경우는, 이제 없다.

#3 호접지몽(胡蝶之夢) 중국의 장자가 호랑나비가 되는 꿈을 꿨다가 깨고 나니 자신이 호랑나비가 되는 꿈을 꿨는지, 호랑나비가 자신이 되는 꿈을 꿨는지 분간이 안 갔다는 고사로부터 유래된 말. 인생의 덧없음을 뜻함.

물론 아직은 「외부로 방출한 마력」을 완벽하게 파악하거나 제어할 수 있는 상태는 아니었다.

당장 해결해야 할 과제가 산더미처럼 쌓여 있었다.

오늘도 마을들로부터 멀리 떨어진 들판까지 나와, 혼자서 열심히 트레이닝을 거듭하고 있다.

나날이 새롭게 깨닫는 점이 있다는 것은, 나에게 있어선 크나큰 행복이었다.

말하자면 이번엔 자신의 능력을 처음부터 전력으로 쏟을 수 있었던 거나 마찬가지였다.

현재 진행 중인 과제는 원래부터 여름 방학 동안의 목표였던 마력의 출력을 상승시키는 작업의 일환이었지만, 어찌됐건 큰 동기가 된 것은 그 논문이었다. 논문의 원래 테마인 마력의 물질화로부턴 너무 먼 데까지 와 버린 관계로, 은근히 미안한 기분은 들지만 말이야.

논문의 마지막 부분까지 가 보니, 친절하게 실험용 영창까지 적혀 있었다. 그야말로 막대한 양의 마력을 소비하는 것 말고는 전혀 쓸모없는, 대단히 특이한 성질의 마술 영창이다.

술법을 발동시킬 때마다 대량의 마력을 쓸수록 진한 색깔을 띠는 마력은, 이윽고 미약한 장벽에 가까운 역할을 수행한다. 이 영창은 그 현상을 강제적으로 재현하는 용도였다.

마력을 대량으로 소비하는 행위는 인체에 악영향을 끼친다.

마력을 절반 정도 사용한 즈음부터 온몸이 정신적 피로감에 의한 나른한 상태로 돌입한다. 2할 정도 남으면 무기력에 가까운 상태가 이어지다가, 만에 하나 모든 마력을 소모할 경우엔 졸도하고 만다.

대부분의 마술사들에게 있어서 마력이 텅 빈 상태라 함은 2할 정도가 남았을 때를 가리킨다. 그런 상태로도 간신히 행동을 지속할 수 있는 경우도 있다. 하지만 그건 그들이 오랜 시간 동안 쌓은 수련과 적응의 성과들이다. 초심자들은 애초부터 그 정도 상황까지 갈 리가 없다.

그런 고로, 논문에는 어쨌거나 수많은 경고문이 적혀 있었다.

혼자선 시도하지 마라.

마력 보충용 아이템을 가능한 한 많이 준비해라.

실험하는데 협력을 아끼지 않을 술사 동료들을 잔뜩 불러 모아라.

영창을 파기할 경우의 불이익은 전혀 없으니, 술법을 발동시키다가 마력 부족이나 위험을 느낄 땐 무조건 영창을 중단시켜라.

기타 등등—.

정말로 이 논문을 읽은 제3자가 단순한 호기심을 만족시키기 위한 목적으로 이 영창을 실행할 가능성을 우려하고 있었다. 그럼에도 불구하고 이렇게 위험한 영창을 논문에 싣게 된 까닭은, 저자가 자신의 이론에 상당히 집착한 탓이리라.

논문의 결론 부분에 따르면, 저자 또한 물질화 실험에 도전한 모양이다.

당연히 최대한 모을 수 있는 마력을 몽땅 긁어모아, 도구들까지 완벽하게 갖춘…… 실험의 결말은, 아주 조그마한 모래알 하나 정도 크기의 파편이었다.

아마도 저자 혼자서가 아니라, 여러 명의 술사들에게 협력을 받아 영창을 감행한 결과가 그 정도였던 걸로 추정된다.

저자는 다음과 같은 말을 남겼다. 성공과 거리가 먼 초라한 성과는 실패나 마찬가지라는 것이다. 자신의 연구로 세상에 공헌할 가능성을 잃어 버렸다는 분한 감정이 기록되어 있었다.

그 이후의 논문이 존재하지 않는 걸로 봐선, 연구자의 길을 포기했거나 절망을 이기지 못 하고 그다지 상상조차 하고 싶지 않은 결말을 맞이한 걸 수도 있지 않을까 싶다…….

나도 처음으로 논문을 다 읽은 그날, 여기 적혀 있던 영창을 별 생각 없이 읊어 봤다. 그땐 손바닥으로부터 반짝거리는 모래 같은 물체들이, 싸구려 속임수처럼 왕창 쏟아져 나왔을 뿐이다. 실제로 써보고 나니, 정말 쓸데없는 영창이라는 느낌을 받았다. 손바닥 위의 모래알 한 알을 보고 마음이 꺾여 버린 저자의 기분에 관해선 납득이 가고도 남을 정도야.

최선을 다하거나 진심으로 임해봤자— 전부 다 이룰 수 있으리라는 보장은 없다.

그런 결말들은 결국, 극히 일부의 천재들에게만 주어진 특권일 뿐이다.

목적을 달성할 순 없었지만, 이만큼이나 고도의 영창을 완성시켰던 저자는 의외로 상당히 비범한 재능의 소유자였으리라는 것이 나의 생각이었다.

저자가 완성시킨 영창은, 여러 가지 영창 언어들 가운데 고위에 해당되는 체계를 사용한 것이었다. 일반적으로 알려진 마술 영창들 중 대부분은 코먼 챈트라고 불리는 언어로 구성된다. 학원의 학생들이나 강사들 중 대부분이 이 언어를 사용할 뿐만 아니라, 마술서 등에도 이 언어가 사용되는 경우가 일반적이다.

그 코먼 챈트의 상위 언어로, 술사들이 술법을 쓰기 위해 더욱 특화시킨 언어인 그라프 챈트와 노블 챈트가 존재한다. 이러한 언어들은 우수한 술사가 마술의 길을 추구하다가 익히는 것들로서, 일반적인 학생이나 강사들은 거의 쓰지 않는다. 롯츠갈드에도 겨우 몇 명 정도 있을 정도의 레벨이다. 모험가 업계의 경우, 이러한 고급 언어들을 구사할 수 있다는 것만으로도 의심할 여지없는 일류 취급을 받는다는군.

노블 챈트는 공격용 술법을 영창하는데 적합한 특화형이며, 그라프 챈트는 사용 범위가 넓은 범용형이다. 둘 다 코먼 챈트의 상위판에 해당된다.

하지만 그가 논문을 쓰다가 수록한 영창은 그러한 고급 언어들보다 한층 더 높은 상위 언어인, 위어드 챈트라고 불리는 과거의 언어로 구성되어 있었다.

아공의 종족들 중에선 미스티오 리자드가 실제로 쓰고 있는 영창 언어긴 하다.

그러나 일반적으론 엄청난 집념 없이는 완성시킬 수 없는 언어였다.

지금은 절반 이상 소실된 그 언어로 영창을 적기 위해, 그는 얼마나 엄청난 양의 서책들을 뒤지고 전승이 남아있는 각지를 떠돌아 다녔을까? 그가 겪은 모진 시련에 관해선 감히 상상하기조차 어려울 정도였다. 게다가 그는 이 영창을 최소한 한 차례는 끝까지 읊었을 뿐만 아니라, 실제로 마력을 물질화시키는 데까지 성공했다. 은근히 엄청난 업적을 달성한 셈이다.

이 논문에 적혀 있던 영창을 약간이나마 이해하는 학원 강사는 아무도 없었다. 개중에는 읽어볼 가치조차 없는 엉터리 논문이라는 식으로 비웃는 이까지 있을 정도였다.

전 세계에 이름을 떨치는 롯츠갈드의 강사들조차 이 모양이니, 저자의 선진성에 관해선 정말로 감탄밖에 나오지 않는다.

더군다나, 여신의 신도로서도 마지막 일선을 지킨 사람이기도 하다.

시키의 예처럼, 집념에 사로잡힌 구도자가 금기를 건드리는 경우는 꽤나 흔히 듣는 얘기였다.

금기— 평범한 이들은 넘지 말아야 할 하나의 선을 뜻하는 말이다.

술법의 영창 언어라는 분야에도 당연히 금기는 존재한다.

그것이 바로 폴카 챈트라는 언어였다.

코먼 챈트를 구사할 수 있는 이들은 무조건 읊을 수 있는 언어로서, 그 효율은 상위 언어인 그라프 챈트나 노블 챈트조차 능가한다.

영창 언어의 급수로 따질 땐 위어드 챈트보다 쬐끔 높은 위치의 언어였다.

하지만 여신에게 사용을 금지당한 언어인 모양이다. 그런 고로, 폴카 챈트로 술법을 발동시킨 자는 그 이후로 여신의 모든 축복을 잃게 된다.

이 논문의 필자는 마지막까지 그 언어만은 건드리지 않았다.

강한 집념을 지닐 뿐만 아니라, 금기를 거부할 수 있는 강한 정신력까지 겸비한 인물이었다.

솔직히 말해서, 나는 은근히 그를 존경하기 시작한 참이다.

참고로 하이랜드 오크들이 쓰던 영창 언어는 상기의 언어들 중 아무 데도 해당되지 않았다.

그들은 로스트 챈트라는 영창 언어의 성능을 저하시켜 쓰고 있던 모양이다. 글자 그대로 위어드 챈트보다 더욱 오래된, 이미 유실된 것으로 알려진 언어였다.

로스트 챈트가 단절된 이유는, 사용자의 숫자가 적은 관계로 계승하기 어려웠던 것과 마력의 소모량이 무척이나 컸기 때문이다. 하이랜드 오크들은 이를 자기들 나름대로 개량해서 위력과 마력의 소모를 감퇴 · 경감시킨 규격으로 고쳐 쓰고 있었다.

위력을 감퇴시켰다는 건, 개량이라는 이름으로 성능을 저하시키는 작업을 거쳤다는 뜻이다. 하지만 그 덕분에 로스트 챈트는 아직껏 에마 일행이 애용하는 태고의 영창 언어로서 명맥이나마 남아 있는 것이다.

로스트 챈트는 다른 영창 언어들을 구분하는 기준에다가 적용시킬 수 없는 언어였다.

위력은 다른 어떤 언어보다도 강력할 뿐만 아니라 영창 속도까지 짧지만, 무지막지한 마력 소모량의 폐해는 다른 모든 장점들을 가볍게 웃돌고도 남는다. 사용 시의 편의성에 관해선 코먼보다 못한 언어였다.

따라서 단순히 상위 언어와 하위 언어라는 식으로 우열을 가릴 수 없는 관계였다.

내가 독자적으로 개조해 쓰고 있는 영창 언어는 위력을 감퇴시키는 부분을 제거한 버전의, 보다 오리지널에 가까운 로스트 챈트였다.

요즘 들어선 에마 역시 나의 영창 언어를 따라 쓰고 있다.

에마로서는 처음 만났을 땐 제자나 다름없었던 나에게서 지금은 영창 언어를 배우고 있다는, 꽤나 유쾌한 상황에 처한 셈이다.

하지만 원래부터 같은 언어였던 데다가 그녀 자체가 무척이나 우수한 인재였다 보니, 가르쳐줄 땐 정말 간단한 설명 몇 마디로 끝나 버렸다.

"잠깐? 위어드로 구성된 술법을 그냥 썼을 땐 모래 더미가 나왔잖아? 게다가 이상한 장벽 같은 현상까지 확인했어. 하지만……."

만약 그 술법을 로스트 챈트로, 그리고 안팎의 마력을 동시 소비하는 방식으로 쓸 땐 어떤 결과가 나올까? 몸속의 마력은 영창에 의해 외부로 나오자마자 모래 더미로 변했다.

바깥의 마력 역시 마찬가질까?

일단 시도해볼 가치 정돈 있을지도 몰라.

실패할 경우에도 아무리 안 좋아 봤자 모래 더미에 묻힐 뿐이다. 특별한 위험은 없다.

어디 보자…… 위어드로 구성된 영창을 로스트로 치환하자면…….

나는 한손에 든 나뭇가지로 땅바닥을 칠판 삼아 변환의 결과를 적어 나갔다. 그리고 영창 언어의 오류 여부를 확인했다.

암산만으론 도저히 불안감을 떨칠 수 없는 나는, 항상 이런 식의 아날로그 작업을 거친다. 이건 이제 거의 습관이나 다름없군.

특별한 문제는 없어 보인다.

우선은 토모에나 미오 등이 튀쳐나오지 않도록, 계로 주위의 마력을 숨기자.

그리고 나의 주위를 마력으로 가득 채웠다.

최근 일주일 동안 연습한 방법에 따라 몸 밖의 마력에 대한 인식을 유지한 채로, 몸 안의 마력을 몸의 겉 표면으로 모았다. 준비는 다 끝났다.

로스트 챈트로 재구성한 논문의 영창을 신중하게 처음부터 끝까지 읊었다.

영창의 효과에 의해 대량으로 방출된 몸 안의 마력과 외부로 미리 방출한 마력이 상승 작용을 일으키더니, 나의 몸 안으로부터 더욱 많은 양의 마력을 뽑아 갔다.

걱정할 필요는 전혀 없다. 마력은 얼마든지 남아돌거든.

자, 결과부터 구경해 보실까!

나는 몸 안과 주위로부터 잇따라 들어온 마력에 대한 요구를 전부 받아들였다. 몸 밖으로 어슴푸레한 빛이 발산된다는 것은, 마력 방출의 한계점이 가까이 다가오고 있다는 뜻이었다.

그리고— 발동이 끝났다. 마력의 유출 현상까지 멈췄다.

나의 시야는 아까나 지금이나 마찬가지였다.

모래 더미에 묻히지 않았다는 뜻이다.

아니지. 정확히 말하자면, 나의 시야는 전혀 방금 전과 「마찬가지」가 아니었다.

나의 마력을 외부로 방출한 경계면으로 아주 얇~은 막 같은 것이 흔들려 보였기 때문이다.

아니야……. 아직은 그냥 눈에 보일 뿐이야. 아직 확실히 「그렇다」는 보장은 없다.

나는 앞으로 발을 한 걸음 내디뎠다.

나의 발걸음에 따라, 눈앞의 막 또한 한 걸음 만큼 내디뎠다.

명확하게 나를 중심으로 뭔가 전개된 상태였다. 하지만 이건 기존의 계가 아니다.

나의…… 마력인가?!

겉보기로는 떡처럼 찌부러진 구슬 형태로 흔들리는 그것 — 마치 슬라임처럼 보이는 물체 — 는, 스스로 방출한 걸로 인식 중인 마력과 똑같은 사이즈였다. 나는 그것이 자신의 마력 그 자체가 변질한 결과물이라는 사실을 직감적으로 깨달았다.

혹시 이 막, 만질 수 있나?

지금 상태론 손이 닿지 않는다.

나는 외부로 방출한 마력의 형태를 변화시키는 이미지를 떠올렸다.

슬라임의 경계면은 내가 의식한 부분만 우그러들더니, 손이 닿는 곳까지 접근해 왔다.

나는 무심코 마른침을 삼켰다.

손을 뻗자…… 감촉이…… 느껴졌다.

마술을 만지고 있다는 식의 어중간한 촉감이 아니다. 틀림없이 물건을 만지고 있는 감촉이야! 물을 넣은 풍선 같지만, 어느 정도의 두께와 내구력까지 느껴졌다. 참 신기한 감촉이군.

논문의 저자가 목표로 삼던 마력의 물질화 그 자체는 아닐지도 몰라. 하지만 꽤나 여러모로 유쾌하게 응용할 방법이 있지 않을까?

예를 들면…….

영창한 불릿 한 발로, 나무 한 그루를 겨눴다.

바로 그 순간, 나 자신의 마력 소모는 전혀 없이 외부로 방출한 슬라임의 경계면 위로부터 외부의 마력만으로 구성된 불릿이 발동됐다.

응, 좋아! 바로 이거야!!

나는 지금, 외부로 방출한 마력으로 곧장 술법을 발동시키는데 성공한 것이다. 지금까진 안팎의 마력을 동시에 써서 술법을 발동시킬 수밖에 없었던 만큼, 이건 정말로 크나큰 성과였다.

이 슬라임은 이를테면 나의 마력을 밖에다가 맡긴 상태로, 언제든지 어디서나 마음껏 출력할 수 있는 일종의 마력 은행이나 다름없다.

경우에 따라선, 나 자신과 이 마력으로부터 제각각 따로 술법을 발동시킬 수도 있지 않을까……?! 나는 새로운 마력의 운용 방법이 가질 수 있는 무궁무진한 가능성에 홀딱 빠졌다.

방금 전과 똑같은 요령에 따라 외부의 마력을 동원한 다음, 이번엔 자기 자신의 마력까지 써서 안팎으로 동시에 불릿을 발동시켰다.

"어."

불길한 예감이 들었지만, 때는 이미 늦었다.

손바닥으로부터 불릿이 발동된 순간, 나의 슬라임 군(가칭)은 곧장 터져 나갔다.

으으음?

이건 말하자면, 몸 안에서 술법이 발동된 거나 마찬가진가?

나 자신은 자유롭게 움직일 수 있는데다가 호흡하는 데도 문제가 없다 보니 전혀 신경 쓰지 않았지만, 바깥을 에워싸고 있는 이 막은 가시화된 마력이라기보다 물체의 성질을 좀 더 강하게 띠고 있는지도 몰라. 그렇다면 충격을 받으면 파손될 수밖에 없다.

그나저나 정말 보기 좋게 산산이 조각나 버렸군.

혹시 표면의 강도는 약한 편인가? 만약 그렇다면 조금 곤란한데. 모처럼 마력을 주입해 봤자 쓰기도 전부터 마구 터지면 실용성이 없다. 딱 한 끝 차이로 완전한 무용지물이다.

외부로부터 들어오는 공격에 대한 강도부터 시험해 보자. 넉넉한 강도를 확보하는데 성공하면, 방어력을 강화하는 데까지 응용할 수 있을지도 몰라. 그건 꽤나 반가운 부산물이다.

다시 한 번 방금 전의 과정을 되풀이하는 식으로 슬라임 군을 만들어 보자.

좋아, 재현성 자체는 아무 문제없군. 단순한 우연이 아니었다는 건 긍정적인 요소였다.

그리고…… 단순하게 이 상태로 가까이 있는 나무 중 하나를 향해 몸통 박치기나 날려볼까?

한껏 힘을 줬다가, 숲의 입구를 향해 내달렸다. 슬라임의 표면이 나무와 충돌할 때 쯤, 한층 더 힘을 집중시켰다.

서로가 접촉했다.

승자는 슬라임이었다.

실험 상대로 삼았던 나무는 깔끔하게 쓰러졌다.

내구력은 예상보다 튼튼한 편인가? 방어력 방면의 혁혁한 성과를 목격하자, 나의 기대감은 더더욱 부풀어 올랐다. 좀 더 큰 사이즈의 나무로 실험해 볼까?

숲속을 돌아다니다 보면, 적당한 사이즈의 나무 정도는 금방 찾을 수 있으리라.

……어라?

앞으로 나아가려던 나는, 억지로 밀리는 듯한 저항감을 느꼈다. 숲으로 들어갈 수가 없었다.

자세히 살펴보니, 나를 중심으로 전개된 슬라임의 표면이 여러 그루의 나뭇가지들 사이에 끼어 있는 상태였다. 별로 대단한 장애물은 아니었다. 일단은 현 상태를 해제할 수밖에 없다.

아니, 이럴 수가……. 지금 나는 엄청나게 유감스러운 사실을 깨닫고 말았다.

이대로는 슬라임을 전개한 상태로 일상 생활은 거의 불가능에 가깝다.

존재 자체는 계로 숨길 수 있더라도, 슬라임을 전개한 상태로는 다른 사람들과 악수는 물론이거니와 포옹조차 할 수 없다.

……뭐, 당장 껴안을 상대야 물론 아무도 없지만요.

건물로 들어갈 때마다 건물을 파괴할 공산이 클 뿐만 아니라, 시가지를 걸어 다닐 때마다 주위 사람들을 날려버리다가 엄청난 민폐 취급이나 당하게 되리라.

전쟁터로 가서도 혼자서야 문제될 일은 없겠지만, 동료들과 협공을 하는 데는 몹시 걸리적거릴 것이다. 콤비 플레이나 파티 플레이를 하는 데는 지장밖에 없잖아?

어라, 그러고 보니 양쪽 다 제대로 시도조차 한 기억이 없는데?

요컨대 문제없— 아니, 그런 건 사실 중요하지 않아.

으음, 이건 꽤나 큰 문젠지도 모르겠군.

무슨 수를 써서든 일상생활과 슬라임을 양립시킬 수만 있다면, 다들 틀림없이 깜짝 놀랄 텐데 말이야. 아마도 외곽 경계면의 내구력은 좀 더 강화시킬 여지가 있는 듯이 보인다.

방어력을 향상시킬 수 있다는 건 상당히 반가운 소식이었다. 마력의 출력을 향상시킨다는 당초 목표로부턴 상당히 거리가 먼 과제였지만, 추구할 가치가 없는 것은 아니었다.

나중에 늑대들과 만날 때, 그들을 상대로 대화를 시도하려면 상대의 공격을 끊임없이 무효화시키기 위한 디펜스가 필수거든.

……게다가 더욱 중요한 건, 나의 앞길을 가로막는 적들이 결코 적지 않다는 사실이다.

여신이 됐건 드래곤 슬레이어가 됐건, 만약 내가 그 녀석들을 상대로 싸우다가 크게 다쳤을 땐……. 최악의 경우, 죽어 버리기라도 하는 날엔 이 아공은 어떻게 될까?

주민들의 안전을 보장할 수 있나?

그에 관한 조사 결과는 아직 나오지 않았지만, 만에 하나 나의 죽음과 연동되어 아공이 붕괴될 가능성도 고려해야 한다. 주민들까지 몽땅 길동무로 삼게 될 수도 있다는 뜻이야. 그런 결말만은 절대로 용납할 수 없다. 솔직히 말해서, 지금 가장 두려운 건 바로 그런 사태였다.

죽는 건 나 혼자만으로도 족하다.

나를 사랑해주던 이들까지 말려드는 사태만은 무조건 사절하겠다.

그런 이유로 엘드워들이 만들어준 방어구들을 항상 껴입고 다닌다. 가벼운 차림새론 밖으로 나가지도 않아.

드래곤 슬레이어와 싸웠을 땐 이 옷 없이는 버티기 어려웠을지도 몰라.

언제 어디서나 부담 없이 입을 수 있도록 각 계절마다 다른 디자인으로 만들어 달라는 부탁을 엘드워 장인 여러분께 해서, 재킷 타입 같은 걸 몇 벌 정도 제작 중인 상태였다.

여름에도 한 겹 더 입어야하는 건 어쩔 수 없다. 그 정돈 당연히 참아야 하는 상황이야. 그리고 착용감이 나쁘지 않은데다가, 체감 온도를 조절하는 기능 또한 문제없이 작동하거든. 보기에 후덥지근하다느니 하는 미적지근한 소릴 할 때가 아니다.

하지만 이 슬라임은 정말 무궁무진한 가능성으로 가득 차 있다. 항상 전개시킬 수만 있다면 안전을 추가적으로 보강하는데 큰 보탬이 될 걸로 예상된다.

만질 수 있다가도 만질 수 없게 만들 수도 있다. 악수나 키스는 가능하지만, 외부인이 나를 찌를 순 없다. 대충 그런 성능을 지닌 투명한 갑옷으로 발전시킬 수 있는 가능성이 보인다.

실용화를 위해선 어떤 과정을 거쳐야 하나— 그에 관해선 지금부터 고민해야 하겠지만, 일단 머리를 굴려 보자. 여름 방학 기간은 아직 좀 남아있거든.

하지만 여기서부턴 저 논문이나 루토의 수련 방법들을 참고로 삼을 수 없는 영역이다. 그것들로부턴 좀 더 많은 힌트나 아이디어를 얻고 싶었지만, 아마도 가망은 거의 없어 보인다.

결국 기댈 곳은 도서실뿐인가?

그곳은 토모에가 나의 다양한 기억들을 한데 모아 놓은 장소였다.

나의 기억이나, 현대의 지식들이 보존되어 있다.

그 가운데 쓸 만한 쪼가리가 굴러다니고 있기를 기대할 수밖에 없다.

우선 오늘은 충분한 성과를 거둔 셈이니, 이제 슬슬 훈련을 일단락 짓자.

어라, 그러고 보니 오늘의 스케줄은…….

아뿔싸, 하필 학원의 강의가 있는 날이야. 열성적인 학생들에게 부탁받은 일을 떠올렸다.

땀투성이로 학생들을 만나러 갈 순 없으니, 일단 돌아가서 씻고 옷을 갈아입은 다음…….

으아, 정말 시간이 턱없이 모자라!

3

여름 방학 기간 동안, 「특강」이라는 이름 아래 미스티오 리자드와 학생들 간의 모의 전투를 계속 치르고 있다. 처음에는 속수무책으로 당하기만 하던 학생들이 여러 차례의 도전을 거쳐 드디어 미스티오 리자드들을 상대로 승리하는데 성공했다.

쯔바이 양의 성별 오인 문제로 아주 사소한 사고는 겪었지만 말이야.

어쨌거나, 가을의 학원제를 앞둔 진 일행은 순조롭게 성장 중인 듯이 보였다.

연습 상대 역할을 맡고 있는 미스티오 리자드들 또한 병아리들이 자신들을 이기기 위해 성장하고 있는 모습에 자극 받은 듯, 최근 들어 더욱더 열심히 수행하는 광경이 눈에 띄었다. 그 결과, 그들의 숙련도까지 함께 올라가는 상승효과가 일어나고 있다. 미스티오 리자드들은 기본적으로 무기를 사용하는 전투 스타일이다. 그런데 최근 들어 맨손을 이용한 전투 기술, 즉 격투기에 눈을 뜨는 자들이 나타난 모양이다. 어느 정도 모양이 잡히고 나선 진 일행의 연습 상대나 시켜볼까? 맨손으로 싸우는 경우 자체가 이 세계의 상식으론 굉장히 흔치 않은 모양이니, 처음 경험하는 이들한텐 사실상 일종의 함정이나 다름없을 만큼 껄끄러운 상대가 되리라. 진 일행이 설마 리자드맨들과 전투 중에 그런 기술과 조우하는 상황을 예상할 수 있을 리가 없을 테니, 상당히 좋은 경험을 쌓을 기회가 될지도 모른다.

하지만 지금은 약간 타이밍이 안 좋아. 좀 더 시간적 여유를 둬야 하나?

숲 도깨비 종족인 에리스로부터 들어온 보고에 따르면, 미스티오 리자드를 이긴 진 일행은 곧장 시키가 추천한 레벨링 용 사냥터로 향했다.

하지만 거기서 운 나쁘게 아룡(亞竜)과 맞닥뜨린 결과, 혼란을 일으켰다가 완전히 박살난 모양이다. 무사히 시가지로 돌아오는 데는 성공했지만, 꽤나 기가 죽은 모습이 눈에 띈다는군.

시키가 말하기로는, 그들의 실력으로도 도저히 못 이길 상대는 아니었다. 자신들의 사소한 실수로 그런 상대에게 거의 죽임을 당할 뻔 했다는 사실이 큰 트라우마로 남은 듯이 보였다. 개인적으론 어쨌거나 목숨은 건졌으니, 다음 기회가 있다는데 감사해야 하지 않을까 싶었다. 하지만 너무나 드높은 향상심과 그에 걸맞은 재능까지 겸비한 학생들의 스트레스에 관해선 동정이 갔다. 향상심이라는 부분에 본격적으로 불을 붙여 버린 건 나의 강의가 원인임에 틀림없거든.

그건 그렇고 하이랜드 오크 종족의 아가레스나 롯츠갈드의 진 일행이나, 왜 그런 식으로 예기치 못한 데서 터무니없는 상대들하고만 얻어걸리는 걸까?

나의 불운 중 일부가 아주 약간 전염됐을지도 모른다는 불안감이 들어.

물론 그냥 기분 탓일 확률이 무척 높은 편이다.

아주 약간 시기가 겹쳤을 뿐인, 정말로 단순한 우연일 공산이 커.

…….

예, 솔직히 신경이 안 쓰일 순 없군요.

쓸데없는 죄책감이 듭니다.

그런 고로, 격투형 리자드맨을 상대로 한 모의 전투는 방학이 끝날 때까지 보류한다.

일단 학원제까진 무사히 마치고 보자.

그나저나, 오늘은 마을로부터 거리가 좀 떨어진 공터로 아공의 종족들이 한데 모였다.

그 목적은 소위 말하는 일종의 발표회를 가지기 위해서였다.

나의 학생들이 단련에 몰두하고 있듯이, 아공의 주민들 또한 나날이 수행을 쌓고 있다.

아공으로 이주한 각 종족은, 종족간의 교류를 거쳐 각각의 전투기술을 진화시키는 중이었다.

이제 슬슬 한 번 정돈 아공 랭킹 같은 제도와 무관하게 서로의 새로운 기술들을 선보일 때가 왔다는 육체파 대표자들의 설득에 못 이긴 형태로, 토모에가 발표회의 개최를 결정한 것이다.

다만 극히 최근에 와서야 이사와 인사를 마친 고르곤들에게 한해선, 신기술이 아닌 기존의 석화 능력만을 선보일 예정이다. 고르곤 종족의 족장 자매님들께선 몹시 분한 듯이 보였다. 아무튼 오늘 하루를 위해, 공격의 위력을 객관적으로 측정할 수 있는 수단까지 조달했다. 그것은 고개를 높이 들어 올려다봐야 할 만큼 커다란 돌덩이였다. 토모에가 커다란 바위산을 도려낸 바윗덩어리에다가 시키와 함께 특수한 술법적 처리를 가한 특제 과녁이었다.

직경은 20미터 정돈가?

쓸데없이 커다랗고 묘한 박력이 전해져왔다.

아공의 종족들은 이제부터 저 돌덩이를 과녁 삼아 신나게 자신들의 새로운 기술을 선보일 것이다. 그리고 저 돌덩이의 표면으로 각 기술들의 수치화된 위력이 표시되는 구조라는군.

개회사 대신 직접 동작 실험을 맡아보겠다는 말을 한 나에게 돌아온 대답은…….

"이벤트를 파괴하지 마십시오."

"처음이자 마지막 발표가 되고 말 겁니다. 아무쪼록 삼가주시기 바랍니다."

―그런 식으로, 두 사람 모두로부터 제지를 받은 이상 포기할 수밖에 없었다.

아직 아무한테도 말하진 않았지만, 나의 신기술은 기껏해야 슬라임 펀치(가칭)니까 위력은 낮은 편일 텐데 말이야.

애초부터 개인적으로 슬라임 군에게 바라는 건 강력한 공격력보단 튼튼한 방어력이었다. 솔직히 공격할 땐 가지고 다니는 활만으로도 충분하거든.

그런 고로, 발표회의 기본적인 흐름은 지극히 단순한 편이었다. 직접 공격 계열은 저 돌덩이를 향해 공격을 날리는 것뿐이다. 그 이외의 지원이나 보조 계열은, 선보인 기술들을 나나 종자들이 채점하는 형식으로 평가한다.

공격과 보조라는 두 가지 측면을 겸비한 특수한 기술은 종합적으로 평가한다.

채점은 감점 식인 모양이다. 부문마다 순위는 매기는 한편, 최우수상을 정하진 않으려는 의도라는군. 그런 중요한 방침을 당일 날에 와서야 밝히다니…….

그러고 보니 시키도 뭔가 새로운 기술을 준비해 온 눈치였다. 꽤나 들떠 보이는군.

나한텐 좀 참아달라는 소릴 한 주제에, 네 진짜 실력을 구경한 다른 사람들이 엄청나게 주눅 드는 건 상상이 안 가나? 그건 문제 없는 거냐는 질문을 던지고 싶었다.

하지만 말리기도 좀 그러니, 일단 두고 보자.

시키와 정반대로, 토모에는 완전히 심사의원 역할을 하는 데만 집중할 생각인 모양이다.

새로운 기술에 관해선 거의 관심이 없어 보이던 미오는, 요리 콘테스트 같은 종류의 행사가 없다는데 관해선 언짢은 듯이 보였다. 어쩔 수 없이 이번 이벤트의 전반적인 식사에 관해 일임하니, 그럭저럭 만족한 모양이다.

발표회는 낮부터 개최될 예정이다. 하지만 오늘은 일반적인 업무를 쉰다는 통지를 했다. 보기만 하는 주민들한텐 휴일의 유일한 낙이나 다름없게 된 셈이다.

맛있는 밥과 맛있는 술이 나오는 이벤트로 치러지는 만큼, 발표 회장은 대단한 성황을 이루고 있었다. 아공 주민들한텐 뛰어난 기술 역시 훌륭한 술안주가 되는가 보는군.

"먼저, 하이랜드 오크! 아가레스와 에마! 시작해 보거라!!"

토모에의 기세 좋은 호령이 떨어졌다.

참가 번호 1번인 아가레스와 에마가 돌덩이로부터 약간 먼 거리로 가서 섰다.

호오, 에마까지 나온단 말이지?

아가레스는 늑대들과 마주친 이후로 예전보다 훨씬 격렬하게 단련하는데 몰두하고 있다는 소릴 들었다. 이런 단기간 동안 다른 사람들에게 보여줄 만한 기술을 터득했다는 건, 그의 놀라운 잠재능력을 증명한다. 혹은 에마와 협력하는 종류의 기술일 수도 있다.

저래 봬도 에마는 하이랜드 오크 종족 가운데 최고의 마술사로 알려져 있는 인재거든.

공격과 보조, 회복까지 전부 다 맡길 수 있는 만능 현자 타입이다. 나나 토모에 일행의 비서 같은 역할을 시키고 있는 평소의 일과 시간이 아깝게 느껴질 정도였다.

뭐, 본인은 보람 있다는 식으로 말하고 있지만 말이야.

"우오오!"

아가레스가 방어 따위는 전혀 고려하지 않는, 빈틈투성이의 자세로 손안의 커다란 둔기에다가 힘을 모았다. 이번엔 할버드가 아니라 둔기를 쓰나? 그는 양쪽 다 흠잡을 데 없이 능숙하게 다룬다.

에마는 에마대로, 경우에 따라선 술법을 건 상대와 가까운 데서 폭발이라도 일어나고도 남을 만큼 불안정한 보조 술법을 읊기 시작했다.

이건 보조를 받은 아가레스 역시 컨트롤하는데 정신을 집중할 필요가 있어 보이는 기술이군.

하지만…….

"흐음. 아가레스…… 원래부터 단독 전투 기술에 관해선 정평이 나 있는 남자였습니다만, 에마의 마술 실력을 완전히 인정한 모양이군요. 그리고 저 공격 준비 자세를 보십시오."

토모에가 대담하게 웃었다.

그렇군. 그녀는 나와 같은 마음으로 구경하고 있던 모양이다.

"응. 저건 동료와 협력할 준비가 되어 있을 뿐만 아니라, 때로는 방어를 완전히 맡길 수도 있다는 의사표시야. 늑대나 곰과 만남이 그의 삶에 관한 사고방식을 완전히 바꾼 것 같군."

"혼자선 불가능한 작업을 다 함께 하는 방식을 깨우친 거로군요. 혼자서 저 정도의 실력을 쌓아 올린 자가 뒤늦게 도달하기는 어려운 경지입니다만, 드디어 한 계단 위로 올라선 모양입니다. 점수를 추가로 줄 만한 가치가 있어 보이는군요."

아가레스는 일종의 만능형 전사였다. 팀플레이까지 문제없이 수행할 수 있을 뿐만 아니라, 스스로 지휘까지 할 수 있다.

하지만 단 한 가지, 신경 쓰이는 점이 눈에 띄었다.

그것은 팀원들을 완전히 믿지 않는다는 점이었다.

단점이랄 정도는 아니었다. 오히려 그의 신중한 성격이 팀 전체를 성장시키는 경우까지 있었다. 하지만 그는 근본적으로, 자신의 몸은 자신만이 지킬 수 있다는 사고방식의 소유자였다.

팀에 대한 협력은 아끼지 않을 뿐만 아니라, 동료들을 구하는 건 당연한 의무다. 하지만 자기 자신에 관해선 스스로 해결할 테니 신경 쓰지 마라. 그것이야말로 그의 기본적인 자세였다.

그래서 지금까진 저런 식으로 무방비하게 힘을 모으거나 자기 자신에게도 위험할 가능성이 있는 지원 술법은 받으려 하지 않았다.

그러던 그가 지금, 자신의 변화를 하이랜드 오크들뿐만 아니라 다른 종족들에게까지 선보이고 있는 것이다. 정말로 엄청난 변화였다. 실제로 단순히 큰 기술을 노리는 그에게 박수갈채를 퍼붓는 관객들이 눈에 띄는 가운데, 아공 랭킹 등의 행사가 개최될 때마다 그와 실력을 겨루는 각 종족의 에이스들은 진지한 얼굴로 그의 일거수일투족을 지켜보고 있었다.

지금부터 표시될 수치가 높건 낮건, 정작 그에게 있어선 그다지 큰 의미가 없을지도 모른다.

그는 이미 목적을 달성했기 때문이다.

지금껏 힘을 모으고 있던 아가레스가 드디어 몸을 움직이자, 관객석의 환호성 또한 단숨에 달아올랐다. 거의 대포알이 발사된 거나 마찬가지였다. 그런 표현이 딱 와 닿는 아가레스의 돌격, 그리고 그에 이어 강렬한 둔기의 일격이 작렬했다.

하지만 그 공격을 맞은 돌덩이는, 꿈쩍도 하지 않았다.

흰색 빛 몇 줄기가 돌덩이의 표면에서 꿈틀거리는가 싶더니, 곧바로 수치가 표시됐다.

"78점. 어중간하군. 조금 아쉽게 나온 시험 점수 같은 느낌이야."

"……호오? 도련님, 저건 꽤나 높은 수치에 속합니다. 75 정도면 직격했을 때 시키에게 타격을 가할 수 있다는 설정이거든요."

정말?

대단한데? 조금 아쉽기는커녕, 본인의 한계를 약간 뛰어넘을 정도잖아?

"설마 만점일 땐 나한테도 타격이 올 정도야?"

"일단 100점은 이 몸을 기준으로 설정했습니다. 도련님을 만점의 기준으로 삼기는 불경스럽다는 느낌이 들어서요."

100점이 만점이라는 소리군. 그야말로 학교 시험 같은 점수 기준이야.

"응, 그렇구나. 참고로 미오는 몇 점 정도지?"

"아마도 50점 정도가 아닐까요?"

"의외로 낮은 편이구나."

"저 녀석은 언제나 곧바로 재생되는데다가, 방어력이 강한 타입은 아니니까요."

그 말을 듣고 나서야 기억이 났다.

토모에가 말하는 50점 정도라는 수치는 혹시…….

"그러니까 50점은, 내가 처음 만난 미오의 다리들을 전부 잘랐을 때 정도의 위력인가?

"완벽한 정답이십니다."

"그래, 알아들었어. 지금 공격은 그때보다 1.5배 정도 높은 위력이란 말이군."

대단히 강력하다는 소리였다.

시키한테도 타격이 갈 정도라니까 말이다.

"저 위력을 기준으로 삼으면…… 지금부터 나올 자들이 불쌍할지도 모르겠군요."

토모에가 정말 별 수 없다는 말투로 다른 참가자들을 동정하는 태도를 보였다.

"별 수 없는 일이야. 열심히 노력해 달라는 말밖에 안 나오는군."

"지당하신 말씀입니다."

토모에가 걱정한 대로, 그 이후로 도전한 수많은 참가자들 가운데 어느 한 사람조차 참가 번호 1번이었던 아가레스의 수치를 넘을 수 없었다.

사실은 비슷한 수치를 내기는커녕, 50점을 넘는 경우조차 흔치 않을 정도였다. 아가레스의 일격은 완벽한 단독 선두를 달렸다. 아직까지 다른 종족들이 기록을 갈아치울 듯한 낌새는 전혀 없었지만, 그들 역시 완전히 단념한 것은 아니었다.

아가레스에게 질 수 없다는 듯이, 미스티오 리자드 종족의 한 부대가 극적인 장면을 연출하긴 했다. 그들은 돌덩이가 아니라, 하늘을 향해 브레스를 발사했다. 사방으로 뻗쳐 나가는 타입이 아닌 레이저처럼 한 군데로 강하게 집중된 브레스가 화려하게 구름을 뚫고 올라가자, 관객석으로부터 한층 더 큰 환호성이 울려 퍼졌다. 게다가 그들은 브레스뿐만 아니라 집중된 타입의 포효까지 선보였다. 브레스와 마찬가지로 아득한 상공까지 닿은 그들의 포효는, 투명한 진동으로 구름들을 흩뜨려 보였다. 언뜻 봐도 상당한 수준으로 사거리를 향상시킨 것이다.

명확하게 익인들을 상대할 경우를 대비한 예방책이었지만, 수평 방향을 향해 쏠 땐 지대지 전투를 치르는데 적합한 안정적인 선제 공격으로 활용될 수 있을 듯이 보였다.

익인들 또한 경악을 금치 못 하는 표정으로 구름이 찢어지는 광경을 쳐다보고 있었다.

아공의 종족들이 이렇게 빨리 자신들에 대한 대책을 세울 줄은 미처 예상치 못한 모양이다.

엘더 드워프 종족의 베렌은, 언뜻 볼 땐 그에게 어울리지 않는 작은 손도끼를 든 채로 등장했다. 그리고 돌덩이에 매달리더니, 곧장 힘차게 그 위까지 기어 올라갔다.

베렌은 한 손으로도 충분히 들 수 있는 손도끼를, 일부러 양손으로 치켜들었다. 비교적 심심한 전개를 잠자코 지켜보던 관객석으로부터, 약간 흥이 깨진 듯한 분위기가 전해져왔다.

하지만 다음 순간부터 그의 손도끼가 마구 커지더니, 급기야는 로봇의 무기 사이즈까지 도달했다. 그가 휘두른 거대한 도끼가 돌덩어리와 정면으로 충돌했다.

그러나 도끼가 바위를 갈라버리는 광경은 볼 수 없었다. 깔끔하게 갈라버리기는커녕, 도끼날은 바위 표면과 맞닿은 상태로 멈춰 있었다. 겉모습만 볼 땐 부딪치자마자 완전히 산산조각날 것 같았는데 말이야.

토모에와 시키의 변태적인 개조가 진면목을 보였다는 건가? 정말 무시무시하군.

하지만 대단하긴 정말 대단하다. 사이즈 변화 계열이라니, 진짜 판타지라는 느낌이야.

나온 수치 또한 아가레스에게 버금가는 70이었다.

도끼의 이름은 「산 자르기」라는군. 그 도끼는 충분하고도 남을 정도로 관객들을 경악시킨 듯이 보였지만, 베렌은 「아직 개량의 여지가 있군. 이름을 따라가지 못하는 수준이야.」라는 식으로 분한 감정을 드러내 보였다.

미오의 권속인 아르케들 중에선 커다란 몸집의 남성 타입 한 사람이 등장했다. 와이어를 능숙하게 쓴 예리한 참격(斬擊)을 선보였다. 이 기술은 사거리가 긴데다가 줄로서의 성질까지 갖추고 있다보니, 참격뿐만 아니라 다양한 종류의 공격으로 응용 가능하다. 때에 따라선 상대방을 구속하는 수단으로까지 변환되어 관중들의 주목을 받았다. 일종의 와이어 전투술이라고 해야 하나? 미오가 쓰는 참철선(斬鐵扇) 같은 무기도 저 기술의 연장선상에 해당된다.

익인들은 구름 위로부터 지상에 그려진 과녁을 맞추는 정확한 원거리 공격 기술을 선보였다.

아무리 눈이 좋더라도, 상공으로 올라간 익인 전사가 과녁을 정확히 파악할 수 있을 리가 없다. 따라서 고고도로부터 지상을 향한 공격의 명중 정확도는 저하된다. 이것은 오크나 리자드맨들이 익인들의 공격을 회피하는 데도 유리하게 작용되는 요소였다.

그런데 상공으로 올라간 익인은 귀신같이 지상의 과녁을 여러 차례에 걸쳐 명중시켰다.

듣자 하니, 지상에 남아 있는 검은 날개의 익인과 상공의 익인끼리 과녁의 위치 정보를 링크 공유하는데 성공한 모양이다. 이 분들은 방어력을 단련하기보단 폭격의 정확도를 더욱더 강화하는데 집중할 계획인가 보군.

지상의 정보를 상공으로 전송함으로써, 상공의 전사가 그 정보에 따라 목표를 향해 최강의 공격을 날린다는 방법론이다. 정말로 전투기의 운용 방식과 빼닮았다.

공격의 위력을 측정해 본 결과, 최고 수치는 20이었다.

아직까진 공격의 위력까지 강화할 수 있을 정도의 여유는 없나 보다.

그러나 안전지대로부터 일방적인 공격을 날릴 수 있다는 확실한 장점을 고려하자면, 충분하고도 남을 정도의 화력이었다. 결코 약한 수준은 아니었다.

익인들과 모의 전투를 치렀을 땐 결정타가 없던 그들에게 다른 종족들보다 불리하다는 지적을 한 입장이지만, 지금 보니 꽤나 만만치 않군. 경우에 따라선 우열을 가리기 힘들지도 몰라.

추가로 지상 운용 부대가 제대로 된 전투력만 갖출 수 있다면, 틀림없이 전투 방식의 폭 자체가 좀 더 넓어질 뿐만 아니라 상공으로부터 날리는 저격의 효과까지 극대화시킬 수 있을 것이다. 나한테는 오직 그 부분만이 한 끝 차이로 아쉽게 느껴졌다.

그들의 원거리 공격은 공대지가 메인이다. 그래서 더욱더 초장거리 사격에 집착하는 모양이지만, 원래부터 거의 완벽에 가깝게 구사하는 바람 속성을 공대지뿐만 아니라 지대지로도 활용할 수 있게 될 경우엔 상대가 느끼는 압박감은 배가되지 않을까? 당장 지금 봐도 전부 상공으로 올라가기보다는 서포트하는데 집중하는 인원을 지상에다가 남기는 방식이잖아?

그건 그렇고, 오늘의 메인이벤트를 담당할 인원들은 다름 아닌 숲 도깨비 종족이었다.

에이스로 불러야 할진 모르겠다만, 어쨌거나 상식을 초월하는 걸로는 정상급의 콤비였다. 아쿠아와 에리스가 등장했다.

"토모에, 저 알록달록한 의상은 뭐지?"

두 사람은 일요일 아침의 여아용 애니메이션 주인공들을 연상케 하는 차림새로, 바위 위까지 기어 올라갔다.

"글쎄요…… 사전에 전해 듣지 못한 옷차림이로군요. 다 함께 즐기자는 의도로 주최한 모임이긴 하나, 무의미한 장난질까지 용납한 기억은 없으니 당연히 뭔가 의미야 있겠습니다만……."

그런 소릴 하는 너 역시 반신반의 상태잖아?

눈이 그렇게 말하고 있거든?

"응, 어? 고마워."

다음 차례를 기다리던 특별 출장 선수, 시키가 나에게 뛰어 왔다. 그는 나에게 종잇조각 하나를 건네더니, 고개를 숙이자마자 다음 순서를 기다리던 장소로 되돌아갔다.

어디 보자.

"……아하, 토모에? 직전에 신청한 내용인가 봐. 저 의상은 지금부터 기술을 사용하는데 필요한 예복이라는군. 아직 맨몸으론 제어하기 힘든 모양이야."

"예복이라고요? 단순한 예복을 입는데, 이렇게 예고 없이 신청 따윌 할린 없지 않을까요?"

"……."

동감이다.

도대체 어디서 튀어나온 미소녀 전사나 마법 소녀냐고 캐묻고 싶은 코스프— 예복이야.

작은 몸집의 꼬맹이 사이즈인 에리스한테야 별 문제 없이 어울렸으나, 큰 키의 모델 스타일인 아쿠아한테는 사실상 거의 고문급의 수치 플레이였다.

실제로 에리스는 관객들을 마주보는 자세로 신나게 몸을 돌리거나 짧은 지팡이를 든 한 손으로 포즈를 취하고 있었지만, 아쿠아는 신명이 난 에리스를 말리기는커녕 묵묵히 고개를 숙이고만 있었다. 아쿠아와 에리스의 콤비가 아니었다면, 가벼운 왕따 사건으로 의심될 정도야.

"어쨌거나 여러분, 정숙하시기 바랍니다!"

특별한 이유 없이 에리스가 현장을 지휘하기 시작했다.

"지금부터 선보이는 건, 저희 둘이 몸과 마음을 다 바쳐 고안한 자랑스러운 결계입니다."

결계였단 말이지? 화려한 걸 좋아하는 에리스의 성격상, 높은 확률로 광역 섬멸 계열 술법일 줄 알았다. 그리고 아쿠아는 전혀 입을 열지 않는군.

"그렇습니다. 말하자면 도령께서도 돌파하시는데 하룻밤 정도는 필요하실 최고의 술법!!"

흐음…… 지금 봤지? 확실하게 나를 봤다. 에리스 녀석, 겁 없이 자신보다 강한 상대에게 도전하는 영악한 눈동자였다. 그녀의 이런 구석은, 개인적으론 꽤나 마음에 드는 편이었다.

참고로 옆자리의 토모에는 입가를 움찔거리고 있는 중이었다.

에리스의 연설을 듣고 있던 관객들 사이로 웅성거리는 소리가 퍼져 나갔다.

"아무튼 신사 숙녀 여러분, 똑똑히 지켜보십시오! 가자, 아쿠아!"

"……죽고 싶어."

의기양양한 에리스와 함께 서 있던 아쿠아가, 조그맣게 중얼거리는 소리가 들려왔다.

죽고 싶다니, 너 말인데? 왜 갑자기 그런 야단스러운…… 나는 그 순간까지만 해도 그렇게 느꼈다. 하지만…….

하필이면, 아쿠아와 에리스가 술법 영창과 함께 춤을 추기 시작한 것이다.

그야말로 완전히 일요일 아침의 여아용 애니메이션이나 다름없는 상태였다.

딱 한 가지 다른 점은, 두 사람의 키 차이가 극단적으로 언밸런스한 콤비였다는 것이었다. 모처럼 정확하게 들어맞는 호흡과 겉모습의 조화가 이루어지지 않아 웃긴다는 인상을 준다.

경쾌하게 춤추고 있는 에리스와 손을 맞잡은 채로 짝을 이뤄 춤을 추는 아쿠아는, 답답한 듯이 무릎을 굽혔다. 그 모습은 마치 유치원의 아이와 춤을 추는 보모 언니처럼 보였다.

저건…… 지옥이야.

"저 멍청이들의 속셈을 도무지 짐작할 수가 없군. 나중에 몬드를 불러 설교를 할 건수로고."

토모에가 왼손으로 눈썹 사이를 억눌렀다. 입가는 웃는 듯이 보였지만, 역시 화난 건 틀림없다. 창피를 당한데다가 토모에의 분노까지 사다니……. 아쿠아에게 지금 이 순간은 최악의 지옥이리라. 처음 봐서 아직 전체를 완전히 파악한 건 아니지만, 정말 저 춤이 필요하긴 한가?

아마도 에리스가 무조건 필요하다는 주장으로 아쿠아를 찍어 눌렀겠지만…… 아무리 생각해도 에리스의 취미로밖에 보이지 않았다.

죽고 싶다는 아쿠아의 심정이 아주 약간 이해가 갔다.

드디어 영창이 완성된 순간, 아쿠아와 에리스가 포즈를 잡았다.

게다가 어째선지 돌덩이 위를 자신들의 무대로 삼았다.

울다가 웃는 표정으로 춤을 다 춘 아쿠아의 얼굴이, 철야로 업무를 다 본 기업 전사를 연상케 하는 엄숙한 분위기를 띠고 있었다.

"필살!!"

필살이라니, 결계라면서? 도대체 어느 정도까지 어중간해야 직성이 풀리겠냐?

"프로라아알!"

""트리뷰트으으으!!""

자포자기 상태의 아쿠아와 신명 난 에리스의 목소리가 하모니를 일으켰다.

바로 그 순간, 두 사람이 올라가 있던 돌덩이를 통째로 뒤덮듯이 순간적으로 신전이나 엇비슷한 건물처럼 보이는 원뿔 형태의 얼음 결계가 펼쳐졌다.

아니, 이건—.

"흠, 아무 근거 없는 큰소리는 아니었나 보군. 참으로 얄미운 멍청이들이로고."

정말로 상당히 대단한 결계가 완성되고 말았다.

그리고 내가 학원 강사로 일할 때 쓰는 필담을 따라한 건가? 에리스의 소행이 틀림없는 글자가 결계 바깥으로 떠올랐다.

[뚫을 수 있거든 꿰뚫어 보던가!]

거칠게 갈겨 쓴 듯한 글씨체였다.

도발로밖에 보이지 않는 에리스의 글씨를 목격하자마자, 몬드를 비롯한 숲 도깨비들은 사방으로 머리를 숙이러 다녔다. 그러고 보니 딱 한 번, 몬드가 머리를 숙인 횟수만큼 아쿠아와 에리스에게 박치기를 날리라는 벌을 준 적이 있다. 그걸 지금 할 경우, 에리스 녀석의 머리가 땅속 깊숙이 처박힐 지도 모르겠군.

하지만 그건 그렇고, 눈앞의 결계는 정말로 그녀가 자신만만한 태도를 보일만한 가치는 있었다. 이만한 완성도를 목격하면, 에리스가 방금 보인 도전적인 태도는 물론이거니와 아쿠아가 죽고 싶다는 혼잣말을 중얼거리면서도 결국은 협력한 것까지 전부 다 이해가 간다.

하지만 이럴 때의 아공 주민들은 절대로 감탄스러운 듯이 그냥 쳐다보기만 하는 법이 없다.

혈기 왕성한 오크 종족의 젊은이가 무기를 들더니, 얼음벽을 향해 한껏 부여 술법을 건 일격을 날렸다. 그런데 오크의 무기와 결계가 닿은 바로 그 순간, 무기로부터 손으로 순식간에 한기가 도는가 싶더니 그의 팔 중간 부분까지 새하얗게 뒤덮어 버렸다.

그 광경을 목격한 그의 동료가 그를 황급히 결계로부터 잡아떼자, 젊은 오크의 몸으로부터 새하얗게 얼어붙은 팔이 손에 든 무기채로 떨어져 나가더니 미세한 얼음 가루가 되어 산산이 흩어져 버렸다. 결계 술법인 주제에 쓸데없이 엄청나게 공격적이군.

"필살, 이란 말이지? 완전한 허풍은 아니었던 모양이야."

“곧바로 치료를 시키겠습니다. 그나저나 난감하군요. 큰소리치는 이유가 있었습니다. 이 몸이나 미오의 공격력으로도 저 결계를 파괴하는 데는 꽤나 시간이 걸릴 것 같습니다. 안으로 들어가 결계를 풀 수밖에 없어 보입니다만……. 글자를 쓴 걸로 봐선 외부의 목소리는 안 들릴 공산이 크니…….”

“……흠.”

나는 계로 결계를 살폈다.

방금 실제 사례를 선보인 대로, 무지막지하게 공격적인 결계였다. 당연히 강도 또한 더할 나위 없었다. 영창 언어 가운데 코큐토스라는 단어가 끼어 있던 걸로 기억한다.

아마도 얼음 지옥의 명칭이다. 그리스 신화에도 나오는 이름이었나? 왜 그런 걸 알고 있는 건지……. 생각을 하다 보니 에리스라는 이유로 납득이 간다.

그녀는 어째선지 한자 같은 글자에 관한 지식까지 가지고 있었다. 저 녀석은 도대체 가끔씩 뭐랑 통신하는 거야? 고민할수록 두통만 온다.

그나저나, 저 결계 어딘가에 구멍 같은 건 없나? 나는 계로 결계 주변을 샅샅이 뒤졌다.

…….

아니, 이건 또 뭐야? 혹시 개그?

구멍은 뚫려 있었다. 심지어 대단히 유쾌한 장소로군.

저 결계는, 땅바닥 위로 나 있다. 결국 지표면으로부터 약간 밑으로 들어간 데까지밖에 효과가 발생 안 된다는 뜻이었다.

토모에와 시키에게 시선을 돌려 보니, 두 사람 다 몹시 진지하게 고민하는 중이다.

아공의 지장(智將)들한테도 의외의 빈틈이 있었나 보군.

저 엄청난 결계를 물리적으로, 요컨대 땅굴을 뚫는 것만으로도 높은 확률로 통과할 수 있다는 건 솔직히 너무 어이없지 않아?

토모에한테 가르쳐줄까? 하지만 그러면 아쿠아와 에리스는 속수무책으로 혼부터 나려나?

"……에휴."

어쩔 수 없지. 나 혼자 몰래 해결해 버리자.

아직은 안으로 들어가서, 에리스로 하여금 결계를 자발적으로 풀게 함으로써 평화롭게 끝날 수 있는 상황이다. 그리고 무적의 결계(뽑)가 가진 결함에 관해선, 메인 술사인 에리스로 하여금 지금부터 스스로 고민하게 할 생각이다.

결계 바깥—.

나는 관객들의 시야로부터 사각지대가 되는 장소로 전이(轉移)했다.

그리고 음소거 상태로 3분 동안 땅굴을 팠다.

사전에 계를 써서 파악한 대로 결계는 거기서 깔끔하게 끊겨 있었다.

U자 모양으로 터널을 개통시키는 걸로 내부 침입 과정은 끝이 났다. 그리고 흔적을 지우자마자 두 사람이 기다리고 있는 돌덩이 위로 기어 올라갔다.

"어떠냐, 에리스. 돌파 완료야."

"도, 도, 도, 도, 도련님?!"

"크아카#$%&?!"

아쿠아가 뒷걸음질을 치다가 주저앉더니, 에리스는 나를 향해 손가락질을 한 채로 토끼뜀을 뛰었다.

"솔직히 너희들에 관해선 정말 예상이 안 간다. 쓸데없이 까부는 태도로 꽤나 엄청난 짓을 하는가 싶더니만, 역시나 어딘지 모르게 얼빠진 데가 있거든."

"아무리 도령께서 상식 밖의 규격을 벗어난 UMA라고 하더라도, 하룻밤은 아니라도 몇 시간 정도는 무조건 버틸 수 있을 줄 알았는데요?!"

상식이나 규격을 벗어난 적은 없어. 그리고 UMA도 아니야.

"진정해. 어쨌거나, 우선 결계부터 풀어. 곧장 해답을 가르쳐주는 건 너희들한테 득 될 리가 없을 테니, 결계의 결함에 관해선 차분히 고찰해 보도록 해. 알아들었지?"

"에리스, 넌 정말—! 뭐가 최강의 결계냐—!"

맥없이 결계가 뚫린 일로 드디어 참을성의 한계가 와 버린 아쿠아가 에리스에게 고함을 쳤다.

"하지만 아쿠아, 결계 자체는 아직 건재한 상태야! 이번엔 아마도 도련님께서 뭔가 반칙을 쓰신 거라니까! 저기 봐, 아직 절찬 동결 중이잖아!"

"으, 크윽. 틀림없이 그렇긴 하지만 말이야!! 나는 정말 상상을 초월할 만큼 치욕스러운 춤을 다 췄단 말이다아아아!!"

에리스의 목덜미를 붙잡은 아쿠아가, 그 작은 몸을 앞뒤로 마구 뒤흔들었다.

솔직히 이번엔 심정적으로 아쿠아에게 완전히 동의할 수밖에 없군.

한동안 흔들리고 있어라, 에리스.

"크윽, 결계의 대안이었던 『얼음 위를 하이힐로 달린다』는 기술을 선보여야 했나?!"

그건 그냥 곡예거든?

얼음 위를 활주한다는 건 결국 그냥 스케이트를 타는 거나 마찬가지야. 이왕 달릴 바엔 물 위를 달리는 편이 임팩트가 크지 않나? 모르긴 몰라도 토모에 같은 녀석은 그 정도의 묘기는 아무렇지도 않은 얼굴로 선보이고도 남으리라는 예감이 들었다.

그건 그렇고, 언제까지나 이런 식으로 잡담이나 나눌 시간은 없다.

이렇게 일부러 두 사람의 결계를 지체 없이 풀러 온 까닭은 시키 역시 기술을 선보이는데 이 돌덩이를 쓸 예정이라는 이유도 있다.

"어쨌거나 너희들? 다음 순서가 기다리고 있다는 걸 잊지 마. 얼른 결계부터 풀어."

곧이어 결계가 풀렸을 뿐만 아니라 거기서 나까지 함께 나오자, 관객들로부터 「묘기 대성공」이라는 소감이 담긴 박수를 받았다.

……조금 기분이 좋았다.

"다녀왔어."

"……혹시 도련님께서도 한통속이셨습니까?"

"그럴 리가 있냐? 시키까지 저 돌덩이를 쓸 예정이라니까, 얼른 끝마치러 갔던 것뿐이야."

"도련님께선 점점 미지의 생명체들이나 들어가는 영역으로 진입

하시는군요.”

기가 막힌 표정의 토모에가 입에 담은 실례되는 촌평은 가볍게 흘려들었다.

미지의 생명체?

여기서부턴 특별 프로그램이다. 드디어 시키가 나설 차례야.

시키의 차례가 끝나고 나선 미완성 상태로나마 마력을 응용한 사례 중 하나로 나의 슬라임 군을 깜짝 공개한 다음, 종자들이나 주민들의 의견을 들어볼 예정이다.

시키가 뭔가 몸속을 향해 영창을 읊기 시작했다.

“시키 녀석 역시 나름대로 새로운 힘을 얻은 모양입니다. 일단 구경부터 해보겠습니다.”

토모에가 몹시 기대된다는 표정으로 그를 지켜봤다. 당연히 나 역시 크게 기대 중이다.

한손을 앞으로 뻗은 시키가 스스로 구성한 술법을 전개하기 시작했다.

“와라, 「13계단(리스리처)」.”

“시키 녀석—.”

토모에의 입 꼬리가 올라갔다.

그녀의 눈은 매우 유쾌하고도, 호전적인 빛을 띠었다.

“제1부터 제4계단까지 해방. 「지팡이(완드)」「검(소드)」「잔(컵)」「동전(코인)」.”

술법의 명칭이라기보다 선언에 가까운 말들이 울려 퍼졌다.

어느 틈엔가 나타난 네 개의 반지가 앞으로 뻗은 시키의 손가락들로 꼽혀 들어간 순간, 그의 능력이 폭발적으로 올라갔다. 이 세상의 그 어떤 강화 술법으로도 증폭시킬 수 없다던 마력의 최대치까지 상승한 것으로 보인다.

바로 그 시점부터, 단순한 강화 술법을 사용한 것이 아님은 분명했다.

뒤이어, 시키는 나머지 한 손으로 들고 있던 즐겨 쓰는 검은 지팡이를 향해 말을 걸었다.

"제6의 나에게 걸맞은…… 칼집을 떨친 진정한……."

그의 목소리에 호응하듯이 검은 지팡이가 모습을 바꿨다.

전사들이 지니는 — 전사들이 들고 다니기도 커다란 — 대검(大劍), 클레이모어였다.

엘더 드워프들에게 제작을 의뢰한 무긴가? 도대체 저 새까만 지팡이를 어떻게 개조한 거야?

"건방지게도, 용에게 강력한 공격 성능을 부여할 줄이야. 꽤나 과감하구나, 시키여."

"용에 대한 특효 무기라는 소리야?"

"예. 저 검은 의심할 여지없는 드래곤 슬레이어라 할 수 있습니다. 다만 성검(聖劍)이나 신검(神劍)이라기보다 마검(魔劍)이나 요검(妖劍)이라 불러야 할 물건 같군요. 그나저나 저 녀석의 솜씨로 저런 대검을 과연 제대로 다룰 수나 있을런지?"

하긴 검을 다루는 솜씨에 관해선 분명하게 짚고 넘어갈 필요가 있긴 있겠군.

용에 대한 특효 무기를 준비한 이유는…… 역시 루토나 랜서를

상대할 경우를 내다본 건가?

시키는 아직 단념하지 않은 모양이야.

곧이어 시키는 또다시 하나의 선언과 함께 또 하나의 반지를 손가락에다가 끼웠다.

곧장 그가 휘두른 검은 대검의 일격은…… 돌덩어리를 보기 좋게 갈라 버렸다.

즉, 만점 이상이라는 뜻이다.

게다가 용에 대한 특효 성능까지 지니고 있다.

지금의 시키는, 명중만 시킬 수 있다면 토모에에게도 유효한 화력을 갖추고 있는 걸로 보인다. 하지만 저 공격은 도대체…….

도대체 무슨 수를 써야 순수한 마술사인 그가 저렇게 완벽한 참격을 날릴 수 있는 거지? 우리가 방금 목격한 그의 검술은 분명하게 검을 다루는 자가 날리는 일격이었다. 게다가 저 검의 궤도는 어디선가 본 듯한 느낌까지 들어.

어쨌거나 대단한 성장이다. 시키는 오늘 나온 반응 중 최고의 박수갈채를 받았다.

“방금 시키가 선보인 기술은 정말 굉장했어.”

“흥. 아직은 발끝에조차 닿게 할 마음은 없습니다만, 그나마 최소한의 실력을 갖추기 시작했다는 건 인정하도록 하지요.”

토모에가 약간 분하다는 듯이, 하지만 어딘지 모르게 즐거운 듯한 목소리로 중얼거렸다.

“크큭, 그런 걸로 치자.”

“저, 정말입니다, 도련님! 저런 공격은 맞지만 않는다면 정말로 별거 아니거든요?!"

"알아. 특히 너한테 직격을 시키는 거야말로 가장 어려운 과제라는 사실 정돈 말이지. 지금 하려던 말은 그런 뜻이 아니야. 시키를 향한 눈빛이 마치 동생을 지켜보는 누나처럼 보였거든."

"으음?"

"언젠가 정말로 따라잡힐 날이 올지는 모르겠지만, 시키는 토모에나 미오와 어깨를 나란히 하고자 수련을 쌓고 있는 거잖아? 시키의 성장은 당연한 결과야. 누군가의 목표가 된다는 건 꽤나 기분 좋지 않아?"

"……일단은, 그런 걸로 치지요."

"알아들었다니까? 좋아. 이제 나의 신기술 공개를 끝으로 행사를 마치자."

"어라, 도련님께서? 하지만 과녁은 이미 부서졌습니다. 애초부터 그 말씀은 금시초문인데요?"

"말은 지금 했잖아. 소위 말하는 깜짝 출연이라는 거지."

나는 무대 위로 이동했다.

시키의 참격에 의해 밑동만 남은 돌덩어리가 눈에 띄었다.

시키 또한 아직 남아 있었다.

"안녕, 시키? 정말 대단하더라. 이따가 방금 선보인 검기의 비밀이나 가르쳐주라."

"처음부터 그럴 생각이었습니다. 그런데 도련님께선 무슨 이유로 무대 위까지 오셨는지요?"

"다른 사람들의 신기술을 구경하다 보니, 내 것도 보여주고 싶다는 기분이 들었을 뿐이야."

"뭔가 새롭게 선보일 기술이라도 있으십니까?"

"응. 딱히 위험성은 없고, 공격력 자체를 상승시키는 방식은 아니니까 안심해. 그냥 이대로 제일 가까운 특등석에서 볼 수도 있는 기술이야."

"……도련님의 말씀을 굳이 사양할 필요는 없겠지요."

시키는 그냥 여기서 감상할 생각인 모양이다.

"아공의 백성들아! 지금부터 도련님께서 새로운 기술을 선보이신다. 마지막 여흥이다, 마음껏 만끽하도록!!"

토모에가 신호하는 대신 사람들의 주목을 나에게 모았다.

이왕 선보일 바엔, 그렇군. 여기 남아있는 돌덩이의 밑동이나 써먹어 볼까?

"계를 이용한 은폐 없이 쓰는 건 처음이군. 다들, 마음 편히 먹어. 마력을 응용하는 방법을 여러모로 궁리하다가 조금 흥미로운 현상을 발견한 것뿐이거든."

기대치를 낮추는 말을 입에 담은 다음, 몸 밖으로 마력을 방출시켰다.

나를 바라보던 고르곤과 익인들이 멍하게 넋이 나간 듯한 표정을 지었다. 그러고 보니 저 사람들한텐 아직 진짜 마력을 선보인 적이 없었나?

두 종족의 반응을 본 시키 역시 쓴웃음을 짓고 있었다.

괜히 경계당하고 싶지 않았기 때문에 지금껏 저들과 만날 때는 항상 마력을 은폐한 상태였거든. 저들한테는 지금 이 순간이 2중의 의미로 첫 공개인 셈이다.

어쨌거나, 이제부터 진짜 시작이야!

나는 입을 열어 영창을 읊기 시작했다.

『……?!』

몸 안의 마력과 몸 밖의 마력 양쪽 다, 엄청난 양의 추가적인 마력을 더욱더 게걸스럽게 요구해 왔다. 처음 보는 아공 사람들은 나의 의도가 예상조차 안 가리라. 언뜻 볼 땐 마력의 폭주로 인식될 상황이야. 하지만 나한텐 이미 익숙한 현상이다. 나는 태연하게 마력의 요구에 계속 응했다. 아직 몇 분 정도 더 걸리는 건 애교 수준이군.

영창이 하이라이트로 접어들자, 시키의 얼굴이 새파랗게 질리기 시작했다.

……이봐.

영창을 읊고 있는 건 나잖아? 네가 새파랗게 질릴 이유가 어디 있냐?

밖으로 쌓이는 마력과 몸 안으로부터 분출되는 마력이 나로서도 지금껏 좀처럼 선보인 적 없는 단계까지 올라가자, 깊고도 진한 남빛 마력이 나의 주위로 바람을 몰아 왔다.

이제 슬슬 피날레다. 나 자신의 몸이 어슴푸레한 빛을 띠었다.

그리고 묵직하고도 조용한, 하지만 분명한 질량이 나의 주위로 나타났다.

슬라임 군, 아니, 이제는 사람의 상반신 같은 형태로 고정된 보디 군이 완성됐다.

나 자신은 그 복부 근처로 수납된 느낌으로, 머리가 있는 높이는 2미터 50센티미터 정돈가? 구현된 부분의 빛깔은 부드러운 오렌지 빛으로 변화된 상태였다.

“마력의, 물질화? 아니, 그보다도 마력의 소비량 자체가 터무니없는 수준이야. 그리고「마력체(魔力體)」그 자체의 높은 밀도…….”

마력체……라고? 시키, 말 한 번 잘 했다. 괜찮은 이름이군. 잘 쓸게.

“갑옷으로 써먹을 수도 있는데다가 술법의 위력까지 증폭시켜주는 마력 응용 방법, 마력체야! 어때?! 기존의 술법이 지니고 있던 위력에다가, 마력체 부분의 마력까지 덧붙일 수 있는 새로운 방법이지!”

『…….』

아공 주민 일동의 분위기는, 그야말로 이보다 더할 수 없을 만큼 썰렁하기 그지없었다.

오늘의 행사가 시작된 이후로 가장 조용한 분위기가 뼈에 사무쳤다.

하긴, 시키 만큼 임팩트 있는 기술을 선보인 건 아니야. 뭔가 부수는 종류의 기술은 아니거든.

하지만 아무 반응 없는 건 좀 그렇지 않아? 이래 봬도 난 아공의 왕 비슷한 입장이라면서? 약간이나마 체면을 세워주는 의미로 뜸한 박수라도 쳐주는 정돈 인지상정 아닌가요?

음식을 만드는데 정신이 팔려 있던 미오조차, 손을 멈춘 채로 나를 뚫어지게 쳐다보고 있다.

시키는 그나마 기술의 이름까진 붙여 줬지만, 그 이후론 침묵을 지키고 있다. 토모에는 입을 멍청하게 딱 벌린 채로 아무 표정 없이 나와 마력체를 번갈아 보고 있다. 다른 종족 여러분들 가운데…… 몇 할 정도는 취침 중이다.

아무리 마력을 띤 바람이 불었다지만, 당신들은 겨우 그 정도로 기절할 수준은 아니잖아!

고르곤 족장 자매는 술에 취한 듯이 멍한 얼굴로 무력하게 주저앉은 상태였다. 두 사람 말고도 힘없이 쓰러져 있는 이들이 적지 않게 눈에 띄었다.

익인 종족은 카큰 족장만이 엄청나게 떠는 자세로나마 꼿꼿이 서 있었지만, 다른 사람들은 전부 못 견딘 걸로 보인다.

오크나 리자드, 드워프들 역시 아무 반응 없거나 기절한 경우뿐이었다.

역시 그게 문제였나? 도중에 방출한 마력의 양이 너무 많았는지도 몰라.

애초부터 그런 용도의 술법이니까 어쩔 수 없는데…….

차라리 앞으론 계의 은폐 효과 없이 마력체를 발동시키는 건 삼가는 편이 나아 보인다. 다른 데선 지금 이 광경조차 아득히 능가하는 엄청난 참상을 연출할 걸로 예상되거든.

크—, 설마 이제 와서 추가로 새로운 문제가 나타날 줄이야.

정말 전혀 끝날 생각을 안 하는군.

"어—, 여러분? 소감은……."

"뭐—."

"응?"

"뭐, 뭐, 뭐—."

"……."

『뭐야, 이건——!!』

토모에와 시키가 두 사람치고는 꽤나 스스럼없는 말투로 목청껏 외쳤다.

그나마 정신을 차리고 있던 나머지 사람들 역시 전체적으로 찬성한다는 듯이, 고장 난 장난감처럼 고개를 마구 끄덕였다.

그건 내 대사야!! 뭐야, 이건——!

너희들이 할 말이 아니야!!

결국 그 이후, 발표회는 조용히 끝났다. 기절한 이들을 간호하던 각 종족은 발표회장을 뒤로했다. 나는 돌아가다가 신기한 듯이 마력체의 강도를 확인하고자 만지고 가는 여러분들을 배웅했다. 참으로 서글픈 반응이었다.

◇◆◇◆◇

아무튼 발표회는, 그런 식으로 끝이 났다.

저녁 식사 이후의 스케줄은 활 연습과 루토한테 전수받은 훈련 메뉴나 소화하다가 자는 것뿐이었지만, 낮의 반응이 아직껏 신경 쓰였다.

그렇게 유별난 구경거리를 선보였던 아쿠아와 에리스조차 완전 깬 듯이 새파란 얼굴빛을 띠었다. 다시 한 번 얼음 위를 달린다는 식의 유쾌한 발언이라도 하는 날엔 「이왕 달릴 바엔 물 위나 달려!」라는 식으로 정체불명의 딴지라도 걸 텐데 말이야.

…….

글렀다. 밤늦게 혼자서 방 안에 틀어박혀 있어봤자 풀만 죽을 뿐이야.

이왕 이렇게 된 바엔, 기분을 북돋는 의미로라도 토모에한테 물 위를 달려보라고 할까? 한 번 구경해보고 싶은 느낌이 든다. 응? 물, 위를…… 달려?

그 연상 작용을 계기 삼아, 문득 머릿속으로 기묘한 영상 하나가 떠올랐다.

그건 수조 안에 들어있던, 하얗게 흐려진 물이었다.

그리고 백의를 입은 사람이 그 위를…… 맞아!!

"바로 그 하얀 녀석이야——!!"

밤늦게 목청껏 고함을 치고 말았다. 나 자신이 마력체에게 바라던 성질, 지금 바로 그 영감이 빛났다.

에리스, 넌 정말 최고야.

만약 언젠가 정말로 얼음 위를 전속력으로 달리다가 (이중의 의미로) 아무리 엇나간다 한들, 나는 너한테 아낌없는 박수를 쳐줄게!!

방을 뛰쳐나온 나는 급하게 도서실로 향했다.

이제야 기억난다. 그건 TV 프로그램으로 나오던 과학 실험 중 하나였다.

사신의 기억을 종이책과 동영상이라는 형태로 찾는 건 기묘한 작업이었지만, 지금은 그런 사소한데다가 신경 쓸 때가 아니었다.

실제의 그 방송을 봤던 시기를 가까스로 떠올리던 나는, 꽤나 오랜 시간 동안 도서실 안을 뒤지고 나서야 겨우 그 정보를 발견하는데 성공했다.

"이거야!"

TV의 버라이어티 프로그램을 떠들썩하게 장식했던, 표면을 달려서 건널 수 있던 특이한 물이다. 어디 보자, 구성물은 물이랑…… 녹말가루?

비율은 반반 정도군.

그렇게 단순한 조합으로 되긴 되나…… 설마 엉터리 민간요법 같은 건 아니겠지?

다행히 재료 자체는 모으기 쉬운 것들뿐이니, 실제로 만들어나 보자. 스스로도 참 괴짜라는 생각이 들었지만, 실제로 체험해 보지 않고선 정확한 이미지를 떠올릴 수가 없거든.

곧장 롯츠갈드로 날아갔다.

조금 늦은 시간대였지만, 학원을 상대로 물건을 도매하는 상인 중 하나가 아직 가게를 열고 있었다. 예전에 팔리지 않는다는 식으로 투덜거리던 녹말가루를 전부 사들였다.

하지만 정작 녹말가루가 팔릴 순간이 다가오자, 가게 주인은 가격 교섭을 시도해 왔다.

가격과 품질의 타협점을 못 찾다 보니 불량 재고로 썩히고 있던 주제에 참 타산적이군. 정말 상인이라는 족속들은 성가시다. 뭐, 그러는 나 역시 바로 그 상인 중 한 사람이지만 말이야.

그러나 지금은 한 사람의 술사로서 대단히 중요한 국면이다. 돈 같은데 신경 쓸 정신은 없어. 결국 짜증을 이기지 못한 나는, 상대가 제시한 금액의 두 배를 놔두고 왔다.

여름 방학 기간이라 학생들이 줄어든 롯츠갈드의 시가지는 평소보다 조금 더 차분한 분위기였다. 하지만 밤중의 음식점 골목은 평소와 다를 바 없이 활기차 보였다.

주변 도시의 학생들이나 여름 방학이 끝나자마자 시작될 학원제를 구경하고자 미리 롯츠갈드를 방문한 관광객 등을 비롯해, 평소와 다른 고객층들로 모든 가게가 성황을 이루고 있었다.

그러한 거리 한복판을 대량의 녹말가루를 실은 짐수레를 끌고 가던 나는, 솔직히 조금 붕 떠 있었다. 쿠즈노하 상회의 가게로 돌아오자마자, 즉시 지하실로 뛰어 갔다. 장사보단 첩보적인 목적으로 활약할 기회가 많은 우리 가게의 비밀 공간이다.

곧장 지하실의 대형 수조를 물로 가득 채운 다음, 술법을 써서 1 대 1 비율이 되도록 녹말가루를 투입했다. 이럴 때 일일이 측량할 필요 없이 막연한 명령만으로도 뜻한 바를 정확히 실행해주는 건 마술의 대단히 빼어난 장점 중 하나야.

왜 대형 수조가 지하에 설치되어 있냐는 의문점이 고개를 전혀 들지 않을 만큼 대단하다.

…….

응, 신경 쓰지 말자.

"새하얗군."

커다란 수조는 나의 시야 전체를 하얗게 채웠다. 역시나 이건 좀 큰 편이야.

하지만 아마도 큰 문제는 없을 것이다.

발을 디딜 발판 위에 올라, 물 표면으로 천천히 손을 집어넣었다. 손바닥과 맞닿은 감촉은, 틀림없는 액체의 그것이었다. 그 자세 그대로 손을 가볍게 휘젓자, 역시나 액체에 가까운 감촉이 전해져 온다. 하지만 어느 정도 저항은 느껴지는군.

이제 슬슬, 어디 한 번 달려볼까?

……아니, 물 표면을 손바닥으로 힘차게 치는 정도로도 실험 자체는 성립되지 않나?

아니, 아니지. 잠깐만!

이왕 이렇게 녹말가루를 잔뜩 사온 이상, 좀 더 당당하게 나가야 하지 않을까?

몸으로 직접 알아야 한다.

미스미 마코토, 갑니다!!

과감히 물 표면을 향해 발을 내딛으며 달려 나갔다.

오, 우오오, 우오오오?!

성공이야. 발바닥으로부터 확실한 감촉이 전해져온다.

나는 멋지게 수조의 끄트머리부터 끄트머리까지 주파하는데 성공했다. 성공하고 말았다.

이런 물체가 세상에 정말로 존재할 줄은 몰랐다.

힘차게 칠 땐 단단하게 느껴지는 반면, 살짝 만질 땐 액체에 가깝다.

지금 느끼고 있는 이 감촉이야말로 나의 마력체에 필요한 성질이야.

원래의 목적이었던 마력의 출력을 강화하는 측면으로는 아직 두 배 정도로 배가시키는 성과밖에 못 거뒀지만, 좀 더 반가운 부산물로 언제나 전개 가능한 방어 수단을 손에 넣을 수 있을지도 모른다. 일상생활할 땐 걸리적거리지 않을 뿐만 아니라 상대방과 악수까지 할 수 있지만, 전투를 치를 땐 반대로 적의 공격을 완전히 가로막는 무적의 벽으로 써먹을 수 있다.

내부로부터 발사되는 나 자신의 공격은, 마력체의 형상을 변화시킴으로써 외부로 나갈 수 있다. 요컨대 임의로 뚫은 구멍을 통해 상대방을 공격할 수 있다는 뜻이지.

아마도 직접 쓸 무기는 활 정도밖에 없을 테니, 활용할 기회는 별로 많지 않아 보이는군.

순간적으로나마 뚫린 구멍은 당연히 상대가 비집고 들어올 수 있는 허점이 될 수도 있을 것이다. 하지만 원래부터 나는 마력체 자체를 숨긴 상태로 싸울 생각이니, 전투를 벌이다가 곧장 모든 걸 간파할 만한 상대는 거의 찾아보기 힘들 거야.

만약 공격의 빈틈을 비집고 들어올 만한 상대와 맞닥뜨렸을 때는 술법만 쓰는 걸로 해결된다.

술법을 나의 손뿐만 아니라 마력체의 표면 밖으로도 발동시킬 수 있게 된 이상, 예전처럼 마력체를 터뜨릴 일은 없다.

말인즉슨, 완전무결하다는 뜻이야.

오직 나를 위해서 존재하는 힘 같잖아!

하긴…… 스스로 창작한 능력이니 당연한 얘긴가?

이제 남은 건 조건을 설정해서, 나의 마력체에다가 이 하얀 물의 성질을 하나의 속성으로서 부여하는 것뿐이야.

“기존의 영창이 이런 식인데다가 마력체를 변형시킬 땐 이렇게 변하니까, 스스로 인식한 이 물의 특징을 여기다 부여하기 위해선…….”

정신을 차리고 보니 벌써 아침 해가 밝은 모양이다. 지하실로 아침 햇살이 들이비칠 리는 없었지만, 어수선하게 나돌아 다니는 소리들이 가게 안으로 울려 퍼졌다. 누가 눈을 떴나 보군.

지나치게 열중하다가 꽤나 적지 않은 시간을 쏟아 붓고 말았지만, 일단은 어찌되건 상관없다. 지금의 나는 기력이 마구 넘쳐날 정도야.

드디어 손에 넣었다.

목숨을 지키기 위한 방어 능력을, 아공을 지킬 수 있는 방패를—.

지금껏 계속 불안하게 여겨 왔던 만일의 사태에 대한 대비책을, 정말 예기치 못한 형태로 완성시켰다. 남은 건 이 기술을 더욱 강하게, 더욱 높은 밀도로 발전시키는 것뿐이다.

이젠 걱정 없다.

슬슬 늑대를 만나러 갈 날이 왔나?

난 지금부터, 원래는 절대로 구경조차 할 수 없었던 존재를 만나러 간다.

마력체의 방어 능력이 존재하는 이상, 안전을 확보하기 위해 그들을 억지로 구속할 필요조차 없었다. 너희들의 공격은 얼마든지 받아주마. 우리한테 필요한 건 바로 대화야.

좋아, 아공으로 돌아가자.

"어, 도련님? 이런 곳까지 와 계셨군요?"

지하실 입구로부터 느껴진 인기척을 향해 고개를 돌리자, 작은 몸집의 숲 도깨비 에리스가 나를 바라보고 있었다. 벌써부터 나의 뒤로 보이는 수조가 신경 쓰여 죽겠다는 표정이군.

"좋은 아침이야, 에리스."

그나저나, 도령이라고 부르는가 싶다가도 도련님이라고 부르기도 하고…… 에리스는 언제나 제멋대로군.

"안녕히 주무셨나요? 어제는 용케도 하이라이트를 앗아가셨을 뿐만 아니라, 터무니없는 초인 박람회까지 개최해주셔서 정말 너무나 감사하기 이를 데 없었습니다."

"어제는 어디까지나 미완성 상태로 시범만 보인 거야, 에리스. 하지만 네 덕분에, 드디어 잠정적인 완성 단계까지 오는데 성공했어."

본인한테야 전혀 알 길이 없었겠지만, 나로서는 에리스에게 감사하는 마음밖에 들지 않았다.

"어, 어제 보여주신 그 기술이 미완성이었다고요?! 웃는 얼굴로 폭탄 투하하시는 건 금지거든요?! 아니, 그보다 형씨는 단 하룻밤 동안 도대체 뭘 어떻게 완성시켰다는 겁니까요?!"

"하하하, 어쨌거나 나중에 숲 도깨비 일동한테 너의 공적에 대한 포상으로 바나나 한 무더기 정도 배달시킬게. 잘 먹어."

"바나나, 한 무더기!!"

"응~, 혼자서 너무 많이 먹진 마~."

"이, 이것이 복권에 당첨된다는 느낌인가? 정말로 너무 느닷없는 기적이야."

"그러게 말이야. 이따 보자."

"그런데 도련님? 저 고문용 수조를 가득 채운 하얀 물은 뭡니까요?"

신경 쓰지 않기로 마음먹고 있었는데, 에리스 녀석이 태연하게 본래의 용도를 밝혔다.

"저건 마법의 물이야. 한 번 두드려 봐. 재밌을 테니까. 위를 뛰어다닐 수도 있어."

"혹시 말로만 듣던 다일레이턴시 현상[#4]?"

"그건 또 뭔 소리냐? 뭐, 놀 때는 적당히만 놀아."

"앗, 도련님! 사실은 그 학생들 일로 보고 드릴 사항이 있는데요!"

에리스가 학생들에 관한 일로 보고할 사항이 있다는 말을 입에 담았지만, 지금은 그럴 때가 아니야. 나로서는 한 시라도 빨리 늑대를 만나러 가고 싶었다.

"알았어, 나중에 듣자~."

기분 좋게 롯츠갈드를 뒤로한 나는, 다시금 아공으로 되돌아갔다.

4

토모에와 미오를 동반한 채로 아가레스로부터 보고받은 숲을 향해 발걸음을 옮겼다.

#4 다일레이턴시 현상(dilatancy) 일강하고 급격한 외부의 힘에 의해 콜로이드 용액의 점성도가 증가되어 상태가 솔(Sol)로부터 젤(Gel)로 변하는 현상. 예를 들어 물기가 있는 모래땅을 휘저어 단단해지는 현상 등. 영국의 공학자인 레이놀즈가 발견하여 레이놀즈 현상이라고도 불림.

기가 막힌 듯한 토모에로부터 무작정 쳐들어갈 거냐는 잔소리가 돌아왔지만, 두 사람 다 어쨌거나 그 이상은 별 말없이 따라왔다. 길을 가다가 시험 삼아 전개한 마력체의 존재에 관해선, 두 사람 다 감지 못한 듯이 보였다.

게다가 평소와 다를 바 없이 두 사람과 함께 걸어 다닐 수도 있다.

어젯밤의 실험을 통한 개량은 성공이다. 나는 만세를 부르고 싶은 충동을 억눌렀다.

미리 상의한 대로, 나는 두 사람에게 숲의 입구를 지키는 역할을 맡겼다. 숲으로 들어가는 건 나 혼자뿐이다. 동행하고 싶다는 식으로 좀 더 졸라 올 거라고 예상했지만, 어제의 마력체를 본 탓인가? 두 사람 다 별로 큰 걱정은 없어 보였다. 이건 이거대로 조금 시원섭섭하군.

나는 숲속 깊숙이— 북쪽 방향을 향해 한동안 똑바로 나아갔다.

아가레스의 보고에 따르면, 그의 조사단은 별로 깊지 않은 데서 뭔가의 기척을 감지한 모양이다. 그들은 기척을 감지하자마자 늑대와 맞닥뜨렸다.

하지만 오늘은 요전번과 다른 모양이다. 나한텐 아직 늑대의 기척이 느껴지지 않았다.

계를 마력체의 은폐가 아니라 탐색하는데 쓰면 아마도 발견 자체는 가능하겠지만, 경계심을 품은 늑대가 자취를 감춰 버릴 수도 있다. 그건 바로 임무 실패를 뜻한다. 아가레스는 스스로 알아차렸다기보다 어디까지나 수동적으로 알아차린 감각이었다는 소감을 적어 올렸다.

나는 그만큼 경험치가 높지 않은데다가 숲으로 들어와 활동한 경험 자체가 적다 보니, 늑대의 경고를 알아차리지 못할 가능성이 높다.

그렇다면 갑작스럽게 습격을 당하는 패턴 역시 각오해야 한다는 뜻이다. 얼굴만 보여준다면, 마력체의 은폐를 풀자마자 늑대를 잡는데 온힘을 다 투입할 순 있다.

우선은 얼굴을 보여주거나, 공격을 걸어와야…….

"이크."

바로 그 순간, 드디어 숲속의 짐승과 만났다.

하지만 늑대가 아니었다. 저 땅딸막한 거구는…….

"곰이군. 진짜로 곰이야, 하하."

숲을 돌아다니다가 만날 경우, 목숨을 건질 가능성 자체가 대단히 낮은 맹수였다. 특히 상대가 공복 상태거나, 새끼를 동반한 채로 흥분한 상태일 때는 절망적이다.

게다가 아공을 서식지로 삼고 있는 짐승들은, 하이랜드 오크 종족의 전사를 일격으로 쓰러뜨릴 수 있을 만큼 한층 더 강화된 걸로 알고 있다. 그러나 희한하게도 전혀 무섭지 않았다.

나는 정면으로부터 나타나 당당하고도 털털하게 다가오는 곰을 잠자코 기다렸다.

서로 간의 거리가 거의 0에 가까워졌다.

곰은 천천히 몸을 일으키더니, 나의 키 정도는 가볍게 넘기는 새까만 거구를 선보였다.

머릿속으로 떠오르는 그 난폭한 특징과 거리가 먼, 묘하게 동그란 눈동자를 지닌 짐승의 숨결이 나의 몸까지 닿았다.

나는 곰보다 빠르게 움직였다. 그리고 상대방의 털가죽을 손으로 만졌다.

"……!"

대단하군.

물론 살아있는 곰의 털가죽을 손으로 직접 만진 건 처음이다.

상식적으로 동물원의 곰을 손으로 만질 수 있을 리가 없거든.

하지만 설마 이렇게…… 이렇게나 매끈매끈한데다가 부드럽단 말이야? 혹시 아공의 곰이라서 평범한 곰과 다른 건가?

농담이 아니라, 만지고 있는 것만으로도 오싹거릴 정도의 쾌감이 느껴진다.

아가레스가 보고서에다가 적은 「넋이 나갈 듯한, 지금껏 만져본 적 없는 최고의 털가죽」이라는 소감에 거짓은 없었다.

오히려 그것 말고는 눈앞의 털가죽을 표현할 말이 떠오르지 않을 정도야.

"크."

내가 보인 반응과 관계없이, 커다란 곰은 무지막지한 포효 소리와 함께 앞발톱을 치켜들었다. 아울러 얼굴이 가까이 들이닥치자, 벌린 입 사이로 야성적인 어금니가 엿보였다.

그리고 압도적인 박력과 함께 전진해 왔다.

아니, 아마도 나를 자빠뜨리고 마운트 자세로 내장을 뜯어먹을 셈이군. 하지만…….

"헛수고야."

나는 곰의 몸을 통째로 뒤덮을 수 있도록 마력체의 사이즈를 확대시켰다.

이제 곰은 나의 마력체 속이다. 적대심을 띤 공격으로 간주되는 움직임을 보일 경우, 나의 마력이 휘감겨 들어가 그 움직임을 봉쇄하고 만다.

지금껏 곰에게 있어서 단순한 공기나 다를 바 없었던 그 장소는, 이제 머리까지 잠겨 들어간 바닥없는 늪이나 마찬가지였다. 강한 구속력에 사로잡힌 곰은 이제 도망칠 수 없다.

구속의 강도 역시, 나의 의지에 따라 자유자재로 조정할 수 있거든. 약간이나마 동작을 둔하게 만드는 정도만으로도 충분하지 않을까 싶었지만, 기대 이상의 효과였다.

……마력체는, 확실히 쓸 만하다.

곰이 나의 술법 전개 범위까지 들어와 버린 이상, 승부는 난 거나 다름없었다.

정체를 알 수 없는 장애물에 의해 움직임을 봉쇄당한 곰은 몹시 흥분한 상태로 구속을 풀려는 듯이 몸부림쳤다. 하지만 그조차 봉인당한 곰은, 언뜻 볼 땐 나와 마주보는 자세로 혼자 떨거나 몸을 뒤틀고 있는 걸로밖에 보이지 않았다. 하지만 곰은 언제까지나 도망치려는 낌새만은 보이지 않았다. 아직 나를 잡아먹으려는 눈동자 속의 투지는 건재해 보였다.

바로 그 순간, 주위의 공기가 은근히 달라졌다. 주변 일대의 공기가 순간적으로 긴장한 듯한 감각이다. 오호라, 이렇게 수동적으로 알아차렸단…… 말이군. 꽤나 정확한 표현이었다.

"늑대까지 따라 나왔나 봐?"

응답은 없었다.

숲의 나무들을 뒤흔드는 바람 소리와 곰의 콧김만이 들려왔다.

"곰은 네 친구지? 어쨌거나 항상 함께 다니는 사이로 보이는군. 내 말이 틀렸나? 일단 나와 봐. 나는 어디까지나 대화를 하러 온 것뿐이야. 분명히 나는 네가 하이랜드 오크 종족의 전사인 아가레스와 나눈 약속을 거스른 건지도 몰라. 하지만 맹세할게. 나는 결단코 너희들에게 적대심을 품지 않아. 나한텐 너희들이나 이 숲을 상처 입힐 의도는 없어."

최대한 우호적으로 말을 걸어 봤지만, 역시나 마찬가지로 응답은 없었다.

그 대신, 마력체가 나의 왼쪽 목덜미를 노린 것으로 추정되는 공격을 가로막았다.

아가레스가 보고한 대로 무지막지하게 빠르다. 공격을 감지하고 시선을 돌렸을 무렵엔 어렴풋한 그림자조차 남아있지 않았다.

마음에 드는군. 그 정도 실력 없이는 늑대라는 이름으로 불릴 자격이 없다.

지금껏 나의 동경을 한 몸에 받아 왔을 뿐만 아니라, 어딘지 모르게 신비한 존재로 느끼던 일본 늑대 말이야. 늑대가 나의 마력체를 향해 잇달아 강렬한 공격들을 날려 왔다.

만약, 마력체가 뚫린다면?

곰까지 자유의 몸이 된다. 아울러 방어의 주축을 잃은 나는 단숨에 열세로 몰리게 되리라.

그런 고로, 대비책을 세워야 한다.

마력체의 강도 그 자체를 올리기 위해선 착실한 반복 연습이 필요한 관계로, 아직은 연습량이 충분치 못하다. 하지만 다음 마력체를 발동시키는 영창을 미리 읊어두는 정도는, 지금 당장 실행 가능하다. 만일의 경우에도 태세를 다잡기 위한 최소한의 예방책이었다.

마치 질풍을 연상케 하는 늑대의 연속 공격이 이어지는 가운데, 나는 섣불리 반격을 시도하기보다 끈질기게 설득하는 방법을 택했다. 이제 곧 살아서 움직이는 늑대를 나의 두 눈으로 똑똑히 확인할 수 있다고 생각하니, 전혀 귀찮거나 힘들지 않았다.

마구 허우적거리던 곰은 벌써 이젠 완전히 지친 듯이 땅바닥 위에 주저앉아 있었다. 몸부림을 치다가 진이 다 빠진 곰의 몸짓은 방금 전까지 보이던 야성적인 모습과 정반대로, 자그마한 봉제인형처럼 귀여웠다.

그나저나, 늑대의 공격은 정말로 강렬하기 그지없군.

마력체의 구성이 삐걱거리는 감촉을 느꼈다. 이건…… 다시 전개할 필요가 있을지도 몰라.

「헛수고, 란 말인가…….」

새로운 영창을 시작하려던 바로 그 순간, 집요하고도 냉철하게 이어지던 공격이 그쳤다. 아울러 정체불명의 목소리가 머릿속을 울렸다. 위엄 넘치는 낮은 목소리였다. 지금껏 소리 없이 연속 공격을 걸어오던 늑대로부터 처음으로 반응이 온 것이다.

드디어, 수풀 사이로부터 여러 마리의 늑대들이 나의 정면으로 얼굴을 보였다.

우, 와……!

자기도 모르게 숨소리가 새어 나왔다. 그렇군, 나를 공격하던 늑대는 한 마리가 아니었던 모양이다. 다들 나로부터 일정한 거리가 떨어진 데서 발걸음을 멈춘 가운데, 중앙의 한 마리만이 나에게 접근해 왔다. 집단을 통솔하는 리더는 틀림없이 이 녀석이다.

대형 애완견과 비슷하거나, 조금 더 큰 체구였다. 야생 동물이라는 증거랄 수 있는, 언뜻 볼 땐 야위어 보이면서도 야무진 몸매가 눈에 띄었다. 그 어깨로부터 상대방을 압도하는 강인한 투지가 전해져 왔다.

늑대는 다정하거나 온화한 성격은 완전히 제거해 버린 듯한 예리한 표정으로 나를 똑똑히 노려봤다. 그 얼굴의 구조는, 역시 평범한 애완견들과 근본적으로 달라 보였다.

진짜 늑대와 다른 점이 존재할 수도 있겠지만, 어쨌거나 눈앞의 늑대는 내가 상상하던 늑대와 똑같은 모습이었다.

「어제도 부자연스러운 힘의 급물살을 느꼈다. 네가 그 힘을 쓴 장본인인가?」

또다시 목소리가 머릿속을 울렸다.

"정오를 조금 지난 이후부터 느꼈다면, 아마 우리들일 거야."

「그렇군……. 지금껏 숲까진 들어오지 않는다는 이유로 방치해 왔다만, 너는 아마도 이 땅의 왕으로 군림하는 일족인 모양이다. 따라서 우리들로서도 더 이상 너희들을 무시할 순 없다.」

"뭐? 그건 잘못 본 거야. 우리가 여기 살고 있는 건 틀림없지만,

지배를 바라는 건 아니야. 아공 주민들의 대표 자격으로, 내가 보증할게."

「……하지만 너희들은 숲속으로 쳐들어오고 있을 뿐만 아니라, 숲의 은총을 앗아가고 있지 않나? 그러한 약탈 행위는 분명한 강자이자 왕의 자각을 가진 자들의 행동인 걸로 안다만?」

"아무튼 아니야. 우리가 살고 있는 아공…… 요컨대, 이 세계는 아주 넓은 장소야. 나한텐 여기 살고 있는 너희들을 상처 입히거나 침략할 의도는 전혀 없어. 어디까지나 가까운 이웃의 자격으로, 얼마 전엔 갑자기 들어와서 미안하다는 것과 앞으로도 잘 부탁한다는 말을 전하러 왔을 뿐이야. 물론 멋대로 숲의 나무들을 베어간데 관해서도 사과할 뿐만 아니라, 앞으로도 나의 관계자가 사전 연락 없인 들어오지 못 하도록 약속할게. 뭔가 너희들한테 불편한 일이 있을 때는 언제든지 상담하러 와. 난 언제나 너희들을 돕고 싶거든."

「이곳…… 네가 아공이라고 부르니 나도 따르겠다. 이 아공의 왕으로 군림하는 집단의 정점에 해당되는 네가 우리에게 그런 제안을 하는 의의를 정말로 이해하고 있나? 이만큼이나 압도적인 힘을 지닌 네가 힘으로 뒤떨어지는 우리와 구역을 나눠가질 뿐만 아니라, 보호자를 자처하겠단 말이냐?」

"보호가 아니야. 나는 어디까지나 공존하자는 거야. 몇 번이든 말하겠지만, 나는 너희들에게 필요 이상으로 간섭할 마음은 없어. 물론 너희들을 애완동물로 삼거나 지배할 생각 역시 전혀 없어. 너희들이 할일은 그냥 지금까지 살아온 것처럼 이 숲을 근거지로 삼아 자신들의 구역을 지키는 것뿐이야. 나는 절대로 너희들을 방해하지 않아."

「도무지 납득이 안 가는군. 그렇게 함으로써 네가 얻는 이득은 도대체 뭐냐? 그 마음속의 진정한 목적을 밝혀 다오.」

"이득……? 사실은 그 반대야. 이건 나, 나아가서는 우리들 전체가 해야 할 속죄야. 이젠 절대로 이룰 수 없는, 이기심과 위선으로 점철된 속죄의 흉내에 지나지 않아."

「……?」

"아니, 미안. 말이 잘 안 나온다. 하지만 나의, 미스미 마코토라는 개인의 진짜 목적에 관해선 밝힐 수 있어."

「들어 보마.」

"친구가 되고 싶어. 너와 이 숲 전체, 물론 저기 있는 곰 군하고도 말이지."

나의 바램은, 정말로 그것뿐이었다.

거리감이 먼 친구라도 상관없다. 그런 형식으로든 받아들여만 준다면, 더 이상 바랄 건 없다.

「……너의 그 무시무시하기까지 한 힘과 마주하고, 우리는 전율과 함께 경악을 느꼈다. 하지만 더욱 더 놀라게 될 줄은 몰랐군. 친구? 왕으로 군림하는 네가, 우리와? 게다가 그 말로부터 전혀 거짓된 감정을 느낄 수 없을 줄이야. 크크크크큭.」

순간적으로 어이를 상실한 듯이 표정을 잃었던 늑대가, 놀랍다는 말과 함께 낮게 웃었다.

「크하하하하하! 이건 정말 어이가 없다 못해 웃음밖에 안 나오는군, 늑대 양반?」

갑자기 또 하나의 목소리가 우리의 대화에 난입해 들어왔다.

목소리가 들려온 쪽을 따라가 보니, 마력체로 구속한 곰보다 훨씬 커다란 몸집의 엄청난 무게감을 발산하는 곰과 시선이 맞닿았다.

이, 이 녀석은 또 뭐야? 인간적으로 너무 크지 않아?

혹시 회색 곰이라는 종인가? 2미터를 가볍게 넘는 엄청난 거구였다. 아마도 체중 역시 500킬로그램 정도는 간단히 넘고도 남으리라. 최소한 톤 단위는 필요해 보일 정도였다.

"저기—."

예상치 못한 새로운 난입자에 대한 태도를 정하지 못하고 있다 보니, 다시금 목소리가 울려 퍼졌다.

「갑자기 끼어들어 미안하구만! 우리 숲의 우두머리가 오랜만에 싸우는 광경을 구경하러 왔다가, 터무니없는 현장을 목격하니 무심코 뛰쳐나올 수밖에 없더군. 우리 종족의 젊은 녀석을 갓난아이 취급하신 분께서 우리랑 친구가 되고 싶다고? 정말 여러모로 대단한 소리군. 참고로 날 부를 땐 부담 없이 덩치라고 불러. 어쨌거나 친구 사이니까 말이야.」

"덩치라니……."

설마 그 몸집으로 평범한 큰곰이라는 주장을 하는 건 아니겠지?

넌 절대로 그렇게 어중간한 종류가 아니야.

저런 녀석의 공격을 받았다면, 아가레스는 정말로 죽었을지도 모른다는 생각이 들 정도였다.

「좋다.」

늑대가 조용히 선언했다.

「아공의 왕, 미스미 마코토여. 너의 성의를 받아들여, 친구 관계를 맺도록 하자. 다만, 우리는 너의 제안을 최대한 이용할 것이다. 너 자신의 제안에 따라, 이 숲은 우리가 다스리마. 그리고 너의 지배는 받지 않는다. 하지만 그 이외의 건에 관해선 너를 왕으로 인정할 뿐만 아니라, 상담 상대가 되어 주마. 이걸로 만족하겠나?」

"어, 응! 물론이야!"

「무례를 무릅쓰고 자신들에게 편리한 요구를 관철한 우리에게, 도대체 무슨 이유로 만면의 미소를 짓는단 말인가? 우리들 정도의 안목으론 왕의 속마음을 읽기는 어려워 보이는군.」

「사소한 건 신경 쓰지 마, 늑대 양반. 정말 유쾌한 군주가 아닌가! 어흠, 아무튼 새삼—.」

「음.」

자세를 고쳐 잡은 곰과 늑대가 나에게 고개를 돌려 왔다.

"응?"

『잘 부탁드리겠소, 왕이시여.』

"나야말로!"

늑대와 곰—.

우리 거주지로부터 가까운 녹색 영역을 본거지 삼아, 그들은 앞으로도 평화롭게 살아가리라.

숲으로 갔다가 돌아온 나는 곧장 주민들을 모아, 늑대들이 사는 숲을 탐색하거나 조사하는 행동들을 완전히 금지시켰다. 지금부턴 특별한 이유로 허가를 받은 경우 말고는, 저 숲으론 아예 들어가지도 않을 방침이다. 무단으로 침입하거나 행패를 부린 자들에 관해선, 숲의 법도에 따라 처분할 수 있는 권한을 늑대들에게 맡겼다.

이와 같이, 나와 숲을 삶의 터전으로 삼는 늑대들의 퍼스트 콘택트는 우선 어색한 친구 관계를 맺는 것부터 시작된 것이다.

바로 이 순간부터, 아공의 도읍 북부로 펼쳐진 숲은 오래도록 『늑대의 숲』이라는 이름의 성역으로 자리 잡게 된다.

◇◆◇◆◇

"우리 숲의 주인치고는, 꽤나 순순히 저 자를 왕으로 인정했군."

"……."

"나조차 처음 볼 정도로 터무니없는 속도와 강렬한 공격, 빈틈없는 전투 지휘 능력을 발휘하더군. 네 실력으로 판단할 땐 얼마든지 계속 싸울 수 있을 듯이 보이던데, 왜 그만둔 거지?"

마코토가 숲을 떠난 직후의 대화였다. 늑대와 곰은 첫 회담 장소가 된 숲의 한 모퉁이로부터 더욱더 깊숙이 들어간 곳으로 함께 이동해 온 참이었다.

자연 상태 그대로 일종의 성역 취급을 받고도 남을 듯이 위풍당당한 바위가, 여러 겹에 걸쳐 쌓여 있는 장소였다. 늑대는 가장 높은 바위 위로 올라가 휴식을 취하고 있었다.

곰은 그 바위의 중턱쯤에 걸터앉은 채로, 편히 쉬는 중이었다.

미스미 마코토라는 남자는 평화라는 단어와 가장 거리가 먼 규격 밖의 힘을 지닌 몸으로, 공존이라는 위선을 입에 담았다. 그들은 그와 만난 일을 주제로 대화를 나누는 중이었다.

"분명히 나는 일찍이 써본 적 없는 강대한 힘으로 녀석을 공격했다."

"그러게 말이야. 정말 놀라 자빠지겠더군. 그런 광경을 목격한 이상, 아무리 나라도 앞으론 너에게 도전하고 싶지 않아. 백기를 드마. 너야말로, 이 숲의 진정한 수호자이자 주인이야."

"……그렇기 때문에 더더욱, 나는 싸움을 포기해야 했을 뿐만 아니라 그를 왕으로 인정할 수밖에 없었다."

"응? 그야 틀림없이 마코토의 실력 역시 만만한 수준은 아닌 걸로 보였다만…… 영문을 모르겠군. 도대체 무슨 소리야?"

"나는, 자신의 온힘을 다해 그 남자를 공격했다."

"음."

"그런데 한창 공격을 하던 나는, 자신의 힘이 급작스럽게 끝없이 증폭되는 감각을 느꼈다."

"……호오?"

"발톱과 어금니로 그자를 공격할 때마다, 그리고 우리의 공격을 받는 그 남자가 대담한 미소를 지을 때마다 나의 힘은 마치『누군가에게 선사받듯이』늘어만 갔다."

"……."

곰이 자신답지 않게 무척이나 진지한 표정으로 입을 다물었다. 그건 꽤나 흔치 않은 반응이었다. 늑대는 바위 중턱의 곰을 향해 무심하게 시선을 돌렸다.

"그 힘은 아직껏 나에게 남아있다. 마치 처음부터 자신의 힘이었던 것처럼 말이야. 따라서 그 사실을 깨달은 나는, 그자를 인정할 수밖에 없었다. 믿기 어려운 일이지만, 나의 존재를 인정한 그자가 나에게 갖추어지도록 바란 힘이 실제로 나에게 주어진 거야. 즉, 나 또한 저 왕의 지배 아래 놓인 백성에 지나지 않는다는 뜻이다. 그리고 저자가 다스리는 세계의 일부라는 결론밖에 나오지 않더군. 그 순간, 그에게 거역할 의지가 온데간데없이 사라져 버렸다."

"그 힘은 저 왕이 한창 자신과 싸우던 너에게 하사한 능력이었다는 거냐? 어처구니없는 소리군…… 하지만……."

"아마도 왕 본인께선 아직 깨닫지 못 하신 걸로 보이더군. 그리고 앞으로 깨달을 가능성조차 미지수야. 하지만 그자는 나의 눈에 틀림없는 이 세계의 왕으로 군림하는 존재로 보였다. 그야말로 숲과 초원은 물론이거니와 산과 강을 포함한 모든 것을 지배하는 왕인지도 몰라."

늑대가 자조 섞인 말투로 그렇게 언급했다. 단순한 숲의 주인에 불과한 자신과 이 세계의 왕인 마코토의 존재를 비교하듯이, 늑대는 머나먼 저편으로 시선을 돌렸다.

"이 세상의 모든 것을 다스리는 왕이라고? 그건 사실상, 왕이라고 부르긴 힘들지 않은가? 차라리 하늘이나, 신이라고 불러야 하지 않겠어?"

"……그럴지도 모르겠군. 어쨌거나, 우리는 앞으로도 이곳을 삶의 터전으로 삼아도 된다는 허락을 받았다. 지금으로선, 그것 말고는 필요 없다. 장차 우리의 힘을 필요로 할 땐 저분께서 스스로 얼굴을 보이실 테니까 말이야."

"설마 그 정도일 줄은 몰랐군. 이렇게 된 이상…… 하늘을 날아다니는 그 녀석까지 움직이려나? 젠장, 사실 난 그 녀석과 만나기 거북하거든. 이곳의 질서를 이러쿵저러쿵해야 된다는 소리가 끔찍하게 지겹더군."

"숲과 하늘에는, 제각각 별개의 규칙이 존재한다. 어차피 우리와 그 녀석은 삶의 터전 자체가 달라. 서로 양보할 수 있는 영역 때문에 자존심을 겨룰 필요는 없다. 더 이상 나를 가져올 감의 숫자를 정하는 등의 쓸데없는 논쟁을 중개하는 역할로 부르지 마라."

"높은 곳은 그 녀석 차지, 낮은 곳은 우리 차지지. 그리고 우리는 굳이 높은 데로 가지 말라면서? 이제 와서 더 따질 것 따윈 없어."

바위에 기댄 곰이, 한숨을 내쉬었다. 순간적으로 침묵이 찾아왔다. 곰은 언젠가 누군가와 벌이던 말다툼을 떠올리고 있는 듯이 보였다. 별로 마음이 맞지 않는 상대였던 모양이다. 맛없는 음식을 먹을 때와 흡사한 표정을 짓고 있었다.

늑대가 문득 하늘을 올려다보자, 곰 역시 그에 따라 하늘로 시선을 돌렸다.

하나부터 열까지, 과거와 전혀 다를 바 없는 하늘이었다. 그들의 몸을 어루만지는 바람 또한, 과거와 완전히 똑같은 바람이었다. 두 마리는 새롭게 왕으로 인정한 존재와 만난 이후로도 일상은 변함없이 흘러만 간다는 사실을 차분하게 곱씹었다.

◇◆◇◆◇

「키마모리(木守り)」라는 말이 있다.

읽는 방법은 「키마모리(きまもり)」나 「키모리(きもり)」, 「키마부리(きまぶり)」라는 식으로 무척이나 다양하다. 하지만 단어의 뜻은 전부 다 마찬가지였다.

나무 열매를 딸 때, 이듬해에도 잘 열리기를 바라는 마음으로 한두 개씩 남겨 놓는 풍습이다.

특히 감을 조금씩 남겨 놓는 경우가 유명하다. 감은 가을마다 열매가 맺히니까, 겨울마다 먹이가 부족한 새들을 위해서 약간씩 남겨 놓는 사고방식까지 존재한다는군.

어느 쪽이 됐건, 전부 따지 않는다는 사고방식 자체는 마음에 든다.

산나물 등의 경우, 몽땅 채취함에 따라 이듬해부터 수확을 할 수 없게 되는 품종이 적지 않다. 송이버섯 등의 품종 또한 마찬가지로, 뿌리까지 송두리째 휩쓸어 버리는 채집 방식으로는 같은 데서 똑같은 종류를 딸 수 없게 된다. 일본에 살던 무렵, 다 함께 산으로 가서 여러 가지 지식을 배운 기억이 난다. 처음부터 그딴 건 알 바 아니라는 듯이 마구 따러 다니다가 혼쭐이 난 기억은 개인적으론 무척이나 씁쓸한 추억이었다.

"잘 들어. 너희가 감을 좋아한다는 건 이젠 어쩔 수 없는 일이야. 하지만! 감나무를 보자마자 닥치는 대로 몽땅 따버리는 건 개인적으로 그다지 추천하기 어렵다는 소리야."

"……."

지금, 우리는 마을 근처의 숲으로 감을 따러 왔다.

나와 마주보고 있는 두 사람은 토모에와, 그녀의 분신인 코모에였다.

토모에는 겸연쩍은 듯한 얼굴로, 코모에는 꾸지람 듣는 강아지 그 자체 같은 표정을 지은 채로 나를 바라보고 있었다. 으, 사실은 화내고 싶지 않아. 하지만 할 말은 확실하게 해야 한다. 숲 도깨비나 오크를 비롯한 아공 주민들에게 나쁜 영향을 줄 수 있거든.

"일본에는 이 상황을 표현하는 단어로 키마모리 감이라는 말이 있어."

"키마모리 감이라고요?"

"응. 가을마다 잔뜩 열매를 맺는 감나무로부터 모든 열매를 따는 것이 아니라, 약간 남김으로써 내년의 수확을 기원하거나 다른 생물들과도 그 은총을 나눠 주자는 사고방식이야."

"그건…… 참으로 근사한 사고방식이로군요. 역시 에도라는 말이 나옵니다."

"아니, 에도가 아니라 일본 전체거든? 왜 핀 포인트로 거기만 지정하는 건데?"

토모에는 또다시, 정말로—.

늑대와 만난 날로부터 그다지 긴 시간이 지나지도 않았는데, 나의 체면상 아공 주민들이 나무 열매를 몽땅 수확해 가는 식으로 원시적인 모습을 보여줄 순 없다.

요컨대 재배가 궤도에 오를 때까진 기다려 달란 말이야.

감 재배는 꽤나 순조롭게 진행 중이라는 보고를 들은 걸로 기억하거든?

"음, 감명을 받았습니다. 우선 이 나무에 관해선 도련님 말씀대로 한두 알 정돈 남겨놓도록 하지요! 명심해라, 코모에!"

"예!! 도련님, 미안합니다아!!"

"잠깐! 너희들, 지금 한 얘기를 듣긴 들었냐?"

왜 얘기가 그렇게 굴러가는 건데…… 이제 감은 충분히 땄으니까, 이 이상은 공급 과다라는 말을 하고 있는 거잖아?

"말씀하시지요, 도련님. 이 나무는 보기만 해도 나이가 많을 뿐만 아니라 열매의 숫자 또한 풍성합니다. 그리고 완전한 단감!"

"예, 토모에 님! 이건 후유우(富有)[#5]라는 품종과 비슷한 걸로 보여요!"

기운차게 손을 든 코모에가 반짝거리는 눈으로 감나무 열매를 바라보고 있다.

후유우라고? 듣고 보니 그런 느낌이 없지 않아 있군.

내가 알고 있는 감이라고 해봐야 과수원이나 민가에 나 있던 것들 정도가 고작이었다.

그에 비해 눈앞의 감나무는, 밑동이나 잎사귀 등의 분위기부터 억세 보일 뿐만 아니라 열매 또한 꽤나 커다란 사이즈였다. 신사(神社) 등을 거닐다가 구경할 수 있을 듯한 분위기야. 나이를 먹은 감나무가 이런 모양을 띠게 될 줄은 몰랐다.

어쨌거나, 이 나무는 그냥 놔두고 갈 생각이다.

아무리 너희들이 감을 좋아하더라도 한도가 있거든.

#5 후유우(富有) 단감의 한 품종. 크고 약간 평평함.

"지금까지 딴 것만으로도 충분하다니까! 이 나무는 남기고 가자는 소리야. 알아들었지?!"

"크윽, 그렇게…… 나오실 줄이야."

"하지만 오늘 딴 감 중 절반은, 날감이라고요오. 도련니이임!"

감은 말이야…… 토마토 모양이니까 단감이라거나 붓 모양이니까 날감이라는 식으로 쉽게 알아볼 수 없는데다가 정확하게 확인하기 위해선 결국 직접 맛을 볼 수밖에 없다.

나는 전혀 아는 바가 없지만, 그에 관해선 뭔가 기술이라도 있는 걸까? 맹독을 품은 감 품종 같은 건 들어본 적조차 없으니, 역시나 과감하게 씹어 먹는 것이 가장 빠른 판별법이리라.

익는 과정에 따라 떫은 정도가 변한다는 소리까진 들어본 적 있는 것 같으니, 참으로 심오한 과일이다. 다만 감은 일본인들이 아주 옛날부터 가까이 접해 온 과일인 만큼, 먹기 위한 지식의 양은 상당히 많은 편인 걸로 안다. 실제로 옛날 사람들에게 감은 기본적으로 「떫은맛을 제거한 후에야 먹는 과일」이었던 모양이거든. 그만큼 먹을 땐 그럭저럭 수고를 들여야 하지만, 예로부터 전해져 내려오는 대표적인 후식이다. 물론 가을의 제철 과일로서 아직껏 사랑받는 존재이기도 하다. 의외로 감의 역사는 꽤나 긴 편이야.

참고로 나는 오도독한 식감이 확실하게 남아있는 종류를 선호한다. 토모에는 씨앗 주위가 부드럽게 익어 속살로부터도 딱딱한 느낌이 빠지기 시작할 무렵을 최고로 치는 모양이다.

마이 스푼을 호주머니에다가 넣고 다니는 코모에는, 껍질을 깔 필요 없이 스푼으로 떠먹을 수 있는 정도를 제일 좋아한다.

어딘지 모르게 미식가 같은 느낌이 드는군.

단맛이 너무 센 곶감은 개인적으로 조금 꺼리는 편이지만, 토모에와 코모에는 정말 좋아한다.

"하지만 너희들이 직접 딴 거잖아? 떫은맛을 뺄 땐 꼭 도우러 가야 한다는 건 잘 알고 있지? 물론 코모에뿐만 아니라…… 토모에도 말이야!"

"떫은맛 빼는 건, 정말 좋아해요! 맡겨만 주세요!"

"……명을 받들겠습니다."

의기양양한 코모에와 대조적으로, 토모에는 떨떠름한 표정으로 대답을 입에 담았다.

지금 보니, 전부 다른 사람들한테 떠맡길 생각이었군?

코모에를 약간이나마 본받아라, 참나.

그건 그렇고, 정말 위풍당당한 나무였다. 이 주위의 생물들에게도 무척 소중한 나무일 것이다.

"음?"

토모에가 불현듯 하늘로 시선을 돌렸다.

"뭐라도 있어?"

그녀를 따라 나 역시 고개를 위로 돌렸다.

감나무와 주위의 다른 나무들 사이로 햇빛이 들어…… 오지 않는다.

어둡다.

뭔가 정체불명의 존재가 하늘을 뒤덮은 건가?!

눈이 어둠에 적응하다 보니…… 생명체…… 날아다니는 새?!

아니, 잠깐? 너무 심하게 크잖아?

머리 위로 시선을 돌려 넓은 범위의 하늘을 내다보고 나서야 그 커다란 그림자의 정체가 날개를 펼친 새라는 사실을 알 수 있을 정도의, 어마어마한 빅 사이즈였다. 거대한 그림자로 인해 주변 일대의 빛이 차단당할 정도였다.

이렇게 커다란 녀석을, 왜 지금껏 구경조차 못한 거지……?

"아직껏 이런 짐승이 남아 있을 줄은 몰랐다. 마치 용을 방불케 하는 거구로고. 날갯짓 하나 없이 같은 장소에 머물 수 있을 만큼 하늘에 대한 지배력까지 갖추고 있군. 대단하구나."

토모에의 입에서 나온 것은 감탄의 말이었다. 그러나 그 목소리가 띠고 있는 감정은 그와 완전히 정반대였다. 분노가 담겨 있는 목소리였다. 그리고 우리를 따라 하늘을 올려다보고 있던 코모에의 얼굴은, 무척이나 불쾌한 빛을 띠고 있었다.

"……허나."

토모에가 말을 끊었다.

"네가 어떤 존재건 상관없이, 감히 도련님의 하늘을 가리는 행동은 두고 볼 수 없도다. 게다가, 이곳은 아공이다. 너의 불경한 태도는, 실로 만 번 죽어—."

바로 그 순간, 토모에의 대사를 막는 형태로 누군가의 목소리가 우리의 머릿속을 울렸다.

「기다려 주시오. 나의 행동은 때때로 왕을 향해 쏟아지는 비조차 막겠다는 의사표시요. 키마모리 감에 관한 말씀은 참으로 유익하게 들었소이다. 왕으로 군림하시는 당신의 철학을 일부분이나마 알게 되어 기쁘오. 어쩌다 보니 늑대에게 선수를 빼앗기고 말았으나, 뒤늦게나마 우리 세계의 왕께 인사를 드리러 온 것뿐이오.」

"호오, 인사란 말이렷다?"

거대한 새가 사람의 말을 했다. 사실「이해」의 능력을 지닌 나에게, 이런 존재의 말을 알아듣는 건 전혀 특이한 일이 아니었다. 그런데 보아하니, 토모에하고도 말이 통하는 모양이다.

어쨌거나 토모에가 일본도로 뻗었던 손을 거두어들인 건 다행이다.

늑대에 관해 언급한 걸로 판단하자면…… 그들과 가까운 존재일 공산이 커 보이는군.

그러나 가까스로 동물의 영역에 속하던 늑대나 곰과 달리, 눈앞의 새는 평범한 야생동물의 레벨을 아득히 뛰어넘을 만큼 거대한 존재였다.

「그렇소. 지금, 그쪽으로 가겠소이다.」

"어, 거기서 이쪽으로 온다고요?!"

「왕께 민폐는 끼치지 않을 것이오. 처음으로 알현하는데 거짓된 모습을 보여드리기가 꺼림칙하여 본모습을 보였사오나, 나에게는 이와 같은 능력 또한 갖추어져 있소이다.」

어, 하늘이 밝아졌다.

방금 전까지 머리 위를 온통 뒤덮고 있던 거대한 새의 그림자가 거짓말처럼 사라진 우리의 시야로, 구름 한 점 없이 드넓게 펼쳐진 푸른 하늘이 날아 들어왔다.

"변화 능력인가? 역시나 환수의 일족인가 보군. 그 늑대 떼 또한 평범한 짐승들은 아닌 걸로 예상된다만…… 아공의 존재들에 관해선 아직 수수께끼가 많아. 역시 도련님의 세계로고."

"나의 세계라니…… 네 세계이기도 하잖아?"

"말하자면, 아공은 이 몸과 도련님 사이의 자식이나 다름없다는 결과가…… 요컨대 아공은 코모에의 언니로군요. 하하하!"

나 참, 또 미오가 듣는 날엔 눈꼬리를 치켜 올릴 듯한 소릴 지껄이는군.

둘 사이의 아이가 세계 그 자체라니, 어디서 튀어나온 창세 신화냐? 정말 짓궂은 녀석이다.

"아공은 제 언니나 다름없나요?"

"코모에, 너무 진지하게 듣지 마."

「지금부턴 이러한 모습으로 말씀을 드리고자 하오.」

한 마리의 문조(文鳥)가, 썩다 못해 쓰러진 나무의 밑동 위로 올라섰다. 아마도 눈앞의 작은 새야말로, 방금 전의 거대한 새가 변화한 모습인 모양이다.

나는 눈앞의 문조로부터 그러한 목소리가 들려왔다는 사실을 대충 짐작할 수 있었다.

휴만들과 직접 대화를 나눌 수 없다는 것 말고는, 그 버러지 여신에게 받은 「이해」는 정말 대단하긴 대단하다. 거의 모든 존재들과 의사소통이 가능하기 때문이다.

최근 들어 마수조차도 아닌 평범한 짐승들의 마음속까지 짐작가기 시작한 걸로 봐선, 머지않아 식물들의 마음속까지 꿰뚫어볼 수 있을 듯한 분위기가 감돌 지경이다.

멍청히 있다가 실수로 해탈의 영역까지 다다를지도 모른다는 예감이 들 정도야.

"어—, 반갑습니다. 이 아공을 터전 삼아 수많은 이들과 함께 살고 있는 미스미 마코토입니다."

「나는 산맥과 하늘을 총괄하는, 바위 새라 하오. 앞으로 잘 부탁드리겠소.」

"바위 새……."

처음 듣는 이름이군. 혹시 전승 같은데 등장하는 샌가?

아공의 원생동물들은, 원래부터 일본에 살던 녀석들이거나 상상 속의 환수들로 독자적인 생태계를 이루는 모양이다. 하지만 바위 새라는 이름은 처음 들어 본다.

바위, 스톤, 락, 로크—.

로크[#6]라는 녀석이 거대한 새라는 카테고리로 외국의 설화에 등장하던 것 같은 기억이 날듯 말듯…….

「언젠가 발견해 주시는 날에라도 인사를 드릴 마음을 먹고 있었으나, 하늘을 나는 종족이 이 땅을 방문한 일을 좋은 기회로 여겨 먼저 인사를 드리고자 이와 같이 찾아왔소.」

"익인들 말이죠? 혹시 그들로 인해 로크— 아니, 바위 새 아저씨한테 불편한 점이라도 있나요?"

「아니, 그런 점은 없소이다. 다만 똑같이 하늘을 본거지로 삼는 자로서 왕을 통해 조만간 그들과 회담할 기회를 잡고자 합니다만, 허락을 받을 수 있겠소?」

"불론, 상관없고말고요. 저는 하늘의 법칙 등에 관해선 잘 모르

#6 로크(roc) 전설 속의 괴조(怪鳥). 독수리와 콘도르를 크게 확대한 모습. 아라비안나이트에 등장한다.

니, 혹시 하늘만의 독특한 규칙 등이 존재할 땐 그들에게도 잘 가르쳐 주세요."

「맡겨만 주십시오. 그건 그렇고 개인적으론 장차 왕의 신하로서 왕께서 만드시는 질서에 따라 하늘을 감독하고자 합니다만, 왕의 고견을 여쭙고 싶소.」

문조 사이즈의 바위 새 아저씨는, 특별한 이유 없이 처음부터 나를 왕으로 간주하고 있는 모양이다. 우린 오늘 틀림없이 처음 보는 사이인데다가 그의 분위기 또한 뚜렷하게 그러한 사실을 뒷받침하고 있는데, 도대체 무슨 조화지?

"글쎄요? 당신의 원래 방식을 답습하시더라도 큰 문제는 없을 겁니다. 다만……."

「다만?」

쓰러진 나무 위에 올라 앉아 있던 문조가 고개를 갸웃거렸다. 머릿속으로 전해져 오는 목소리가 무척이나 중후한 만큼, 그 예쁘장한 모습과의 격차가 은근히 엄청나게 다가왔다.

"당신과 저는 처음 보는 걸로 아는데, 저를 왕으로 섬기시는 이유를 묻고 싶군요."

기본적으로 바위 새가 신하의 예를 다하고 있기 때문인가? 토모에는 전혀 끼어들지 않았다.

아마도 뭔가 치명적으로 문제적인 상황이 야기될 경우에는 도움을 줄 것으로 예상되니, 토모에의 침묵은 당장 상황이 유리하게 굴러가고 있다는 증거 정도로 여기자.

「……오호라. 왕께선 아직 그 이유를 모르시나 보오.」

"예. 면목은 없지만요."

「지금으로선, 나의 입으로 드릴 말씀 또한 전혀 없소이다. 의문의 해답 중에선 스스로 도달하지 않고서야 아무런 의미도 가지지 못 하는 경우가 많은 법이오. 그럼에도 불구하고 하문하신다면, 지금 당장 드릴 수 있는 대답은 단 하나뿐입니다. 실제로 그렇지 않고서야, 결단코 늑대가 스스로 왕을 향하던 어금니를 거두어들였을 리는 없었다고만 말씀드리겠소.」

"늑대……."

바위 새는 얼마 전의 사건까지 파악하고 있었던 모양이다.

토모에는 일종의 퀴즈로밖에 안 들리는 바위 새의 대답을 접하자마자, 입가로 손을 가져가 곰곰이 생각에 잠긴 듯한 표정을 지었다.

하지만 지금의 나에게도 딱 하나 이해가 되는 구석이 있었다.

나의 경우, 궁도 경험을 통해 직감적으로 깨달은 셈이다. 스스로 품고 있던 의문점에 대한 해답을 타인으로부터 손쉽게 얻어봤자 의미가 없는 경우는 분명히 꽤나 흔한 편이다. 스스로 수많은 시행착오를 거쳐 진정한 해답에 다다르는 과정에야말로 의미가 있을 수 있거든.

그러한 의문을 풀고자, 지금 서둘러 손을 뻗어야 할 필요는 없을지도 모른다. 최소한 눈앞의 그는 나에게 서두르기를 바라지 않는 듯이 보였다.

「아무튼, 나에게도 기존의 일상을 계속할 권리를 주신데 관해선 진심으로 감사드리오. 그리고 또 한 가지, 개인적으로 왕께 부탁드릴 일이 생겼소이다. 일단 들어주실 수 있겠습니까?」

"어, 저한테 부탁이요? 저의 힘으로 해결되는 일이기만 바랄 뿐이에요……."

「방금 전 왕께서 읊조리신 로크라는 이름을, 나에게 하사해주실 수 없겠습니까? 묘하게 마음에 들어서 말입니다.」

일단, 그렇게 대단한 부탁은 아니었군.

"상관없어요. 바위 새 아저씨가 바라시는 대로 하세요."

「고맙소. 허락을 받은 이상, 나는 앞으로 로크라는 이름을 쓰겠소이다. 왕께서 말씀하시던 키마모리 감이라는 사상에 관해선 진정으로 감명을 받았소. 이만 실례하겠습니다.」

"아, 예."

하늘로 날아오른 문조가 숲을 빠져 나갔다.

그리고 단 한 순간 만에 거구로 되돌아간 남빛의 거대한 괴조는 저 멀리 보이는 산맥을 향해 날아갔다. 키마모리 감에 관한 설명은 토모에와 코모에에게 설교하기 위해 예로 든 얘기였는데, 지나가던 저 아저씨까지 듣고 있던 모양이군. 뭐, 마음에 들었다니까 그냥 넘어가자.

"어쩐지, 종자가 늘어나 버린 느낌인가?"

멍하니 질문을 던지자, 토모에가 묘하게 살기등등한 콧김을 몰아쉬면서 대답해 왔다.

"……계약을 나누지 않은 자는 종자가 아닌 줄로 압니다. 고작해야 신하 정도가 타당하지요!"

"토모에, 넌 또 왜 화내는 건데?"

"이 몸은 노하지 않았습니다. 다만 도련님의 종자라 함은, 이 몸이나 다른 둘처럼 도련님과 계약을 맺은 측근을 가리키는 호칭으로 인식하고 있을 뿐입니다!"

"……그렇군. 질투하고 있었다는 소리야."

"뭐라고요?!"

"하지만 옳은 말이야. 내가 경솔했어. 나의 종자는 직접 계약을 나눈 토모에 일행 세 사람뿐이야. 물론 그렇고말고."

토모에와 미오, 그리고 시키는 나에게 있어서 이미 다른 누구보다 특별하고도 소중한 사람들이다. 새롭게 늑대나 곰, 바위……가 아니라 로크와 교류할 기회를 얻게 된 것은 사실이다. 하지만 그들과 종자들은 확실하게 서로 다르다.

"……알아주신다면야, 더 덧붙일 말은 없습니다."

"후후후. 응, 잘 알아. 아무튼 둘 다, 이제 돌아가자. 코모에? 바구니 하나는 내가 들고 갈게."

"아, 아녜요! 감은 제가 옮길 게요! 옮길 수 있다고요!"

혹시 혼자 전부 들고 싶은 건가? 코모에는 나의 제안을 사양했다.

"그, 그렇구나. 하지만 네 개나 있는데? 괜찮겠어?"

내가 걱정하건 말건, 코모에는 바구니 두 개를 짊어진 채로 나머지 두 개는 앞으로 들어 약삭빠르게 옮겼다. 코모에의 작은 몸이 커다란 바구니들로 완전히 뒤덮인 나머지, 그야말로 바구니가 혼자서 걷고 있는 듯이 보이는 상태였다.

뭐, 혼자서 옮길 수 있다는 코모에를 굳이 말릴 필요까진 없나?

집까진 전이를 써서 날아갈 수 있는 관계로, 애초부터 엄청난 거리를 걸을 계획은 아니었다.

돌아가자마자 시키에게 로크에 관한 얘기를 전달한 다음, 일찌감치 익인 여러분에게 소개할 자리를 만들어 보자. 일단 로크 본인은 굉장히 차분한 분위기의 소유자니까, 급작스럽게 맞닥뜨린 익인들이 엄청나게 당황할 가능성은 없어 보이니 다행이야.

으—음, 하지만 은근히 좀 불안하긴 하군.

아직 아공은 온갖 수수께끼로 가득 차 있다는 실감이 든 날이었다.

5

◇◆◇◆◇

“재도전이라고?”

롯츠갈드로 돌아온 나를 기다리고 있던 것은 에리스로부터 올라온 보고였다. 에리스는 학생들의 극비 작전에 관해 미리 상담을 받고 있던 모양이다.

“예. 진과 유쾌한 친구들은 제가 물리친 그 아룡을 상대로 복수전을 치르고 싶은 모양이더군요. 심지어 도련님과 시키 님한텐 비밀로요.”

진 일행은 레벨을 올리다가 아룡과 맞닥뜨린 적이 있던 걸로 기억한다.

그리고 드래곤의 상비 스킬이나 다름없는 포효(로어)를 정면으로 얻어맞았다가 보기 좋게 전원이 스턴 상태에 빠졌을 뿐만 아니라, 반격하는 데도 실패한 모양이다.

결국 그날은, 보디가드로 따라간 에리스가 나무를 조종하는 술법으로 움직임을 봉쇄한 용에게 호수의 지형을 이용한 얼음 창 술법을 날려 신체 관통형에 처했다는 보고를 들었다.

"그런 이유로 최근 들어 나 몰래 이것저것 하러 다녔나 보군. 설마 나한테 들키는 날엔 호되게 혼이라도 날 줄 알았나?"

"……혹시, 부탁하러 오는 걸 부끄럽게 여겼는지도? 뭐, 큰소리치고 싶은 나이니까요."

"하지만 렘브란트 씨네 자매들까지 재네들 파티에 소속되어 있는 이상, 역시 너 없이는 좀……."

"도련님. 그에 관해선 라임에게서도 보고가 올라왔습니다."

함께 에리스의 보고를 듣고 있던 시키가 반응을 보이는가 싶더니, 곧바로 입을 열었다. 학생들에 관해선 잠자코 방관할 수 없다는 건가?

"시키? 라임에게서도 보고가 올라왔다니?"

"아마도 라임은 츠이게로 간 렘브란트 자매에게 수행할 곳을 알선하던 모양으로, 그 이후로도 시간이 날 때마다 자매의 상황을 남 몰래 지켜봤다는군요."

라임, 너 완전히 스토커 일보 직전이거든?

두 사람을 지켜보고 있었다는 건 듣던 중 반가운 소리였지만, 솔직히 무조건 반갑게 받아들이기는 힘든 보고였다. 그의 경우엔 연애 감정보다는 예전의 사건에 관해 속죄하는 뜻을 담아 한 일일테니, 너그럽게 넘어가야 하나? ……물론 조금 꺼림칙하긴 하다.

"그런데?"

"시프와 유노 역시, 자매끼리 그 아룡을 토벌할 계획을 수립하던 모양입니다."

"으아……."

렘브란트 씨는 그녀들의 계획에 관해 전해 들으면 졸도할지도 모른다.

"라임이 보기로는 그 둘은 일단 진 일행을 끌어들일 마음을 먹고 있습니다만, 최악의 경우엔 자기들끼리 갈 가능성이 아주 없는 건 아니라는군요. 하지만 방금 전의 보고로 판단할 땐 역시 다 함께 출동할 공산이 커 보입니다."

"그러게."

"나 원 참, 병아리들은 정말 질이 나쁘군요. 뭐, 그나마 도련님보다는 심장에 안 나쁘지만요."

에리스가 묘하게 선배 같은 말투로 맞장구를 쳤다.

"……에리스, 책임 좀 회피하지 마. 아룡을 수색해달라는 걔들의 부탁을 받자마자 두 말 없이 꼿꼿이 세운 엄지손가락과 함께 흔쾌히 승낙한 건 어디의 누군데?"

나나 시키한테 비밀로 붙여 달라는 약속은 가뿐히 어겼지만, 용의 거처를 알아봐달라는 진 일행의 부탁에 관해선 고지식하게 장소를 찾자마자 가르쳐주는 데까지 완벽히 수행한 모양이다.

그날의 분한 감정을 원동력으로 삼은 만큼, 진 일행의 실력은 확실하게 오르는 중이다.

렘브란트 자매 역시 고향으로 가서 수행만 하던 건 아니겠지만,

그럭저럭 실력을 쌓아…….

나는 시키에게 받은 렘브란트 자매에 관한 보고서를 훑어 봤다.

"어라?"

"사실입니다, 도련님."

라임의 보고서는 최근 들어 꽤나 읽기 쉬워졌다. 나의 별로 좋지 않은 머리로도 짧은 시간 동안 중점적인 내용을 파악할 수 있도록 간결하게 정리되어 있는 훌륭한 문장이야.

그에 따르면, 렘브란트 자매 중 언니인 시프는 세계의 끝으로 펼쳐진 황야로 가서 한 마족 여성 — 마왕의 군세와 무관한 걸로 확인된 인물 — 에게 가르침을 받아 정령 마술과 속성 마술의 동시 발동 및 합성 마술을 터득한 모양이다. 동생인 유노는 렘브란트 상회 소속의 집사인 모리스 씨에게 가르침을 받아 상당히 높은 수준의 맨손 격투술을 습득하고 있는 중이라는군.

모리스 씨가 격투기의 고수였단 말이야? 처음 듣는 얘기였다.

하긴…… 유노의 스타일에는 몸 그 자체를 무기로 삼아 약삭빠르게 다양한 병장기들을 다루는 방식이 적합해 보인다. 게다가 믿음이 가는 스승이 가까이 있다는 것은 최고의 조건이었다.

시프는 화력 방면을 더욱 강화시켜…… 학생들의 수준을 가볍게 초월하는 술법들 몇 가지를 익힌 모양이다. 경우에 따라선 진 일행의 다른 멤버들보다 훨씬 강력한 전투력을 손에 넣은 거 아니야? 라임 녀석은 참 다재다능하군. 타인의 스승을 찾아주는데도 능통할 줄이야.

"진 일행의 단련 진척도와 이제 곧 합류할 렘브란트 자매의 실력

상승을 아울러 고려하자면…… 얼마 전 맞닥뜨린 아룡 정도는 식은 죽 먹긴가?"

보고서만 읽어본 바로는, 그 정도 적에게 질 만한 요소가 전혀 눈에 띄지 않아.

그 아룡에게는 더 이상 비장의 무기 같은 건 없다. 브레스의 존재는 아베리아가 예습한 것으로 예상되는데다가, 포효의 효과에 관해선 자신들의 몸으로 직접 체험한 적이 있다.

따라서 그들이 이대로 복수전을 치르는 데는 아무 문제없어 보인다.

"동감입니다. 질리는 없을 겁니다. 방심하다가 가벼운 부상 정도야 당할지도 모릅니다만, 사망자는 나오지 않을 것으로 예상됩니다."

시키 역시 나와 같은 의견인 모양이다.

학원제를 앞둔 지금, 반드시 빚을 갚아주고 싶은 상대가 있다는 건가? 부럽군. 완전히 청춘의 한복판이라는 느낌이야.

잘 해 봐라, 진.

"좋아, 그냥 내버려두자. 이번엔 에리스를 보디가드로 딸려 보낼 필요조차 없어 보여."

"하지만 기다리시라. 도련님, 그런데 그렇게 쉬운 문제는 아니더라고요."

에리스가 기다렸다는 듯이 나에게 태클을 걸어 왔다.

"뭐어?"

"병아리들의 부탁을 받은 저는, 일단 시험 삼아 대충 아룡의 반응을 감지해 봤습지요. 감지가 안 될 땐 나중에 시키 님한테 떠맡길 수 있는 이상, 의욕 자체는 한없이 0에 가까웠지만요."

"……호오."

"그런데 의외로 간단히 발견된지라, 깜짝 놀랐어요. 아시다시피 전 도마뱀 찾는 건 조금 서툰 편이니까요."

"하긴, 광범위한 지역으로부터 목표로 삼은 마물을 찾는 건 에리스의 주특기와는 거리가 멀지."

"그렇죠. 그런데 왜 금방 찾았느냐면, 「그 녀석들」은 학생들이 아룡과 맞닥뜨린 호수의 크기로 봐서 두 개쯤 되는 거리만큼 떨어진 물터 근방을 나다니고 있었거든요."

시키가 에리스의 보고를 듣자마자 고개를 갸웃거렸다.

"……가깝군. 양쪽 다 원래의 서식지와 상당히 멀리 떨어진 곳이야. 두 차례까진 그나마 우연일 수도 있겠지만, 이건 혹시……?"

시키는 학생들과 아룡의 접촉, 나아가서는 아룡들이 그 부근을 나다니던 것 그 자체가 우연이 아닐 가능성을 고려하고 있는 걸로 보였다. 그런데 사실 개인적으론, 신경 쓰이는 요소가 하나 더 있다. 에리스는 「그 녀석들」이라는 말을 입에 담았다. 진 일행과 맞닥뜨렸던 아룡이라는 생물은 기본적으로 단독 행동을 즐기는 습성이 있던 걸로 기억한다.

혹시 잘못 들었나?

"에리스. 그 녀석들이라는 건 무슨 소리야?"

"으음~ 도련님께선 눈치가 빠르시군요. 글자 그대로, 그 녀석들이라고요. 아룡 녀석들이 떼를 지어 물터 하나를 가득 메우고 있는 광경은, 엄청나게 징그럽더군요. 도마뱀은 정말 최악임."

"시키."

"우연은 아닌 걸로 보이는군요. 서식지로부터 멀리 떨어진 땅까지 나온 개체들이 두 차례 이상 발견된 데다가, 원래의 생활 환경과 동떨어진 무리를 구축한 겁니다. 확실하게 뭔가 내막이 있는 걸로 예상되는군요. 허락해주시면 조사를 실시하도록 하겠습니다."

시키는 내가 맡기려던 임무에 관해 앞질러 언급했다.

정말 언제나 변함없이 믿음직스러운 존재야.

"너만 믿는다. 이럴 땐 정말 너뿐이야, 시키. ……그런데, 에리스? 넌 설마 걔네들한테 그 물터의 장소를 정직하게 가르쳐준 건 아니겠지?"

상대가 집단일 땐 완전히 경우가 달라. 식은 죽 먹기완 거리가 멀다. 오히려 무지막지한 유린과 학살만이 기다린다. 물론 진 일행은 가해자가 아니라 피해자가 될 수밖에 없으리라.

당연히 그렇게 되리라는 사실을 알고도 방치할 수는 없다.

렘브란트 씨가 우는 얼굴은 보고 싶지 않거든.

"그럴 리가 있나요? 제가 실수 같은 걸 할 리가 없지요. 진 일행은 이 부근까지 도착하고 나서야 용을 찾기 시작할 거랍니다."

에리스는 아룡 집단 부근의 지도를 펼치더니, 엉뚱한 한 지점을 손가락으로 가리켰다.

"응? 여기까지 아룡이 나다니더란 말이야?"

"오히려 생물은 거의 없는 지역이더군요. 그런 고로 이제부터 「배치하러」 가려고요."

"……에리스."

"네?"

"잘 했어."

"그렇게 나오실 줄 알았죠—."

머리 회전이 빠른 아이다. 의기양양한 표정은 좀 신경에 거슬리지만 말이야.

아룡 집단 중 한 마리만 따돌린 다음, 에리스가 가리킨 이 구역으로 전이시키자는 소리였다. 이 방법을 쓸 경우, 아룡 집단과 진 일행이 맞닥뜨릴 일은 없다.

아룡 집단의 발생 원인에 관해선 시키가 알아볼 예정이다. 따라서 아룡 한 마리를 따돌리자마자 전이시키는 작업과, 물터의 남은 아룡들을 처리하는 작업은…….

"직접 하러 갈까?"

"와우."

"도련님께선 굳이 나서실 필요 없이, 제가 조사와 동시에 처리할 수 있습니다."

에리스한텐 말리거나 대신 나설 마음은 전혀 없어 보였지만, 시키가 적극적으로 끼어들었다.

이 차이를 알겠냐, 에리스? 시키를 약간이나마 본받으란 말이야.

"이번엔 나한테 맡겨. 마력체의 성능을 시험해보고 싶기도 했고."

"아룡들에게 애도를—."

"분부를 받들겠습니다."

에리스와 시키는 내가 혼자서 중얼거린 혼잣말의 의도를 파악한 듯한 표정을 지었다.

"진 일행의 출발 시점은 언제야?"

"아마도 내일 아닐까요? 전이할 땐 도와줄 수도 있지만, 피부 미용에 안 좋으니까 밤에는 나가기 싫다고 못을 박았거든요."

"……그렇구나."

피부 미용이라니, 너 말인데…….

"아무튼, 도련님. 저는 조사를 위해 먼저 움직이겠습니다."

시키는 곧장 활동을 개시할 모양이다.

"알았어. 나도 일단 그 물터라는 데를 살펴볼게. 좋아, 해산하자."

"예."

"저는 내일 일찍 나가야 할 것 같으니 먼저 잘게요—."

응, 얼른 잠이나 자라. 피부가 거칠어진다는 녀석을 억지로 데려갈 수야 없는 노릇이다.

◇◆◇◆◇

"이 흔적은…… 설마 말로만 듣던 신기(神器)인가?"

그곳은 예전에 진 일행이 찾아왔던, 깊숙한 숲속의 호수였다.

마코토와 헤어진 시키는, 그 호숫가를 중심으로 조사를 개시했다.

우선 호수로부터 수 킬로미터 떨어진 언저리까지 온 그는, 부자연스러운 마력의 반응을 감지했다. 그리고 거기서 누군가가 대량으로 피를 흘린 흔적을 발견했다.

"용을 부른다. 피를 바친다. 이 두 가지 공통점을 가진 물건은,

아무리 세상이 넓다 한들 단 하나뿐이야."

그것은 너무나도 유명할 뿐만 아니라, 수많은 일화들을 남긴 신기였다.

지금은 멸망한 엘리시온에 대대로 전해져 내려오던, 호국(護國)의 신기였다.

"하지만 그 신기는— 드래곤 크라우드 셉터는 엘리시온의 멸망과 함께 소실된 걸로 안다. 나의 예상으로는 마족들에게 넘어가…… 설마?"

시키는 순간적으로 한 여성의 얼굴을 떠올렸다.

불과 얼마 전까지 마코토와 접촉하던 여성 마족, 로나—.

마왕에게 심취한 그녀는 마족들의 나라가 아닌 마왕 개인을 대상으로 절대적인 충성을 다짐한 여자였다. 목적을 위해선 수단 따윈 가리지 않는, 교활하고도 당찬 여성이기도 하다.

시키가 머릿속으로 떠올리는 그녀의 이미지 가운데 긍정적인 것은 전혀 없었다.

로나는 목적을 위해선 드래곤 크라우드 셉터 정도는 어디서든 거리낌 없이 사용하고도 남을 뿐만 아니라, 필요한 제물 역시 태연한 얼굴빛으로 조달할 여자였다. 시키는 확신했다.

하지만 그럼에도 불구하고, 이번 사건과 직결된 로나의 동기를 파악할 수가 없다.

그녀가 주도한 행동치고는 지나치게 돌발적인데다가 무계획적으로 보였기 때문이다.

'도련님, 잠시 시간되시겠습니까?'

'시키구나, 뭔가 나오긴 나왔어?'

'그 일로 한 가지 짚고 넘어갈 사항이 있습니다. 도련님께서 가신 물터 근처에…….'

마코토와 연락이 닿은 시키는, 지금 그가 머물고 있는 곳과 비슷한 흔적의 존재 여부를 마코토에게 물었다. 시키의 예상대로, 똑같은 흔적이 발견된 모양이다. 이제 용들이 나타난 과정에 관해선 완전히 밝혀진 거나 다름없었다. 신기를 발동시키기 위한 제물을 최소한 두 번 이상, 마족으로 추정되는 자들이 조달한 걸로 예상된다. 드래곤 크라우드 셉터를 발동시키기 위한 제물은 그럭저럭 높은 수준을 필요로 한다. 손쉽게 손에 넣을 수 있을 리가 없었다.

"이런 짓을 저지를 만한 어리석은 자의 얼굴은 로나 정도밖에 안 떠오른다만…… 그 계집의 소행치고는 너무나 비효율적이야. 다른 주모자가 존재할 가능성까지 고려해야 하나?"

이미 한밤중임에도 불구하고, 시키의 조사는 정력적으로 이어졌다.

아주 미세한 흔적조차 놓치지 않기 위해, 시키는 아침을 맞이하고도 움직임을 멈추지 않았다.

터무니없는 점은, 그가 이미 일정량의 단서를 확보하자마자 사냥개처럼 추적을 개시했다는 사실이다.

술법을 쓸 때는 반드시 흔적이 남는다.

특히나 신기 등의 수단을 사용할 때는 발동자와 인원수부터 시작해서 발동 시각과 제물에 대한 상세한 정보까지 더더욱 뚜렷이 남을 수밖에 없다. 아무리 교묘한 솜씨로 숨겨 본들 뛰어난 조사 능력을 갖춘 자의 눈썰미를 피할 순 없다. 그러한 이에 의한 조사는, 범인에게 있어선 보는 관점에 따라 어지간한 과학 수사보다 성가신 최악의 장애물이었다.

마코토에게 물터로부터 이어지는 흔적들에 대한 정보를 전해 들던 시키는, 양쪽의 정보들을 한데 모아 심도 있는 분석을 진행시켰다. 용이 거닐고 있다는 황무지로 진 일행이 다다를 무렵, 시키는 이미 「그들」의 코앞까지 와 있었다.

'어디 한 번, 운 나쁜 얼간이들의 낯짝이나 구경해 보실까? 도련님께서도 이제 슬슬 시작하실 무렵이다.'

시키가 도착한 곳은 험준한 산맥들이 이어진 장소였다. 그 중턱으로 눈에 띄지 않는 빼끔한 굴 구멍이 뚫려 있었다. 그는 평소와 마찬가지로 거리낌 없이 그곳을 향해 걸어갔다.

◇◆◇◆◇

'안녕하심까? 잘 주무셨나요, 도련님?'

뜬금없이 경박한 말투의 염화가 머릿속을 울린 그 순간, 나는 시간이 왔음을 깨달았다.

물터를 살피러 온 나는, 묘하게 움직일 수도 있는 아룡들을 경계하면서 밤을 새우고 있었다.

'좋은 아침이야, 에리스. 이제 슬슬 시간 됐나?'

'그렇슴다! 진 일행이 이제 곧 전이할 겁니다. 오늘밤엔 상인 길드의 높으신 분들과 정기 회의를 가지러 가는 저는, 조금만 더 잘게요.'

'상인 길드의 정기 회의라니, 꼭 출석할 의무는 없지 않아? 맛있는 거라도 나오나?'

'……그렇진 않아요. 어쨌거나 얼굴 도장은 찍어야 하지 않을까 싶어서요. 아쿠아한테 도련님께서 안 가시니 교대로 갔다 오자는 설득을 당했거든요. 참고로 이미 취침용 모자를 장착한 상태랍니다. 꿀잠~. 오버.'

염화가 끊겼다.

일단 상인 길드를 상대론, 나는 학원 강사를 겸하고 있는 신분이니 회의 같은 데는 출석하기 힘들지도 모른다는 뜻을 전달한 바 있다. 나한테는 아쿠아나 에리스가 지나치게 사소한 데까지 신경 쓰는 걸로 보였다.

애초에 담합 좌담회 같은 정기 회의에 나가 봤자 쿠즈노하 상회한테 득이 될 리가 없잖아?

역시 재들이 굳이 회의에 출석하려는 이유는 하나밖에 없어 보인다.

뭔가 좋아하는 음식이 나오는 모양이군, 에리스 녀석.

아니, 지금은 사소한데다가 신경 쓸 때가 아니야.

가까운 마을들을 습격하기 전에 아룡들을 쓸어버리지 않으면 언젠가 큰 사건이 터질지도 모른다. 그냥 본능에 따라 날뛰는 듯이 보이기도 하지만, 애초부터 이 녀석들은 본능적으로 단독 행동을 하는 동물이다. 말하자면 지금은 외부의 마력에 묶인 상태일 수도 있다는 뜻이야.

하룻밤 동안 관찰한 정도로는 제한된 행동과 자유롭게 가능한 행동을 분간하기는 어려웠다.

우선은 싱싱한 놈을 한 마리 골라서…….

그 녀석의 발 아래로 안개의 문을 소환했다.

깜짝 놀란 그 한 마리가 날뛰기 직전, 즉시 아공을 통해 진 일행이 기다리고 있는 들판으로 이동시켰다. 이제 차분히 주위를 살피던 그 녀석들이, 곧장 발견된 아룡과 전투를 벌이게 되리라. 아룡 한 마리가 전이되는 동안, 나는 땅바닥을 박차고 올라갔다. 그리고 공중의 발밑으로 마력을 집중시켜, 물질화된 발판을 형성했다. 더욱더 점프를 거듭하는 방식으로 고도를 상승시켰다.

마력을 응용하는 방식에 따라 바람 속성 없이도 하늘을 날 수 있다는 실제 사례지—.

…….

토모에나 익인들은, 이구동성으로 그건 비행이 아니라 도약이라느니 적당히 좀 해달라는 소릴 입에 담았다. 하지만 다를 바 없지 않나? 결국 하늘로 이동하는 건 마찬가지니까!! 나는 거나 뛰는 거나 큰 차이는 없잖아? 약간 마음이 아팠지만, 이젠 전부 다 한 여름의 추억이다.

그런 과거를 회상하던 나는, 물터의 아룡 집단을 향해 파고들어 갔다.

나의 존재를 진 일행에게 들키고 싶지 않을 뿐만 아니라 공황을 일으킨 눈앞의 아룡들이 피운 난리를 일일이 진압하기도 성가시니, 바력체는 계로 계속 숨기고 있자.

“직접적인 원한은 없지만, 우리한테 먼저 발견된 그 순간부터 운은 다한 거란다. 미안."

나는 사람의 상반신 형태로 형성한 마력체를 전개시켰다.

그리고 그들에게 보이지 않는 주먹을 아룡들을 향해 날렸다.

아룡들의 비늘은 별로 단단하지 않았다. 상대방의 피부를 꿰뚫고 들어간 마력체의 주먹은, 일격으로 첫 번째 아룡의 숨통을 끊었다.

마력체의 강도 역시 꽤나 많이 올랐군. 방어력의 상승에 따라, 직접적인 공격력까지 함께 올랐거든. 그야말로 일석이조야. 지금의 난, 정말 단단하다!

아룡의 머릿수는 아직 쉰 마리 이상이다.

현재의 속도로는 2분 정도 걸릴 것 같군.

나는 멀리 도망가 버린 녀석들 이외의 상대들한텐 최대한 술법을 사용하지 않는 방식으로, 새롭게 습득한 마력체의 조작 방법을 습득하는데 모든 정신을 집중시켰다.

술법의 위력을 확인하는 것도 물론 중요하지만, 지금은 나 자신이 마력체를 조작하는데 적응해서 자유자재로 조종할 수 있도록 성장하는 쪽을 우선해야 하거든.

직접 타격과 방어, 그리고 마력체의 형상을 바꾸는 등의 다양한 전투 방식들을 실전적으로 운용해 봐야 한다. 나는 기본적으론 사람의 상반신에 가까운 이미지로 자연스러운 포지션이 유지되도록 주의를 기울였다.

아룡들의 포효는 귀에 거슬렸지만, 몸에 특별한 이상은 없으니 따로 신경 쓸 가치는 없었다.

아룡 몇 마리가 불꽃 브레스로 집중 포화를 퍼부어 왔지만, 마력체의 표면까지 와선 산산이 흩어진 관계로 열기조차 느낄 수 없었다. 나는 보이지 않는 주먹으로 그들의 발톱을 꺾거나 어금니를 부쉈다. 무심하게 아룡들의 급소를 향해 필살의 타격을 날리는 작업을 이어 갔다. 마력체를 나의 뜻대로 정확하게 조종하는데 정신을 집중시켰다.

몸집만은 엄청 크다 보니 예상보다 시간이 오래 걸렸다. 애초부터 마음먹은 대로 빠르게 상황을 끌어갈 수가 없다. 하지만 그럼에도 불구하고, 작업의 끝은 착실하게 다가오고 있었다.

아룡 떼의 한복판으로 파고들어가, 마력체로 일망타진하는 작업에도 끝이 보이기 시작했다. 작업은 종반으로 접어들었다. 나의 공격에 민감하게 반응하던 개체를 드디어 물리치는데 성공한 것이다. 정말 약삭빠른 녀석이었다. 아마도 이 녀석이 집단의 리더 역할을 수행하던 개체였던 것 같군. 이윽고, 나머지 아룡들까지 완벽하게 전멸시키는데 성공했다.

용이라는 이름이 붙는 이상, 눈앞의 아룡들 역시 소재들로 똘똘 뭉친 보물더미나 다름없는 놈들이다. 어쨌든 용의 온몸을 통째로 으스러뜨리지 않도록 급소만 정확하게 찌르는데 심혈을 기울였으니, 일부 정도는 회수할 수 있을 거야. 아공 주민들을 만족시킬 수 있을 정도의 고급 소재들은 아니었으나, 츠이게 같은 데선 그럭저럭 수요가 있는 물건들이거든. 급소 주위의 내장 관련으로 인기가 높은 부위가 모여 있는 걸로 안다만, 이번엔 나의 공격을 받은 여파로 상태들이 조금 좋지 않으니 그냥 넘어가자. 나는 순순히 발톱이나 어금니, 뿔이나 비늘, 눈알 등의 무난한 부위들을 회수하고자 소위 말하는 해체 작업을 시작했다.

진 일행은…… 아직 싸우고 있나?

술법으로 상황을 확인해 보니, 그들은 온힘을 모아 아룡에게 파상 공격을 감행하고 있었다.

호오, 진 녀석 좀 보게. 이도류로 싸우는 모습이 꽤나 그럴 듯한데?

그리고 다에나는 강화 술법의 중첩 부여에 몸이 잘 따라주고 있는 듯한 느낌이야.

시프는 어마어마한 술법을 준비 중이군.

다른 학생들 역시 제각각 예전보다 한 단계 위로 올라선 듯이 보였다.

으—음, 역시 천재들이야. 걱정할 필요는 전혀 없었던 모양이다.

좋아, 무사한 소재는 대충 다 모았군.

이제 남은 건…… 미오에게 부탁받은 건뿐인가?

미오가 말하기로는, 드래곤 고기의 숙성 단계를 알아보고 싶다더군. 그야 제대로 된 뒤처리를 거친 파충류 고기는 꽤나 맛있는 편에 속한다. ……드래곤한테도 그 법칙이 적용되나?

미오는 드라이 에이징[#7] 같은 방법을 시도하고 싶은 건지도 몰라.

요컨대, 지금 금방 죽은 신선한 상태의 짐승 고기를 곧장 조리하는데 써봤자 맛은 별로 없는 모양이다.

나도 일본인이다 보니, 생선회 같은 식으로 식재료가 신선할수

#7 드라이 에이징 일종 온도 · 습도 · 통풍이 유지되는 데서 고기를 2~4주 동안 노출 숙성시키는 건식 숙성 방법.

록 맛있을 거라는 고정 관념을 가지고 있었다. 참고로 바로 그 생선회 같은 경우에도, 사실은 며칠 정도 묵히는 편이 맛을 좋게 만든다는 소리가 있는 모양이야. 나는 미오에게 부탁받은 대로, 아룡들의 시체를 몽땅 안개로 집어삼켜 아공으로 전이시켰다. 피는 도착하고 나서 뽑을 예정이니, 소재 회수를 마치자마자 곧장 전송시켜 달라더군.

드래곤 스테이크라…… 여러모로 가슴이 설레는 제목이군. 하지만 토모에가 있는 이상, 데미 드래곤 스테이크라고 불러야 평화롭게 넘어갈 것이다.

그 외의 꽤나 대량으로 회수한 소재들은 롯츠갈드로 전송하든가…… 아니, 우선 츠이게로 전송하는 편이 더 나은가?

이 부근의 시장을 무대로 대량의 아룡 소재들을 팔아치울 경우, 수요와 공급의 밸런스가 무너짐에 따라 진 일행이 모처럼 잡은 개체로부터 회수한 소재들의 판매 가격이 떨어질지도 몰라.

모처럼 손에 넣은 보수이니 만큼, 제대로 된 돈으로 환금할 수 있게끔 만들어주고 싶었다.

당장 자신의 임무를 끝마친 나는, 있는 힘껏 기지개를 폈다.

"으음~. 일단 실전 운용을 거친 덕분에 마력체의 사용 방식에 관해선 대충 감을 잡은 것 같아. 현재로선 학원제가 시작될 무렵엔 자유자재로 다룰 수 있을 가능성이 보여. ……하지만 자유자재로 구사할 수 있어 봤자 누구한테 자랑할 것도 아니군."

나는 대충 끝날 때가 된 걸로 예상하고 다시 술법을 발동시켜 진 일행의 상황을 살폈다.

때마침 아룡을 물리친 모양이다. 다들 무기를 거둬들인 상태로 잡담을 나누고 있었다. 하지만 아룡한텐 거의 원형이 남아 있지 않군.

시프의 필살기로 마지막 일격을 날린 건가?

그러나 그럭저럭 최소한의 소재를 회수하는 데는 성공한 모양이다.

당연히 이길 걸로 예상하긴 했지만, 실제로 다들 무사한 모습을 보니 새삼 다행이라는 생각이 드는군. 그러던 나에게 학생들의 대화 소리가 들려왔다.

전투의 흥분이 미처 가라앉지 않은 듯한 분위기의 유노가 입을 열었다.

"아, 맞다—! 이즈모 군? 나 말인데, 아까 네가 쓴 술법을 보고 아이디어가 하나 떠올랐어."

"아까 쓴 술법이라니…… 혹시 에어리얼을 말하는 거야?"

"응, 바로 그거야! 있잖아, 있잖아."

"잠깐? 너무 가까워, 유노! 어, 흐음…… 응, 꽤나 흥미롭긴 한 것 같아."

"그치! 시간이 빌 때라도 좋으니 연습하고 싶어! 같이 할 수 있을까?"

"알았어. 해보자."

"이즈모 군은 역시 말이 잘 통해! 아, 다에나 선배! 아룡의 등 뒤로 돌아간 중반의 움직임 말인데요……."

"응, 아까 그거 말이군. 잘 들어—."

아직 체력이 남아돌던 유노는, 기숙사로 돌아가는 도중에도 이즈모나 다에나에게 마구 말을 걸었다. 시프와 아베리아 역시 서로의 기술을 칭찬하고 있다.

"잠깐, 시프! 넌 츠이게로 가서 도대체 얼마나 화력을 올리고 온 거야? 이젠 도저히 사람을 상대로 쏠 만한 화력이 아니거든, 특히 마지막 술법은!"

"사실 아까 보여드린 건 최강의 화력이 아니었답니다~. 전, 드디어 눈을 뜬 것 같아요. 필살의 화력으로 당하기 전에 적의 숨통을 끊는 거야말로 진리라고요."

"솔직히 이제 공격 술법으론 도저히 못 이길 듯한 예감이 들어. 이렇게 된 바엔 차라리 순수한 아처로 전직해 버릴까?"

"어머나, 아까는 정말 정확하기 그지없는 사격 실력이셨어요. 충분히 노릴 수 있을 만한 수준이 아닐까 싶어요. 앞으론 궁술에 관해서도 라이도우 선생님께 지도를 받는 건 어떨까요?"

뭐시라? 시프와 아베리아의 대화에 나의 이름이 등장했다.

아니, 아베리아와 나의 활은 꽤나 방향성이 다르니까 조금 어렵지 않을까?

"바, 바보 같은 소리 마. 지금보다 시키 선생님한테 배울 수 있는 시간이 줄어드는 건 무조건 사양하겠어. 역시 난 아직 술사로 버텨볼 거야."

참으로 날카로운 말투로군.

나한테 있어선 지금 아베리아가 한 말이 아룡들의 그 어떤 공격보다 훨씬 아프게 느껴졌다.

마력체를 관통할 정도라고요.

아무튼 그들은 아룡을 상대로 설욕하는데 성공했다. 자신들의 착실한 성장을 실감한 일행들이 모두 크게 흥분한 가운데, 어째선지 미스라한테만 조금 기운이 없어 보였다.

"애들아! 이제 슬슬 미스라가 울음을 터뜨릴 것 같으니 얼른 돌아가기나 하자. 여운과 소감에 관한 얘기는 밤까지 기다려! 반성하는 자릴 가질 테니까!"

고개를 돌린 진이 나머지 일행들을 재촉했다.

계속 훔쳐보기도 꺼림칙한 기분이 들던 나는, 술법을 이용한 감지를 일단락 지었다.

이제 여름 방학은 거의 끝나간다.

학생들은 만족스럽게 학원제를 맞이할 수 있을 것으로 보이는데다가, 나 또한 여러 가지 과정을 거쳐 마력체라는 새로운 능력을 손에 넣었다.

어쨌거나 지금으로선, 학원의 후반기까지 무사히 끝나기만 바랄 뿐이다. 결국 상반기는 여러모로 어수선하게 지나갔거든. 일단 오늘은 재들처럼 집으로 돌아가기나 하자.

◇◆◇◆◇

"레지스탕스……라."

시키는 굴러다니는 시체가 소속되어 있던 조직을 확인하듯이 중얼거렸다.

시키가 향한 동굴에 몸을 숨기고 있던 자들은, 그의 예상 중

50%가 적중한 존재들이었다.

로나는 아니었으나, 마족들이었다.

마족들이긴 했으나, 마왕의 지배를 반기지 않는 일파였다.

정작 가장 중요한 드래곤 크라우드 셉터는 이미 마족령으로 가져가 버린 듯이 보였다.

"당대의 마왕은 대단히 뛰어난 군주로 알려져 있다만, 그럼에도 불구하고 패거리를 이룰 정도의 반란분자들은 남아있던 모양이군."

이미 여기서 유일하게 생존한 존재가 된 시키는 혼잣말과 함께 골똘히 생각에 잠겼다.

마족령 내부의 분쟁일 가능성이 높은 관계로, 레지스탕스들의 상세한 목적에 관해선 파악할 수 없었다. 물론 제거하기에 앞서 최대한 많은 정보를 입수하긴 했으나, 말단 중의 말단에 지나지 않는 불온분자 마족들은 신기의 테스트에 관한 것 이상의 정보를 가지고 있지 않았다.

즉…… 여기서 막다른 길로 들어간 셈이다.

"마족들 내부의 반마왕파들이라? 이 일을 도련님께 어떤 식으로 보고 드려야 하나……."

솔직히 말해서, 시키에게 있어선 이번 일을 보고하는 형식이야말로 가장 머리 아픈 문제였다.

마코토는 지금, 마족들에게 지나친 악감정은 가지고 있지 않은 걸로 보인다.

반마왕파가 이번 사건을 일으킨 목적 자체가 명확하지 않은 상태로 아무 생각 없이 마왕과 대립하는 세력이 독자적으로 일으킨 소동이라는 사실을 알릴 경우, 마코토의 마왕에 대한 호감도가 올라갈 가능성이 존재한다. 그리고 마왕에게 직접 연락이라도 취하는 날에는…….

시키의 주인인 마코토의 사고방식에 너무나 커다란 편견을 더할 가능성이 있다.

"특히나, 로나는 도련님께서 그러한 선입견을 가지시기를 바라는 것 같더군. 지금의 도련님께선 그렇지 않아도 휴만들보다 마족들에게 호감을 느끼고 계신다. 그런데 추가로 이번 사건에 관한 정보를 일러 드렸다가 마왕 쪽으로 완전히 치우칠지도……. 그 계집은 어떻게든 도련님과 마왕의 사이를 중개하려는 듯이 보여. 지금은 아직 도련님께서 강대한 카리스마의 소유자와 만나시기 적절한 시기가 아니야. 영향을 너무 잘 받으시거든. 나로서는 우리의 주인께서 가능한 한 느긋하게 자기 자신의 사명을 깨달아 나가시기를 바란다만……."

어렵다는 사실을 충분히 알고도, 시키는 그러한 희망사항을 가지고 있었다.

지금 당장 마코토가 마왕과 만날 경우, 마코토가 원래부터 품고 있던 신념까지 포함한 본인의 모든 것을 마왕과 마족들의 편의에 따라 철저하게 이용당할지도 모른다는 우려가 있었다.

시키 또한 마코토의 종자인 이상, 주인이 가담하기로 마음먹은 세력을 자신의 아군으로 삼는데 관해선 이미 각오를 끝마친 상태였다. 그러나—.

마코토가 중요한 결단을 해야 하는 순간은 언젠가 반드시 찾아

올 것이다. 최소한 그 순간까진, 쌓을 수 있는 모든 경험을 쌓은 마코토가 자기 자신을 철저하게 파악한 결과로 가지게 된 본인의 생각에 따라 나아갈 길을 선택하기를 바란다. 그것은 시키의 틀림없는 본심이었다.

토모에와 미오는 물론이거니와 이 자리의 시키 또한, 세 종자가 제각각 마코토에 관해 진지하게 생각하고 있다는 데는 의심할 여지가 없었다. 어두컴컴한 동굴에 기나긴 침묵이 찾아왔다. 결국, 오늘의 그가 도달한 대답은—.

이튿날, 시키가 마코토에게 보고한 내용은 술사가 사망한 관계로 적들과 관련된 세세한 정보까진 추적하기 어려웠다는 것이었다. 아룡들의 비정상적인 행동은 특수한 소환 계열 아이템의 테스트에 의한 결과인 것으로 추정된다.

—라는 것이 그가 올린 보고의 요점이었다.

지금은 마족들의 내분에 관해선 굳이 마코토에게 알릴 필요가 없다. 따라서 아무도 모르게 사건을 종료시켜야 한다. 그것이 바로 시키의 결론이었다.

여름이 끝난 학원으로 가을이 성큼 다가오고 있었다.

쿠즈노하 상회와 마코토에게 있어서 커다란 전환기가 될 가을이, 바로 코앞까지 닥쳐왔다.

학원 도시편

1

전 세계의 뛰어난 학생들이 모여드는 도시, 롯츠갈드—.

학원 도시라고 불리는 이 도시는, 늘 활기로 넘쳐 난다. 최근 들어 이 도시로 이주한 변경의 상인 라이도우의 말로는 개척자들의 열기와 욕망이 소용돌이치는 변경 도시 츠이게와 완전히 질적으로 다른「현대적인 도시에 가까운」활기를 자랑하는 모양이다.

수많은 학생들과 교사, 그리고 연구자들—.

그리고 그들을 자신들의 고객으로 점찍은 상인들—.

부잣집 자녀들이 많이 다니는 학원 도시 롯츠갈드의 거리 풍경은, 주변국들이 서로 대립하건 말건 완벽한 평화 그 자체였다. 휴만과 마족 간의 전쟁에 의한 영향 역시 느껴지지 않았다.

풍부한 물자와 훌륭한 치안 덕분에 사람들은 글자 그대로 완벽한 평화를 만끽하고 있었다.

그러나 그러한 롯츠갈드에도 거리의 활기가 비교적 하강 곡선을 그리는 시기가 존재한다.

다름 아닌 학생들의 장기 휴가 기간이다.

지금, 롯츠갈드는 바로 그 여름 방학 시기였다.

이 도시의 학생들은 거의 다 기숙사 생활을 한다. 하숙집을 빌리는 이들이 전혀 없진 않으나, 극히 소수에 속한다. 그리고 이 도시의 출신자들 가운데 학원에 다니는 학생은 거의 없었다.

그런 고로 대부분의 학생들이 고향으로 돌아가다 보니 아예 휴업하는 점포들까지 하나둘씩 눈에 띄었다. 그 결과, 거리는 평소보다 조금 더 불편하고도 조용한 양상을 띤다.

아울러, 낯선 얼굴들이 거리를 거니는 시기이기도 하다.

사실 학원 도시 롯츠갈드라는 이름은 자기들끼리 부르는 경우와 외부로부터 불리는 경우가 조금 다르게 들린다는 특징을 가지고 있었다.

외부에서 롯츠갈드를 부를 때는 학원 도시 본교와 주위의 위성 도시까지 통째로 일컫는다.

여러 곳의 위성 도시에는 롯츠갈드의 분교들로 꼽히는 전문성 높은 학교들이 제각각 자리 잡고 있으며, 본교의 학생들과 별도로 관리되는 학생들이 다닌다.

그리고 학생들이 롯츠갈드라는 이름을 부를 경우, 거의 중앙의 롯츠갈드 본교만을 가리킨다.

위성 도시의 분교들 역시 물론 각지로부터 모여든 우수한 학생들이 소속된 기관이긴 하나, 본교에 비해 등급이 낮은 기관으로 간주된다. 당연히 그러한 분교들을 중심으로 형성된 위성 도시들의 규모 또한, 본교가 자리 잡고 있는 중앙 도시하고는 비교조차 되지 않을 정도였다.

분교의 학생들 가운데 우수한 성적을 거두어 두각을 드러낸 이들이 정기적으로 선발되어, 본교로의 「승격」을 심사받기도 한다. 반대로 본교의 학생들 가운데 성적이 낮은 이들은, 그나마 본인이 양호한 성적을 거둔 분야의 분교로 「강등」당하기도 하는 것이 이곳의 관례였다.

그러한 구조적 문제로 인해, 본교의 학생들이 분교를 얕보거나 분교의 학생들이 본교를 향해 선망과 질투의 시선을 향하게 된 이후로 기나긴 시간이 흘렀다.

제대로 된 학습을 통해 파악한 자신의 장점을 극한까지 발전시켜야 한다는 원래의 목표—.

어쨌거나 이는, 롯츠갈드 학원 도시권이라는 구상을 제창한 초대 학장으로 알려진 한 인물이 기대하던 바와 너무나 다른 방향으로 와 버린 감이 없지 않아 있는 현상이었다.

아무튼 여름이나 겨울의 장기 휴가 기간이 다가올 때마다 롯츠갈드의 본교로 출석하는 본교 학생들의 숫자가 감소하는 대신, 분교의 학생들이 얼굴 도장을 찍으러 오기 시작한다.

그들의 목적은 단 하나, 강의였다.

그들이 받으러 오는 강의의 대부분은, 본교의 임시 강사들이 학원의 시설을 빌려 실시하는 특강이었다. 특강의 내용은 본교의 학생들이 수강하는 수업과 똑같거나 약간 달랐지만, 어쨌거나 휴가 기간 중엔 본교의 학생 자격 없이 수강할 수 있는 강의가 개설된다.

정규 강사들한테는 방학 동안에도 급료가 지급되지만, 임시 강사들에게 설정된 급여 체계는 완전한 성과급이었다. 강의를 할 때마다 급여가 발생하며, 수강하는 학생들의 숫자가 많을수록 더 많은 보수를 얻는다. 단적으로 말하자면, 거의 아르바이트나 마찬가지였다.

학생들과 동일한 기간 동안 쉰다는데 문제될 여지는 전혀 없었지만, 강의를 열지 않는 기간 동안엔 당연하게도 소득이 없다. 따라서 임시 강사들은 어느 정도의 사비 지출을 무릅쓰고서라도 개설한 강의로, 방학 기간 동안의 학생들을 끌어모은 만큼 돈을 벌어들이는 것이다.

학원 측이 휴가 기간 중의 강의를 — 약간의 조건부로 — 허가하고 있는 이상, 그들에게 있어선 지극히 당연한 선택 중 하나였다. 분교의 학생들은, 롯츠갈드 본교로부터 각자의 방향성에 적합한 강의가 개설된다는 정보를 입수할 때마다 적극적으로 참가한다. 그들은 최대한 주위의 동급생들과 격차를 벌림으로써, 본교로 승격할 수 있는 자격을 얻고자 필사적이었다.

"좋아! 약간 나른하긴 하지만, 컨디션은 거의 완벽한 상태야! 너희는 어때?"

그곳은 롯츠갈드 본교의 도시 북문 근처였다.

그 학생들은 깔끔한 벽돌들이 깔린 길옆에 모여, 자신들의 장비를 점검하고 있었다.

인원수는 일곱 명이었다.

갑옷 등의 방어구 사이로 엿보이는 언더웨어로 판단할 때, 본교의 학생들이라는 사실을 알 수 있었다. 전원이 완전 무장한 상태로, 마치 모험가가 토벌 임무를 수행하러 나갈 때 같은 차림새였다. 무기와 방어구뿐만 아니라, 노숙용 배낭까지 준비한 듯이 보였다.

이 시기의 일반적인 본교 학생들치고는 상당히 흔치 않은 행동이었다.

“전이진(轉移陣)의 사용 허가증과 외박 허가증은 여기 있어. 그리고 호숫가까지 가는 길의 지도와 휴대품 확인용 시트는…….”

고함을 친 청년의 바로 옆으로 따라온 소녀가 온갖 서류들을 순서대로 확인하고 있었다. 방금 일행들에게 컨디션을 물어본 청년에게는, 아직껏 아무한테서도 반응이 없었다.

“이—봐, 아베리아 양—?”

기다리다 못한 청년이 직접 일행 중 한 명을 지목했으나, 옆에서 서류를 확인하던 소녀— 아베리아는 본인의 임무를 수행하는 데만 정신이 팔려 있었다.

“몇 번이나 똑같은 질문 좀 하지 마, 진. 잠깐만 기다려.”

“…….”

자매로 보이는 두 소녀가 약간 거리가 떨어진 데서 잡담을 나누고 있었다.

지금부터 전투를 치르러 간다는 긴장감이 전혀 느껴지지 않는 대화를 나누고 있는 두 사람은, 파우치의 내용물을 체크하는 중이었다.

“언니, 선크림이랑 화장품은 어디 있더라?”

“유노, 정신 좀 챙겨. 깜빡 잊었을 땐 나한테 빌릴 생각이나 하고 있었지?”

“들켰나? 솔직히 좀 귀찮거든. 어차피 이제부터 무더운 데로 가서 땀으로 범벅이 될 텐데, 차라리 신경 끄고 싶어.”

“……너, 어머님 계신 데서도 똑같은 소릴 할 수 있겠니?”

"절대로 그러고 싶지 않아. 그건 무모한 짓이야."

"그럴 땐 그냥 하라는 대로 해. 우리 집은 아버님께서 무르신 만큼, 어머님께선 엄하시니까."

"네~에."

일곱 명의 일행들 가운데, 두 사람의 장비 수준은 주위의 동료들과 뚜렷하게 차이가 났다.

무기나 방어구나, 중견 모험가들이 실제로 써먹을 듯한 라인업이다. 일반적인 학생들의 레벨을 아득히 뛰어넘는 거액의 돈을 투자한 듯이 보였다.

일반적으로 모험가들은 장비를 갖추는 데만은 돈을 아끼지 않는다.

돈을 아끼는 성격의 소유자는 어떤 형태로든 일찌감치 퇴장할 수밖에 없기 때문이다. 따라서 그들의 장비품은 자연스럽게 대단히 비싼 것들만 모이게 된다.

중견급 모험가들이 즐겨 쓰는 장비들의 가치를 현금으로 환산하면, 각 개인의 장비 값으로 집을 지을 수 있을 정도였다.

자매의 장비는 아무리 낮게 견적을 뽑아도 집 몇 채 정도는 가볍게 짓고도 남을 듯이 보였다. 두 사람 중 한 사람이 모험가들 가운데 특히 돈을 쓸 여지가 더 많은 마술사라는 사실 또한, 그녀들의 장비 가격을 크게 인상시키는 요인 중 하나였다.

학생 때부터 이러한 장비를 손에 넣을 수 있다는 것은 그녀들이 상당한 자금력을 보유한 집안의 자녀라는 증거였다.

자매와 마주보는데 자리 잡고 있던 어깨가 넓은 큰 몸집의 청년이, 본인과 정반대로 날렵한 체구의 청년에게 말을 걸고 있었다.

"다에나, 부인과 딸한텐 아무 일 없냐?"

"훗, 큰 맘 먹고 전이를 써서 고향이나 갔다 오게 했어. 걱정 마, 문제없어."

그런데 또 한 사람의 소년 같은 외모가 특징적인 작은 체구의 젊은이가 끼어들었다.

"그건, 다에나의 경제 상황에 문제가 많다는 뜻 아닌가……?"

"다 아는 말을 굳이 입에 담진 말자, 이즈모……."

날렵한 체구라곤 하지만, 다에나라고 불린 청년의 육체는 결코 빈약한 편은 아니었다. 옷의 틈새로 군살 없는 튼튼한 근육이 엿보였다. 앳된 얼굴의 이즈모가 날린 지적을 듣고 약간 창백한 얼굴로 굳은 미소를 지은 까닭은, 육체보다는 경제적으로 빈약한 탓이리라.

하지만 본인의 말마따나 아내와 딸에게 고향 구경을 시켜주기 위해 전이진을 썼다면, 돈은 당연히 모자랄 수밖에 없었다. 왜냐하면 전이는 지극히 값비싼 이동 수단이기 때문이다.

건너편의 자매만큼 수많은 고급 장비들을 갖출 수 있을 정도가 아닌 이상에야 전이는 쉬운 선택지가 아니다. 그녀들에 비해 평범한 장비들만 장착하고 있는 그의 경제력을 미루어볼 때 상당한 무리수를 둔 모양이었다.

"마침 유노와 대화를 나누는 광경을 들킨 날 밤, 무심코 이번 레벨링에 관해 입을 열고 말았거든."

"……우린 그냥 파티 멤버 사이니까, 부인한테 성심성의껏 설명할 수도 있지 않았을까?"

자매들 중 동생이 어이가 없다는 얼굴로 끼어들었다.

“왜 겨우 그 정도 일로, 전이를 써서 고향으로 간다는 대형 사건이 벌어지는 건데…….”

“넌 아직 몰라, 미스라……. 유부남이 다른 여자에게 한눈을 판다는 건, 실제로 바람을 폈든 안 폈든 의심을 산 바로 그 순간부터 거의 유죄나 마찬가지야.”

다에나는 먼 산을 바라보는 눈으로 중얼거렸다.

학생 신분으로 결혼까지 한 그는, 파티의 멤버들 가운데 유일하게 유부남의 입장을 대변할 수 있는 남자였다. 하지만 유감스럽게도 멤버들이 그의 경험을 참고로 삼는 경우는 거의 없었다. 아직은 좋지 않은 결혼 생활의 나쁜 본보기로 간주되는 경우가 많은 것이 현실이었다.

“뭐…… 다에나한텐 전과가 있으니까 어쩔 수 없지.”

커다란 몸집의 미스라가 놀리듯이 말했다.

“아무리 너라도 학생 때부터 두 번째 부인이나 세 번째 부인까지 들이는 건 좋지 않아. 젊을 땐 부인 여러분들 중 한 분한테 장래를 크게 좌우당할 수도 있는 법이거든.”

이즈모가 쓴웃음을 지은 얼굴로 다에나에게 충고했다.

일부다처제가 정착된 이 세계에도 당연히 불륜은 존재한다. 두 번째 부인을 들이는 것은 정당하지만, 모르는 여자와 즐기기만 하는 것은 완전한 불륜으로 간주된다.

“나는 미스라랑 달리 여자에게 버림받을 때까지 계속 붙어있는 초식 계열은 아닌데다가, 이즈모처럼 음험하게 불특정다수의 여자들과 즐길 배짱까진 없을 뿐이야."

다에나는 두 사람을 향해 그런 식으로 예리하게 맞받아쳤다.

"정말 너의 그런 일편단심은 존경할 만해. 어, 이즈모? 나한텐 아직 여유가 있으니까, 그 배낭 좀 줘 봐."

"우린 아직 학생이잖아? 아직은 아무 여자들하고나 즐겁게 놀 수 있는 시기야. 아니, 괜찮아. 이 정돈 혼자서 들고 다닐 수 있어. 미스라의 절반 이하거든."

"이봐, 너희들—. 언제까지나 잡담만 할 거냐? 컨디션과 준비 상황을 묻고 있잖아!"

전혀 대답이 돌아오지 않자, 맨 처음 일행들에게 말을 건 청년이 다시 한 번 언성을 높였다.

『문제없음!』

"어, 응."

이번엔 즉시 대답이 돌아오자, 청년— 진은 놀란 표정을 지었다.

"이제 출발 시간이야. 이 멤버로 레벨을 올리러 가는 건 처음이니까, 오늘은 시키 선생님께서 제안하신 루트를 순순히 따라가자. 어제 저녁밥 자리까지 따라간 멤버들에게 가르쳐주신 정보야. 각오를 단단히 가져. 예상보다 혹독할 순 있겠지만, 절대로 편할 리는 없을 거야."

다른 여섯 명이 진의 말을 듣자마자 고개를 끄덕였다.

그들의 목적은 레벨을 올리는 것이었다.

롯츠갈드 학원의 학생들이 레벨을 올리기 위한 목적으로 외박 허가를 신청하거나, 시가지 밖으로 나가서 전투를 치르는 정도는 꽤나 흔한 일상에 가까운 광경이었다.

이곳은 바로 그러한 전투 기술의 습득을 목적으로 설립된 학원이었기 때문이다.

다만, 기본적으론 강사가 인솔로 따라가는 경우가 많다. 학생들끼리 야영 장비를 갖춘 상태로 레벨을 올리러 간다는 것은 꽤나 드문 경우였다.

"기간에 관해서도 선생님께서 설정해주신 날짜를 준수하자. 일단 레벨을 올리는 것이 주된 목적이지만, 야영 훈련을 쌓을 기회이기도 해. 결코 방심하는 순간이 없도록, 평소의 라이도우 선생님한테 받는 강의의 일환으로 여기자."

서류를 확인하던 소녀, 아베리아가 모범적인 반장 같은 태도로 목적을 재확인하더니 멤버들의 주의를 환기시켰다. 그녀의 발언을 들은 멤버들은, 다 함께 고개를 끄덕였다.

"그 선생님의 강의에 정신이 팔려 있다 보니, 어느 틈엔가 주위 녀석들과 레벨 차이가 많이 나더라. 우린 아직 레벨 40대 정도가 대부분이야."

"레벨만이 전투력의 절대적인 기준은 아니라지만, 조금 조바심이 드는 건 사실이야."

"최소한 주위와 비슷한 정도까진 올려 두고 싶어. 쓸데없는 트집을 잡히고 싶진 않거든."

평화로운 분위기로 대화를 나누던 일곱 명은 학원으로부터 제공받은 전이진으로 향했다.

롯츠갈드 학원의 학생이나 강사들은 정식 신청을 거쳐 드넓은 학원의 부지 내부로 설정된 몇 군데의 포인트로 전송받는 서비스를 저렴한 가격으로 이용 가능하다.

오늘의 그들 역시 레벨을 올리기로 예정한 장소와 가장 가까운 포인트까지 전이로 이동한 다음, 며칠 동안 일정한 루트를 돌아다닐 계획이었다. 지금 그들이 모여 있는 북문과 가까운 전이진의 행선지로 설정되어 있는 장소가, 바로 그 가장 가까운 포인트였다.

전이진이 설치된 건물의 문을 향해 진이 손을 뻗은 순간, 안쪽으로부터 기세 좋게 문이 열리고 누군가가 뛰쳐나왔다.

진은 정체불명의 물체와 가볍게 충돌한 듯한 충격을 느꼈지만, 별로 휘청거리진 않았다. 그는 곧바로 자세를 다잡았다.

"……이크."

"윽! ……앞 좀 보고 다녀!"

한편 진과 부딪힌 상대는 잠시 비틀거리다가 뒷걸음질 치더니 꼴사납게 헛다리를 짚었다.

원인은 분명하게 상대방의 전방 부주의였으나, 얼굴을 확인하기도 전부터 진을 향해 앞 좀 보고 다니라며 고함을 친 걸로 봐선 꽤나 문제적인 성격의 소유자인 모양이다.

그의 뒤를 이어 일행 몇 사람 정도가 줄줄이 따라 나왔다.

앞장서던 그가 장애물과 부딪힌 모습을 본 탓일까? 선두의 그처럼 뛰어나오는 이는 없었다.

'누군가 했군, 분교 녀석들이야. 여름 방학 때마다 어디선가 마구 솟아난단 말이지.'

진은 전이진을 쓰고 나온 일행의 복장을 대충 훑어보자마자 그들의 정체를 간파했다.

'일일이 상대하기 귀찮으니까, 대충 넘겨 버리자.'

평소 같으면 예의 없는 상대방에게 가벼운 불평불만 한두 마디 정돈 내뱉을 상황이었지만, 그는 한 시라도 빨리 레벨을 올리러 가는 길을 택했다.

"……그렇군, 미안하다. 조심할게."

진이 그들에게 길을 양보하자, 나머지 멤버들도 그를 따랐다.

거만한 본교의 학생들이 겸손하게 물러난 일로 오히려 꺼림칙한 느낌을 준 걸까? 분교의 학생들은 의아하다는 표정으로 그들의 옆을 지나갔다.

'로파와 머즐, 그리고 부리토군. 전투 계열의 분교들뿐인가? 아하, 그러고 보니 파티 전투에 관한 강의가 꽤나 많이 개강됐다는 얘길 들은 것 같아. 대충 짐작이 간다. 수고가 많군.'

진 일행은 분교의 교복을 수놓고 있는 문장들을 보자마자 그들의 출신 학교들을 파악했다.

전사를 육성하는 학교인 로파와 속성 마술사를 육성하는 학교인 머즐, 정령과 소환 마술사를 육성하는 학교인 부리토—.

전부 롯츠갈드의 위성 도시들에 자리 잡고 있는 분교들이다.

"이봐, 너희는 본교 학생들이지?"

진 일행이 저자세로 나가자 마음의 여유가 생긴 걸까? 분교의 학생들 중 한 사람이 뒤를 돌아다보더니, 일행의 끄트머리로 따라가던 시프에게 말을 걸어 왔다.

"……맞아요. 어서 강의나 받으러 가시죠? 파티 전투 강의들은 전부 서관인 걸로 알아요."

시프는 어디까지나 정중하게, 그러나 차갑게 응했다.

진을 비롯한 나머지 멤버들에게도 똑같은 분위기가 감돌았다.

본교의 학생들이 보편적으로 분교의 학생들에게 가지는, 일종의 차별 의식이 깃든 시선이다.

그들은 라이도우의 강의를 통해 레벨의 차이나 종족 간의 차이에 관해선 꽤나 관용적인 사고방식을 가지게 됐지만, 자신들에게 좀 더 일상적이고도 약간 특수한 학력사회의 상하관계에 관해선 무의식적인 고정관념을 버리지 못 하고 있었다. 시프 일행의 차가운 시선이 뜻하는 바를 깨달은 걸까? 그냥 지나가려던 분교의 학생들이 발걸음을 멈췄다.

"……옷차림으로 봐선 레벨을 올리러 가는 길이지? 본교의 학생분들께서 하필 이런 시기를 골라 레벨을 올리러 가는 경우는 흔치 않을 텐데, 혹시 무슨 보충 수업 같은 거냐? 참고로 삼게 여러분의 레벨에 관해 여쭤 봐도 될깝쇼?"

진 일행을 일부러 여름 방학 기간을 골라 레벨을 올리러 가야 하는 본교의 낙제생 같은 부류로 판단한 걸까? 로파의 교복을 입은 청년이 비웃는 말투로 말을 걸어 왔다.

"어차피 우리가 두 번 다시 만날 기회는 없을 거야. 굳이 알 필요는 없지 않나?"

평상시엔 온화한 미스라의 말투 역시 어딘지 모르게 냉담했다.

온화한 목소리로, 확실한 부정의 뜻을 상대방에게 내비쳤다.

"뭐라고?"

"모처럼 분교로부터 먼 곳까지 나온 거잖아? 강의에 지각하는 건 돈 낭비야. 아름다운 여름날의 추억을 만드는데 끼어들 생각은 없으니, 얼른 가기나 하셔."

다에나는 귀찮은 듯이 한손으로 쫓는 시늉을 보였다. 자신들의 주제를 파악하기는커녕 쓸데없는 시비나 걸어오는 분교 패거리가, 진심으로 성가신 듯한 표정이었다.

"좋아, 그만! 모처럼 진이 얌전하니까, 시프나 미스라나 다에나도 좀 참아! 사실 레벨 정도야 딱히 비밀은 아니야. 잘 들어, 너희들. 우리 레벨은 다들 40대 정도야. 너희보다 낮을지도 몰라. 그래서 지금부터 올리려는 거지. 자, 어서 가자."

이즈모가 큰 소리로 손뼉을 쳐서 험악한 분위기를 바꾸려 했다.

하지만 그것이야말로 그의 크나큰 실수였다.

그렇다.

진 일행은 라이도우의 강의를 받기 시작한 이후로 레벨이라는 개념에 관해 비교적 무관심한 양상을 보이고 있었다. 그런 고로 분교 학생들에게 롯츠갈드 본교의 학생치고는 결코 높지 않은 숫자를 밝힌 순간, 그들이 보일 반응에 관해서도 약간 둔감한 상태였던 것이다.

"……우리가 분교의 학생이라는 이유만으로, 자신보다 레벨이 낮은 녀석들에게 멸시를 당한다는 건 납득이 안 가는군."

"아하하, 그건 네 착각이야. 본교나 분교 같은 건 상관없어. 너희들은 단순히 약하다는 이유로 멸시 당하는 거거든."

나쁜 뜻은 없었을지 모르나, 유노는 마치 어릿광대를 보는 듯이 천진난만한 미소를 지었다.

“이 꼬맹이는 말을 못 알아먹나? 우린 너희보다 레벨이 높아. 다들 50대 후반이거든. 누가 더 강한지는 알만 하잖아!”

“응. 그야 물론 우리지.”

레벨로 명시된 숫자만을 근거로 삼아 강하게 나오는 그들의 태도가 웃겼던 걸까? 유노는 크게 웃음을 터뜨렸다. 그녀를 쳐다보던 분교의 학생들로서는 어이를 상실할 수밖에 없었다.

“오늘 갈 강의는, 이젠 신경 안 써. 이 자식들의 콧대를 꺾지 않고선 아무 데도 못 가.”

서로 간에 오가던 대화를 잠자코 빤히 바라보던 부리토의 마술사가 갑작스럽게 지팡이를 앞세우더니, 거리의 한복판임에도 불구하고 영창을 시작했다.

그의 영창을 신호탄 삼아, 분교의 멤버들은 어느 정도의 협력 체제에 입각한 전투태세를 구축했다. 꽤나 숙련된 행동 패턴과 스피드였다. 평범한 학생들의 경지를 초월할 정도는 아니었으나, 실력에 대한 자신감을 가지는 데는 충분한 수준이었다. 그 사실이 그들의 자만심을 불러일으켰을 뿐만 아니라, 치명적인 실수를 저지르도록 유도한 것이다.

진 일행의 레벨은 틀림없이 다들 40대 정도였다.

그러나 한창 임시 강사 라이도우의 마개조(魔改造)를 받고 있는 학생들이기도 했다.

상대의 레벨이 70대를 초월하건 말건, 최근의 진 일행은 같은 학생들을 상대로 한 모의 전투를 치를 때마다 무패 기록을 갱신하고 있는 와중이었다.

“힘 조절을 못 하는 나나 언니로는, 상대가 불쌍하니까~. 진 선배한테 맡기고 싶습니다!”

상대방을 결정적으로 도발한 장본인인 주제에 직접 손을 쓸 의욕까진 없었던 유노는, 활약할 기회를 진에게 양보했다.

“나 말이야?!”

“좋은 생각이군. 난 찬성이야.”

미스라가 완전히 납득한 듯이 고개를 끄덕였다.

“나도 가세할까, 진? 이런 데서 시간을 낭비하고 싶진 않거든.”

다에나가 고맙기 그지없는 제안을 입에 담았다.

하지만 진은 고개를 가로저었다.

“아니, 혼자서도 금방 끝나.”

“그런데 뭘 꾸물거리는 거야? 쟤들 영창은 이제 곧 끝날 것 같은데? 어서 가 봐. 진 군의~ 멋진 모습 좀 보여주라~. 풉, 뭐라는 건지.”

“아베리아…… 너까지 그렇게 나오기냐? 에휴…….”

손장단에 떠밀려, 진은 의욕이 전혀 안 나는 듯한 대답과 함께 혼자서 무심하게 나아갔다.

“먼저 시비를 걸어온 건 너희들이야. 아무튼, 쓸데없는 원한은 품지 마라?”

“검사는 우선 우리가 상대한다!”

진이 허리춤에 검을 차고 있는 모습을 본 로파의 검사 두 사람이 앞으로 나섰다.

“착각하지 마. 어디까지나 나 혼자서 너희들을 전부 상대하겠다는 거니까."

두 사람의 검사로 추정되는 학생들이 검술 스킬을 읊기 시작했다.

제각각 하이 슬래시와 더블 스크레이퍼라는 스킬로, 검술 계열 스킬로서는 둘 다 편의성이 좋을 뿐만 아니라 위력까지 강한 뛰어난 스킬로 알려져 있다.

그러나 그들을 상대하는 진은 스킬의 영창이나 발동을 전혀 하지 않았다.

하지만—.

"윽."

"늦어."

"크억!!"

진은 그냥 가까이 다가가 황급히 검을 뽑으려던 한 사람의 칼자루를 손으로 눌러 검을 뽑지도 못 하게 만들었다. 그리고 나머지 한쪽 손으로 자신의 검을 거꾸로 뽑더니, 칼날이 아닌 칼자루로 자신을 상대하던 검사의 턱을 깨뜨렸다.

"느긋하게 중얼거리다가 혀나 깨물고 싶냐?"

진은 한가롭게 스킬을 영창하는 상대방을 놀리는 듯한 말을 입에 담았다.

"큭?!"

자신과 엇갈리자마자 쓰러지는 검사에게 그렇게 중얼거린 다음, 진은 또 한 사람의 검사가 검으로 뻗은 손을 발로 차 올렸다. 그리고 순간적인 빈틈을 노려 거리를 좁혀 들어갔다. 그 여세를 몰아 검을 잡지 않은 손으로 상대방의 얼굴을 움켜쥐고, 스킬이 발동될

틈조차 없이 다리후리기로 상대방의 자세를 무너뜨렸다. 그리고 상대방의 얼굴을 땅바닥으로 처박았다.

"너희는 무슨 훈련용 인형이냐?"

검사들이 무너지자마자, 적진의 후방으로부터 진을 향해 화살이 날아왔다.

하지만 진은 원거리 공격을 모조리 격추해 버렸다. 이대로는 진의 이동 속도를 늦추기조차 어려운 상황이었다. 진의 접근을 막고자 후방의 멤버들 또한 제각각 근접 전투용 무기들을 들었지만, 그들이 전투의 흐름을 바꾸거나 전열을 재정비할 기회는 결국 끝까지 찾아오지 않았다.

"도끼나 둔기 같은 건, 너희들한텐 10년 정도 이르지 않아?"

그들의 적수는 둔탁한 소리와 함께 압도적인 폭력을 떨치는 상대였다.

무기들은 단 한 합 만에 튕겨 나갔으며, 자기 자신들 역시 일격 이상 버틸 수 없었다.

단 한 사람을 상대로 머릿수가 많은 쪽이 속수무책으로 쓰러져 갔다.

그것은 그야말로 터무니없는 광경이었다.

"늦어, 단순해, 약해."

진의 검이 술사가 쏜 얼음 화살과 정령의 힘을 빌린 광탄을 깔끔하게 갈라 버렸다.

"……이럴 수가."

"이건, 꿈이야."

검사가 술법을 검으로 베었다.

학원의 상식상 있을 수 없는 일이 벌어진 것이다.

엄청난 성능의 무기를 지닌 톱클래스에 해당되는 학생의 기술론 경우에 따라서 가능할 수도 있겠으나, 본교의 교복을 입고 있다는 것만으론 도저히 도달할 수 있는 경지가 아니었다.

“마지막! 잘 자라.”

힘없이 주저앉은 술사들의 숨골로 손날을 날린 진은, 일상적인 호흡 상태를 유지한 채로 지루한 듯이 깊은 숨을 내쉬었다.

애벌레처럼 땅바닥을 기어 다니는 분교의 학생들의 신음소리.

그들은 도저히 더 이상 싸울 수 있는 상황이 아니었다.

“솜씨 좋군. 수고했어.”

가볍게 자신의 등을 두드려 자신의 수고를 위로하는 다에나에게, 진은 고개를 가로저었다.

“이런 잔챙이들 상대론 전혀 피곤하지도 않아. 얼른 갈 길이나 가자. 얘들은 그냥 방치해 둬.”

“동감이야.”

“좋아, 이번에야말로 출발—!”

“여기서 입은 시간적 손실은, 진행 속도를 재촉하는 걸로 조정하도록 하죠.”

이즈모, 유노, 시프의 대사에 남은 세 사람 역시 찬성하는 뜻을 담아 고개를 끄덕였다.

그리고 이번에야말로—.

진 로안 일행은 한 호숫가를 목적지 삼아 레벨을 올리러 출발했다.

진 일행 전원에게 있어서 가장 중요한 시기가 된, 여름 방학의 한 장면이었다.

그들은 이제 곧, 놀라울 만큼 간단하게 레벨을 올릴 수 있다는 사실을 깨닫게 되리라.

하지만 곧바로, 목적지인 호수까지 갔다가 맞닥뜨린 아룡을 상대로 치른 전투가 다시금 그들의 자신감을 산산이 부수게 된다. 이 무렵, 그들은 레벨을 올리러 가는 자신들을 남몰래 지켜보던 그림자가 존재한다는 사실을 아직 알 수 없었다. 그리고 자신들이 그 그림자의 존재로 인해 목숨을 건지게 될 줄은 상상조차 할 수 없었다.

전부 다 무더운 여름날의 일이었다.

◇◆ 진 ◆◇

여름 방학은 이제 종반으로 접어들고 있었다. 지금 돌이켜 보니, 정말 순식간이었다.

고향으로 돌아갔던 학생들이 하나둘씩 학원으로 복귀하기 시작한데다가, 방학 직후부터 시작될 롯츠갈드의 일대 이벤트인 학원제를 준비하기 시작한 이들의 모습 또한 눈에 띄었다.

직접적인 운영 관계자들부터 시작해서 연구 발표를 준비하는 자, 예법 등의 학과 강의를 통해 거둔 성과를 대외적으로 발표할 준비를 하고 있는 자까지 제각각 독자적으로 행동을 개시한 모양이다. 물론 나 역시 전반적인 전투 기술의 숙련도를 겨루는 투기 대회 출장을 목표 삼아 움직이고 있다. 레벨을 올리러 갔던 그날, 아룡에게 죽을 뻔한 경험 또한 아직 기억에 새롭다.

단 한 순간의 잘못된 판단이 곧장 전멸로 직결될 뻔한 공포를 잊을 수 있을 리가 없다.

라이도우 선생님과 시키 선생님이 만일의 경우를 위한 보험으로 에리스 양을 파견해 주시지 않았다면…… 나는 그 하등한 용의 먹이가 되어 인생을 끝마칠 수밖에 없었다. 잊을 수 있을 리가 없었다. 에리스 양 덕분에 목숨을 건진 우리들은, 남은 예정 기간 동안 끝까지 레벨을 올리고 나서야 롯츠갈드로 돌아왔다. 그 이후, 츠이게로 돌아갈 일정을 연기한 렘브란트 자매는 다시금 자신들을 단련하는데 온 신경을 집중시켰다. 라이도우 선생님의 강의는 변함없이 혹독하기 그지없었다. 특히 모의 전투를 치를 때는 단 한 순간의 방심조차 용납되지 않았다.

……그러나—.

우리는 필사적으로 따라붙었다.

그날, 아룡에게 참패한 기억이 하나의 가시가 되어 언제까지나 나의 가슴속에 박혀 있었다.

이 가시를 뽑을 방법은 아마도, 단 하나뿐이야.

……답은 이미 나온 거나 마찬가지였다.

하지만 결국 나는 오늘이라는 날이 올 때까지 정작 중요한 첫 걸음을 내딛을 수 없었다.

왜냐하면, 이건 결코 나 혼자만의 문제가 아니었기 때문이다.

"진, 오늘은 더 이상 할일 없지? 예정이 없다면, 오랜만에 어디 좀 같이 갈까?"

그날의 훈련을 일단락 짓고 탈의실을 나선 나에게, 타이밍을 재고 있던 걸로 보이는 아베리아가 말을 걸어 왔다.

"아베리아랑?"

오랜만이라?

그러고 보니 아베리아가 이런 식으로 어딜 가자고 하는 건 꽤나 흔치 않은 일이었다.

좋은 기회일지도 몰라.

이 녀석들과 함께 무모한 짓을 하고 싶은 나에게 있어선, 사실 대화를 하는 것이야말로 가장 큰 난관이었다. 기본적으로 나 혼자선 결정할 수 없는 문제였기 때문이다.

비교적 자주 얘기를 나누는 아베리아가 먼저 운을 띄워주는 건 무척이나 반가운 일이었다.

시간을 확인해 본 결과, 저녁 식사를 먹으러 가기엔 아직 조금 이른 시간이었다.

당연하지만, 여름의 태양은 아직 높이 떠 있었다.

뭐, 그다지 큰 상관은 없나? 솔직히 말해서 때마침 배가 고프던 참이었거든.

"응, 그러자. 나도 때마침 어딘가 가고 싶은 기분이었거든."

"나는 일단 기숙사로 가서 옷부터 갈아입고 나올게……."

"좋아. 나도 잽싸게 찬물로 땀만 씻고 나올 테니 로비에서 합류하는 건 어때?"

"그러던가."

"다른 애들까지 불러올까? 아마 금방 합류할 녀석들이 아주 없진 않을 거야."

"……오늘 저녁엔 둘이서만 가는 편이 좋을 것 같아."

"알았어. 가능한 한 서둘러 나올게."

"그렇게 서두를 필요는 없어. 진이 샤워를 하고 나오든 아니든, 결국은 내가 시간이 더 많이 걸릴 거야."

"그런 이유로 여자를 기다리게 하는 건 좀 아니지 않아? 사실 은근히 배가 고프던 참이라, 어차피 몸은 알아서 빠르게 움직일 거야."

"고마워."

오늘 저녁엔 특별한 스케줄이 없었던 관계로, 탈의실에선 별 생각 없이 수건으로 몸만 닦았을 뿐이다. 그나저나 아무리 단 둘이라지만, 시키 선생님 상대로 난이도 높아 보이는 짝사랑을 하고 있는 아베리아랑 어딜 가건 데이트조차 성립되지 않을 듯한 예감이 든다.

하지만 어쨌거나 여자랑 함께 밥과 술을 먹으러 가는 이상, 땀 냄새 정도는 제거하고 싶었다.

아베리아와 함께 학교 건물을 나서며 기숙사로 가는 귀갓길에 오른 나는, 오늘 먹을 저녁 식사에 관해 머리를 굴렸다.

"가게는 어디로 갈까?"

우리가 최근 들어 자주 가는 가게라면 찌개 요리 전문점인 고테츠의 이름이 가장 먼저 떠오른다. 라이도우 선생님이나 시키 선생님과 자주 함께 가는 가게였다.

찌개는 여러 가지 재료들을 한데 모아 대충 섞어 만드는 음식이지만, 독특한 매력이 있다 보니 묘하게 자꾸만 먹고 싶어진다. 직접 만든 찌개가 똑같은 맛을 가지지 못 하는 걸로 봐선, 사실은 의외로 꽤나 심오한 요리일지도 모른다. 호불호가 별로 없을 뿐만 아니라 많은 사람들이 한데 모여 즐길 수 있다 보니, 쓸데없는 신경을 쓸 필요가 없는 메뉴였다.

두 분 선생님들로서는, 학생들에게 「신경을 쓴 결과로」 고테츠를 고르고 있는 건지도 몰라.

라이도우 선생님께서 대표로 계신 쿠즈노하 상회는, 개업 이후로 손님들이 끊이지 않아 매일 저녁마다 텅 빈 장식장이 눈에 띄는 가게였다. 롯츠갈드라는 도시 전체를 통틀어도 꽤나 성황을 이루는 축에 속하는 상회였다. 저만큼 번성 중인 상회의 대표인 이상, 접대나 교섭은 물론이거니와 일상적인 식사를 하러 가실 때는 상당히 값비싼 식당들을 다니실 것으로 예상된다.

하지만 우리랑 식사를 하러 가실 때는 학생들의 소지금 수준에 맞춰 주신다.

그리고…… 결국 우리가 지갑을 연 적은 지금껏 단 한 번도 없었다. 일단 겉모습은 우리와 비슷한 나이로밖에 안 보였지만, 상대방은 어른인데 비해 우리는 명확하게 어린아이였다.

실질적인 입장이나 생활수준을 따지면, 딱히 틀린 말은 아니겠지만 말이야.

아니, 일단 지금 그런데 관해선 신경 쓰지 말자.

어쨌든 단 둘이 식사하러 가는데 고테츠는 적합하지 않았다.

밥을 먹을 수 있을 뿐만 아니라, 그리고 술까지 마실 수 있는 가게로 가야 한다. 일단 마음 편히 대화를 나누고 싶으니, 2차 같은 건 신경 쓸 필요 없는 차분한 곳이 이상적이었다. 여러가지로 고민하는데, 아베리아로부터 한 마디가 날아왔다.

“네가 알아서 해.”

“그러하느냐?”

“그건 또 누구 흉내야? 가자고 한 건 나지만, 사실 딱히 가고 싶은 가게는 없거든. 진한테 맡길게.”

“어쩔 수 없도다.”

“……두 번이나 태클은 안 걸 거야. 지나치게 시끄러운 데 말고는 어디건 상관없어.”

시간을 버는 의미로 대화를 이어가면서 까불어 봤다. 에리스 양의 독특한 말투를 흉내내본 건데 말이야. 두 번이나 대답해줄 마음은 없어 보인다.

아베리아는 지나치게 진지하다고 해야 하나? 그다지 분위기를 잘 타는 성격은 아니군.

한 번 더 진지하게 대답한 다음, 성대하게 태클을 걸란 말이야. 역시 사소한 감정의 교류에 관해선 조금 서툰 편이군. 모르긴 몰라도, 시키 선생님은 유쾌한 여자를 더 반기실 걸?

그 아저씬 의외로 이런 식의 가벼운 이야깃거리에도…… 앗.

시키 선생님의 취향을 고려하다 보니 어떤 가게 하나가 떠올랐다.

두 번 정도 선생님과 함께 간 적 있는 가게야.

차분한 카운터 석이 설치되어 있어서 조용히 대화를 나누는 데는 안성맞춤이다.

양이야 어쨌거나, 밥은 맛있던 걸로 기억한다.

"일단 라비도르라는 가게로 가볼까?"

"저기, 미안. 거긴 가본 적 없는 것 같아. 라비도르?"

"쿠즈노하 근처의 가게야. 시키 선생님을 따라 간 적 있는 곳이지. 조용한데다가 술뿐만 아니라 밥까지 나와. 나도 그렇지만…… 너한테도 뭔가 할 얘기가……."

—있는 거 아니야?

그런 식으로 말을 이어 나가려 한 순간, 불현듯 다가온 아베리아의 얼굴로 인해 나의 말은 막혀 버렸다. 정말 대단히 가까운 거리까지 다가왔다. 나는 자기도 모르게 입을 다물었다.

"시키 선생님이랑?! 둘이서 술 마시러 갔던 거야?!"

신경 쓰이던 데는 거기였냐…….

"어, 아니. 둘이서 갔을 때랑…… 미스라와 이즈모까지 합해서 넷이서 간 적도 있었나? 일단 그 두 번이야."

깜짝 놀랐다. 혹시 아베리아는 선생님들이랑 같이 밥을 먹으러 간 적이 없나?

오늘 가는 가게는 아닐지 몰라도, 밥 정도는 몇 번쯤 얻어먹은 줄로만 알았다. 렘브란트 자매만 따라다니더라도, 두 분 과 밥 먹으러 가는 것 정도야 별거 아닐 텐데 말이야.

성사되기 힘든 짝사랑을 하다 보니 성격까지 소심해 졌나?

소심? 아베리아가?

안 어울려—!

넌 털털하게 나가는 모습이 기본이잖아?

"난, 한 번도 없어……."

아베리아가 본인답지 않게 풀죽은 표정을 지었다.

"일단 렘브란트 자매나 따라다녀 봐. 기껏해야 밥이나 얻어먹는 거니까 거리낄 필요 없어."

"시프나 유노나, 렘브란트 가문의 딸로서 만날 때 말고는 그 두 분과 밥을 먹으러 간 적은 없다더라."

윽, 정말?

하긴 얘기를 듣고 보니…….

분명히 선생님이나 시키 선생님이나, 여자들에 대한 경계심은 강한 듯이 보인다.

선생님의 스펙으로 판단하자면, 진지한 혼담이나 불륜 계약까지 포함해서 상당한 숫자의 유혹이 있을 수밖에 없을 텐데 말이야. 롯츠갈드 학원 본교에 외모까지 뛰어난 이들만 모이는 건 아니지만, 그럭저럭 평균 이상은 많은 편이다.

그리고 화장이나 행동거지, 복장에 관한 강의까지 개설되어 있는 덕분에 좀 더 그럴 듯하게 보인다는 면은 없지 않아 있었다. 다에나도 여기서 만난 선배랑 결혼한 모양이거든.

부인은 꽤나 미인이었다. 지금은 아직 아이가 어리다는 이유로 집에 머물고 있지만, 다에나가 졸업할 때쯤 복학할 예정이라더군.

사실 부인의 말투로 어림짐작하자면, 다에나가 4대국(大國)의 기사단 중 한 곳에 들어가는 걸 미래에 대한 설계로 기대하고 있는 듯한~ 느낌이 들었다. 기사단 중에선 역시…… 리미아 왕국 기사단의 수준이나 대우가 정상급인 걸로 유명하다. 역시 거기가 다에나의 제1지망일까?

"그러고 보니 라이도우 선생님이나 시키 선생님이나, 여자들과 엮였다는 얘긴 못 들어본 것 같아. 시키 선생님한텐 이미 부인이 있을지도 모른다는 소문 정돈 나도는 모양이지만, 우리가 볼 땐 엇비슷한 흔적조차 눈에 안 띈단 말이지……."

"그렇다더라. 그 분에게 연인이 없는 건 이미 정해진 상대가 있기 때문이라는 소문이 나도는 중이야. 하지만 선생님한테 직접 물어본 바로는, 지금껏 오로지 연구 외길로만 살아왔을 뿐인데다가 남색을 즐기는 취미는 없으신 것 같아."

"……여자들은 말이야. 왜 여자를 안 만드는 남자를 볼 때마다 곧장 그쪽을 의심하는 거지?"

"기본적으로 남자들이 동물이라서 그런 거 아닐까? 자기 자신이나 주위 친구들의 방탕한 생활을 돌이켜 봐. 본교의 학생인데다가 장학생이니까 미래에 투자한다는 의미야 물론 있겠지만, 벌써부터 너희들을 추켜세우기만 하는 골빈 여자들이 넘쳐나잖아? 혹시 아무도 상대한 적 없다는 거야? 정식으로 사귄 건 네가 진지하게 호감을 가진 아이뿐이었어?"

아베리아가 나— 라기보다는 학원의 모든 남학생들에게 비판적인 말투로 따져 왔다.

나한테 남자는 동물이라는 소릴 해 봤자…….

그리고 우린 어쨌거나 호감이 가는 타입들하고만 사귄단 말이야.

……일단 하룻밤 동안이라는 단서가 붙을 때가 있긴 하지만, 최

소한 잠자리를 함께할 때만은 연인으로 다루는 편이다.

"동물이라는 표현은 좀 심하지 않냐? 사실 자랑은 아니지만, 네 말마따나 우리가 여자들한테 인기 있는 건 사실이야. 여기선 여자는 필요할 때마다 얼마든지 함께할 수 있더군."

"그런 구석이 바로 동물적인데다가, 수컷 같다는 말이야. 그런고로 어디선가 발산한 흔적조차 없이 차분하게 하트 모양의 눈빛을 띤 채로 몰려오는 여자들을 태연하게 받아넘기고 있는 남자들은, 여자들한테 관심이 없을지도 모른다는 의심 정도는 사게 되어 있어. 어쨌거나 한창 때의 여자애들은 그렇게 볼 수밖에 없다는 거지."

"너무 불균형적인 관점이야. 시키 선생님씩이나 되시는 분들은 이미 여자들하고는 질릴 만큼 놀아보셨을 수도 있잖아? 예를 들어 쿠즈노하 상회의 라임 씨 기억나? 그 아저씨도 지금은 차분한 성격으로 보이지만, 아마 지겹게 놀다가 지친 축일 걸?"

"라임 씨는 나한테도 그렇게 보이더라. 그리고 아직은 가끔씩 평범한 남자들 같은 눈으로 여자들을 쳐다볼 때가 있으니까 남색가일지도 모른다는 의심은 들지 않아."

정말?

여자들은 평소부터 도대체 어딜 보고 다니는 거야?

"그렇군. 요컨대 두 분 선생님들이 볼 땐 너희 같은 여학생들은 취향에 안 맞는다는 뜻인가?"

만약 두 사람 다 연상 취향이라면, 새파란 여학생들은 당연히 관심 밖일 수밖에 없으리라.

“……최근 들어서야 겨우 객관적으로 볼 수 있게 된 건데, 학원을 다니는 여자애들은 그럴 듯한 가문의 출신자들이 많은데다가 한창 성장기라 자의식 과잉인 경우가 많더라. 간단히 말하자면, 아무 근거 없이 자신들은 이미 충분히 매력적이라는 착각에 빠져 산다는 거야. 바로 그 자칭 매력적인 소녀들 중 아무하고도 스치지 않을 때는…… 약간 분한 감정까지 더해서 그런 방향의 소문이 날 수도 있는 거지.”

꽤나 노골적인 얘기였지만, 대충 납득은 가는군.

그녀들이 조금만 더 겸손하고도 자연스러운 사고방식만 가질 수 있다면, 여자들과 엮이지 않는 남학생이나 강사들은 모조리 남색가라는 식의 터무니없는 소문은 나돌지 않게 되리라.

“하지만 비교적 소소하지 않아? 두 분 선생님들의 경우, 학생들뿐만 아니라 원생들이나 같은 강사들 상대로도 전혀 마음을 주시지 않는다더라. 그러다 보니 소문을 한층 더 키우는 거야.”

전혀 소소하진 않거든?

분한 감정이라니, 요컨대 어떤 형태로든 앙갚음을 하려 한다는 거잖아? 여자들은 참 무섭다.

사실 나의 경우, 최근 들어선 다른데 정신이 팔려 있다 보니 전혀 논 적이 없다.

“나도 앞으론 조심해야겠다.”

이런 문제는 함부로 파고들어도 제대로 된 결과를 기대할 수 없다는 건 잘 안다.

남자들이 아무리 까다롭게 굴어봤자 여자들을 변하게 할 순 없기 때문이다.

이론이 아니라 감정으로 납득을 시키지 않고선 결국 서로 간의 관계만 삐걱거릴 뿐이야…….

잠깐만 과거의 개인적인 경험을 돌이켜 봤으나, 역시 이치를 따져서 좋게 끝난 기억은 없다.

"너희들한텐 큰 문제는 없어. 다에나는 결혼한데다가, 미스라나 이즈모는 그럭저럭 잘 놀고 있거든. 선생님께서도 너희들처럼 대충 사는 방식을 약간이나마 깨우쳐주시길 바랄 정도야."

대충 산다는 말은 너무 심하지 않냐?

뒤탈 없이 잘 논다는 건, 대충 산다기보다 오히려 똑똑한 축에 속한다.

무의미하게 참고만 있다가 어설프게 창관(娼館) 같은 데서 처리나 해 봐. 친구들한테 무슨 소릴 듣겠냐? 어쨌거나 명목상으론 연애라는 형태를 취하는 방법이 결국 가장 안전하단 말이야. 잠깐, 왜 지금 난 이 녀석이랑 연애 얘기로 꽃을 피우고 있는 거지?

"그나마 다행이군. 이따 보자."

"응, 나도 서두를게."

"그냥 천천히 나와."

서둘러 봤자 결국 기다리게 되리라는 것은 거의 확정 사항이었다.

남자가 기숙사 방으로 돌아가서 할 일은 기껏해야 거기서 거기거든.

이제는 완전히 정들어 버린 자신의 방으로 돌아오자마자 교복을 벗었다.

단련을 하다가 땀으로 범벅이 된 체육복을 가방 속에서 꺼낸 다음, 다른 옷들과 함께 세탁 바구니 속으로 처박았다. 방 번호와 나의 이름이 들어가 있는 플레이트를, 잔뜩 쌓여 있는 옷더미 위로 내던졌다.

그리고 미량의 마력에 반응하여 작동되는 샤워기로 몸과 머리를 씻었다.

이 도시의 생활에도 이젠 완전히 적응했지만, 여기 와서 가장 놀란 건 바로 이 샤워기였다. 고향에 있을 땐 거의 상상조차 못 하던 기구였기 때문이다.

차가운 물로 씻을 때나 따뜻한 물로 씻을 때나, 터무니없을 만큼 간편하게 끝나거든. 옛날처럼 준비하기가 귀찮다는 이유로 며칠이나 몸을 안 씻는 경우는 있을 수가 없다.

머리를 말린 다음, 사복으로 갈아입었다.

사복이라지만, 오늘 입을 옷은 가볍게 흐트러뜨린 보편적인 스타일이다. 가게의 분위기를 고려하면 너무 일상적인 옷차림은 안 어울리니, 최근 들어 신지 않았던 가죽 구두를 꺼냈다.

예전에 갔을 땐 넥타이는 필수가 아니라는 말을 들었지만, 최소한 재킷 정도는 입고 가는 편이 좋을지도 모른다. 좋아, 다 갈아입었다!

가벼운 향수를 골라 뿌린 다음, 방을 나서는 김에 세탁 바구니를 밖으로 가지고 나왔다.

이렇게 하면 내일 훈련을 마치고 방으로 돌아올 무렵엔, 완전히 세탁된 옷들 역시 방으로 돌아와 있도록 고안된 체계였다.

플레이트는 소유자를 식별하기 위한 도구일 뿐만 아니라, 도난 방지용 최신기술까지 사용된 모양이다. 처음 봤을 땐 조금 불안했지만 실제로 지금껏 단 한 번도 도난당하지 않았다.

오히려 졸업한 이후의 자신이 세탁하는 방법을 잊고 있을지도 모른다는 불안감이 들 정도야.

“아니지. 지금은 장차 세탁 정도는 스스로 할 필요가 없는 레벨의 생활수준을 갖출 수 있도록 열심히 노력해야 하는 시기야. ……하지만 내가 원하는 건 출세가 아니라 실력이란 말이지. 역시 간단한 세탁 방법 정도는 익혀두는 편이 좋을지도 몰라.”

만약 장차 무사 수행 같은 걸 하게 된다면, 최소한 그 동안엔 자신의 일상사 정도는 스스로 해결해야 한다. 게다가 세탁 방법 정도는 익혀 둬서 손해 볼 일은 없었다.

로비로 가 보니 아니나 다를까 아베리아는 아직 나와 있지 않았다. 그녀보다 먼저 도착하는 것 정도야 애초부터 예상한 대로였기 때문에 딱히 신경 쓰이진 않았다.

나는 아베리아를 기다리며 온갖 생각들로 시간을 때웠다.

최근의 나는, 4대국의 기사단이나 신전의 성당 기사 같은 직함에 대해선 그다지 매력을 느끼지 못 하고 있었다. 지위와 명예는 물론이거니와, 인생의 보람까지 보장된 직장이겠지만…….

리미아 왕국이나 그리토니아처럼 전쟁의 최전선에 설 기회가 있는 곳은, 그나마 가볼 만한 가치가 있다. 어쨌거나 졸업은 인생의 끝이 아니다. 오히려 거기서부터 시작이야.

즉, 거기서부터 자기 자신을 더욱더 갈고닦기 위해선 어떤 길을 택해야 하냐는 것이다.

진로와 관련된 문제는 뒤로 미뤄 봤자 좋을 일은 없지만, 간단히 정할 수 있는 건 아니었다. 따라서 이렇게 졸업 전의 기간 동안, 여유 있게 고려할 시간이 주어진다는 건 고마운 얘기였다. 최근 들어선 눈앞의 좌절에만 정신이 팔려 있다 보니 그렇게 먼 미래에 관해선 관심이 가지 않았다. 항상 조바심이 떠나질 않는, 불쾌한 시간이었다.

라이도우 선생님의 강의를 통해, 약간이나마 앞으로 나아가고 있다는 감각을 얻을 수 있었던 것만이 유일한 위안이었다. 그런데, 최근 들어 깨우쳤다기보다 깨달은 사실이 하나 있다.

바로 그 라이도우 선생님에 관한 얘기다. 앞으로 졸업하는 그날까지 계속 선생님의 강의를 받는다면, 나는 얼마나 강해질 수 있을까? 지금으로서는 상상조차 할 수 없었지만, 당장 고를 수 있는 최고의 선택지라는 데는 의심할 여지가 없었다.

하지만 그 이후론?

만약, 말이야.

졸업한 이후로도 선생님의 강의를, 아니, 선생님을 스승으로 섬길 수만 있다면?

어딘가 취직하는 것보다 나 자신을 갈고닦는데 훨씬 좋은 수단이 될 수도 있지 않을까?

학원 강의의 범주를 벗어나는 이상, 경우에 따라선 죽게 될 가능성까지 있어 보인다는 점이 얼마 되지 않는 단점인가? 애초부터 선생님의 강의는 내가 수강 중인 강의들 가운데 가장 가혹한 축에 속한다. 끝나자마자 진이 다 빠지는 경우가 한두 번이 아닐 정도였다. 하지만, 역시 아직은 강의의 범위 안이야. 선생님들이 우리의 실력에 따라 강의의 강도를 조절하고 있다는 느낌이 있다. 우리가 단련을 통해 도달할 수 있는 한계점 또한, 전적으로 선생님의 재량에 달려 있다.

그렇다면 대충 이 정도로 충분하다는 선생님의 판단이 떨어지면 우리의 강의는 끝나버릴 수도 있다는 뜻이다.

평범한 임시 강사가 적극적으로 강의를 받을 뜻이 있는 학생을 물리는 경우는 거의 없다 보니 잊어버리기 쉬운 사실이지만, 원래부터 강사들한테도 최소한의 권한은 주어져있다.

학생들이 충분한 실력을 갖춘 것으로 판단될 경우, 수료증을 발급하는 형식으로 강의로부터 졸업시킬 수 있다. 물론 실력이나 태도상의 문제로 인해 부적절한 학생으로 판단될 경우, 수강을 거부할 수도 있다. 지금의 롯츠갈드를 둘러싼 강의 사정을 고려하면, 일종의 손님이나 다름없는 학생을 상대로 수입 관계상 최대한 많은 숫자의 수강생을 모으고 싶은 임시 강사의 입장이 약해질 수밖에 없지만 말이야.

하지만 라이도우 선생님은 태연하게 자신의 권한을 사용하리라는 예감이 들었다.

애초부터 본업이 따로 있는 이상, 수입 때문에 학생들한테 끌려다닐 일은 없는 분이거든.

실제로 지금 당장 라이도우 선생님의 강의를 받고자 하는 수강

신청들은 모조리 기각 당한다더군. 그런 이유로 현재의 수강생은 우리들 일곱 명뿐이다.

학생들 사이로 선생님의 강의를 수강하고 있는 우리의 실력이 눈에 띄게 오르고 있다는 사실은 널리 알려진 모양이다. 지금까진 우리의 레벨이 낮다는 이유로 선생님을 사기꾼으로 판단하던 패거리 역시, 얼마 전의 레벨링을 통해 자신들의 레벨을 간단히 추월 당한 이후론 선생님이나 우리를 절대로 얕보지 못 한다. 아마도 여름 방학이 끝난 후부턴 선생님의 강의를 수강하고자 하는 참가 희망자들의 숫자는 더더욱 늘어나리라. 당장 지금부터 신청 서류의 양만으로도 강사 대기실의 책상들 가운데 선생님들이 쓰고 있는 것들을 금방 알아볼 수 있는 상황이야. 저 서류들이 더 이상 늘어난다면, 선생님한텐 커다란 골칫거리가 될지도 모를 일이다.

우리의 레벨에 관해서도, 지금은 학원제 투기 대회의 출장 조건 때문에 레벨링 작업을 중단한 것뿐이다. 실제론 초기의 여세를 몰아 정기적으로 사냥을 나갔을 경우, 지금쯤 150 정도까진 여유롭게 올리고도 남았을 것이다.

그런 식으로 기본적인 능력을 향상시킴에 따라 더욱 강한 상대를 물리칠 수 있는 경지까지 오를 경우, 레벨이 오르는 속도는 단계적으로 더욱더 빨라질 수밖에 없다.

그냥 언제나 필사적으로 노력한 것뿐이지만…… 우리는 어느 틈엔가 다른 녀석들이 반드시 부딪힐 수밖에 없는 여러 겹의 벽들을 삽시간에 돌파해 버린 모양이다.

그런 고로 레벨 상승 속도가 느려질 수밖에 없는 기간이나, 자신들의 실력과 상대할 수 있는 마물의 레벨이 불균형을 일으켜 레벨링 자체가 힘든 기간을 경험할 필요 없이 파죽지세로 레벨을 올릴 수 있었다. 원래 한 마리를 다 함께 포위해야 이길 수 있는 마물 집단을 상대로도 여유롭게 전투를 치를 수 있었다. 정말 하나부터 열까지 선생님의 강의 덕분이야.

역시나…… 정답은 그것뿐인지도 몰라.

졸업한 이후의 진로는, 아니, 경우에 따라선 중퇴까지 고려할 수 있다.

나는 쿠즈노하 상회에—.

"미안, 오래 기다렸지?"

고개를 돌리자, 예쁘게 차려 입고 나온 아베리아가 나를 마주보고 있었다.

시원해 보이는 서머 드레스 차림이다. 어깻죽지를 크게 노출시킨 데다가, 스커트 길이까지 무척이나 짧은 옷이다. 아마 지금 한창 유행하는 스타일이었나?

평소의 교복 모습이나 전투용 방어구를 착용한 차림새완 전혀 다른 인상이었다.

"아니, 별로 안 기다렸어. 너의 그런 옷차림은 처음 보지만…… 평소랑 완전히 딴판이군."

"너랑 다르게 그런 종류의 강의도 빠짐없이 받고 있거든. 최소한 그런 소리도 못 들으면 거기다 쓴 시간이 아깝겠지. 그러는 너도 옷은 잘 입고 나온 것 같은데? 조금 다시 봤어."

"거참 고마운 말씀이군. 이제 출발하자."

"응."

골똘히 생각에 잠겨 있던 관계로, 그다지 오랫동안 기다린 듯한 기분은 들지 않았다. 시계를 확인해 보니, 그럭저럭 시간이 지나 있을 뿐이었다.

조금씩 땅거미가 지기 시작한 참이니, 딱 알맞은 시간대였다.

나나 아베리아가 수도 없이 다닌 쿠즈노하 상회까지 가는 길을 헤맬 리가 없었다.

거기서 약간 벗어난, 라비도르로 가는 길을 앞장서 걸어갔다.

대로변으로부터 한 골목 정도 들어간 조용한 한 모퉁이의, 벽돌로 지은 고풍스러운 건물의 2층이 바로 라비도르였다. 이 부근은 학생들을 대상으로 한 저렴한 가게들과 뚜렷하게 구별되는, 세련된 가게들이 많은 곳이었다. 아베리아를 에스코트하듯이 계단을 함께 올라갔다.

"……어서 오십시오."

"두 사람입니다. 자리는 비어 있나요?"

"학생 분이신가? 미안하지만, 우리 가게는……. 응? 자네는 몇 번 정도 본 적 있는 얼굴이군. 아마…… 쿠즈노하 상회의 시키 씨와 함께 왔던 친군가?"

"예. 진이라고 합니다."

"맞아, 진 군이라는 이름이었지. 카운터 안쪽은 비어 있으니 마음껏 들어가게나."

"고맙습니다."

여긴, 처음 온 손님은 거절하는 가게였던 모양이다.

시키 선생님과 왔을 땐 딱히 아무 말 없이 들어올 수 있었던 만큼, 솔직히 조금 긴장했다.

바텐더에게 가볍게 머리를 숙인 다음, 그의 말에 따라 카운터 안쪽으로 들어갔다.

"가게 분위기는 좋아 보인다. 데이트 장소로도 쓸 만할 것 같아."

우선 실내가 너무 밝지 않도록 조절되어 있었다. 딱 알맞게 부드러운 간접 조명이 테이블이나 카운터를 비추고 있었다. 테이블 석은 칸막이를 쳐서 룸처럼 쓸 수 있는 구조로, 같은 손님들끼리 서로 얼굴을 마주치지 않도록 배려한 듯이 보였다.

카운터 석은 전부 다 바텐더의 시야 안으로 들어가도록 큰 반원 형태의 활 모양을 그리는 구조였다. 물론 다른 손님들의 얼굴은 다 보인다. 어린아이를 데려오거나 술병을 든 채로 난리치러 오는 데는 부적합한, 고급스럽고도 차분한 분위기의 가게였다.

"자기 돈으로 사먹으러 오는 건 처음이지만…… 일단 오늘은 나만 믿어. 그건 그렇고 지금 우리말인데, 언뜻 볼 땐 마치 데이트하러 온 사이 같지 않냐?"

"모자랄 땐 꼭 말해. 어디까지나 그렇게 보일 뿐으로 진짜 데이트는 아니니까."

"넌 이럴 땐 참 거리낌 없구나. 시키 선생님이 아니라 미안하게 됐다. 자, 메뉴."

"흐음, 처음 보는 술들이 엄청 많아 보여. 술만 실린 메뉴 하나가 따로 있다는 것도 엄청나."

"술집이 메인이라서 그럴 거야. 혹시 희망하는 음악이 있을 땐, 저 사람한테 요청해 봐."

가게 안쪽의 피아노 앞으로 시선을 돌리자, 분위기 자체는 무척이나 조용한 가운데 드레스를 입은 여성이 무드 있는 곡을 치고 있었다.

"지금 곡이 딱 좋아. 난 이런 분위기가 잘 맞더라. 그런데 시키 선생님은 어떤 술을 즐겨 드셔?"

"갑자기 그것부터 물어보냐? 시키 선생님은 꽤나 여러 가지 술을 즐기는 타입이야. 아마도 마시는 날의 기분에 따라 다르지 않을까?"

기본적으로 난 여자가 아니니까, 시키 선생님께서 좋아하는 술이나 특정한 종류의 술을 마시는 여자를 좋아하시는지 신경 쓴 적 없었다. 시키 선생님이 우리가 마시는 술에 관해 따로 주문을 하시거나 억지로 마시라고 하신 적도 없다. 상대가 마시는 술에 별로 신경을 쓰지 않는 성격인 듯이 보였다.

"……있잖아. 어떤 종류의 술을 주문하는 여자를 좋아하실 것 같이 보였냐고 물어봤거든?"

"모르긴 몰라도, 아마도 그런데 관해선 신경 안 쓰실 거라니까? 좋아하는 거나 신경 쓰이는 걸 주문하라는 말씀밖에 못 들었어. 고테츠에서도 마찬가지였잖아?"

"다음부턴 좀 더 세심하게 관찰해 봐. 지금의 난 「시키 선생님 정보」에 굶주려 있거든."

"알겠습니다요. 난 일단 밥이랑…… 술은 이걸로 시킬까?"

그녀의 터무니없는 부탁을 대충 받아넘긴 나는, 잽싸게 주문할 메뉴들을 결정했다.

건더기가 잔뜩 들어간 고기 스튜와 안주로 먹을 콩 종류에다가 치즈, 술은 우선 도수가 센 식전주부터 시키자. 기본적으로 이곳은 술이 맛있는 가게였다. 종류까지 풍부하다 보니 여기저기로 눈이 쏠린다. 오늘은 지갑 사정 같은 건 신경 쓸 필요 없이 마구 마시자. 어느 정도 취하지 않고선 입을 열기가 어렵거든. 약간이나마 입을 가볍게 만들고 싶은 참이다.

일단 시키 선생님의 계산서를 언뜻 본 바로는, 도저히 손이 미치지 않을 만큼 비싸진 않았다.

오실 때마다 꽤나 빠른 속도로 마시던 시키 선생님하고도 그 정도 금액이었으니, 아베리아 하나 정도야 나의 지갑만으로도 충분히 먹을 만큼 먹이고도 남으리라.

하지만 메뉴에 금액이 적혀 있지 않다는 건 조금 무섭긴 하군.

오래 묵은 술 같은 지뢰만 밟지 않도록 조심하자.

"난 뭘 먹을까? 식사는 무난하게 이걸로…… 술은, 달콤한 건 여기쯤인가?"

"어, 그러고 보니 이 술은 시키 선생님께서도 몇 잔정도 드신 것 같아. 꽤 단 편이더라."

대단치 않은 정보 하나를 떠올린 나는, 메뉴의 한 구석을 손가락으로 가리켰다.

"바로 그런 정보를 가르쳐달라는 말이야. 좋아, 난 이걸로 할게. 이만큼이나 종류가 많으니까 은근히 고민된다."

"도저히 감이 안 잡힐 땐 가게 사람들한테 물어 봐. 시키 선생님께서도 술의 특징 등에 관해선 자주 물어 보시더라."

"그러셨구나. 난 어쩐지 이렇게 분위기가 좋은 가게로 와선, 잘 모른다는 사실을 쑥스럽게 느끼는 타입인지도 몰라."

이 녀석은 의외로 귀여운 소릴 하는군.

사실 타인에게 짝사랑만 하지 않았더라면, 연애 상대로서도 꽤나 좋은 조건을 갖춘 녀석이다.

하지만 라이도우 선생님의 강의를 받으러 갔다가 만나기 전까진 거의 대화조차 나눈 적 없는 상대였다. 나는 옆자리의 아베리아를 남몰래 흘겨보다가 쓴웃음을 지었다.

"아무쪼록 거리낌 없이 문의해 주십시오. 부끄럽게 여기실 필요는 없습니다. 그리고 희망사항이 있으실 때는 불분명한 이미지로나마 가르쳐주신다면, 최선을 다해 손님께서 마음에 들어 하실 한 잔을 찾아오겠습니다."

어느 틈엔가 카운터 너머로 점원 분이 와 있었다.

우연하게도 둘 다 주문을 확정시킨 타이밍이었다.

"주문하실 메뉴가 결정된 듯이 보여 여쭈러 왔습니다."

"아, 감사합니다."

아니, 상당히 정확하게 타이밍을 가늠하고 있던 걸로 보이는군.

지금 돌이켜 보니, 여기서 뭔가 주문할 땐 그다지 오랫동안 기다린 기억이 없었다.

과연 전문직 종사자군. 가게의 구석구석까지 눈이 다 가는 모양이다. 대단한 스킬이야.

점원의 말에 따라 주문을 마치자, 곧바로 술이 나왔다.

"자, 건배하자."

"건배."

유리잔들끼리 가볍게 부딪히는 경쾌한 소리가 울려 퍼졌다.

입안으로 옮기자, 산뜻한 과일의 신맛과 비교적 도수가 센 알코올이 목구멍을 적셨다.

"후우—, 바로 이 맛이야."

"응, 맛있긴 정말 맛있다. 오늘 하루가 또 잘 끝났다는 실감까지나."

"수고했어."

시답잖은 잡담이나 학원에 관한 화젯거리, 이제 곧 시작될 학원제에 관한 얘기 등—.

식사가 올 때까지 기다리는 동안, 술잔을 기울이면서 아베리아와 대화를 나눴다.

"우리들 말인데, 의외로 이렇게 평범한 대화를 나눌 기회는 별로 없었던 것 같아."

"그러게 말이야. 남자들끼리는 같이 다닐 기회가 아주 없진 않았지만, 평범한 친구들처럼 가벼운 잡담을 나눈 횟수는 그다지 많진 않아."

"서로가 자기 자신의 목적을 이루기 위한 실력을 갖추고자 필사적이니까 말이야."

"장학생은 성적이 떨어지면 버림받을 수밖에 없으니까 더하더라. 이놈이나 저놈이나 친구라기보다 라이벌에 가까워."

그런 이유로 라이도우 선생님의 강의를 수강하게 된 이후로도 직접 강의와 관련된 화젯거리나 대책에 관한 모임은 꽤 자주 가졌으나, 서로의 사생활에 관한 이야기는 별로 나누지 않았다.

애초부터 필요가 없는 걸로 여겼다.

하지만 서로의 관계에 대한 사고방식 또한, 얼마 전의 레벨링을 거쳐 꽤나 많이 변했다. 오늘처럼 아베리아와 함께 둘이서 밥을 먹고 있는 것 역시 그 때문이다.

우리는 서로의 과제나 다른 다섯 명에 관한 이야깃거리 등을 섞어가며 이야기꽃을 피웠다.

잠깐 대화가 중단된 틈을 가늠한 듯이 식사가 나왔다.

맛은 변함없이 무척 좋은 편이었다. 양적으론 조금 부족한 면이 없지 않아 있었으나, 오늘은 딱히 배불리 먹기 위한 목적으로 온 건 아니니 큰 상관은 없다. 굳이 말하자면, 원래 이곳은 2차나 3차로 오거나 아베리아의 말마따나 데이트 같은 걸 하러 오는데 적합한 장소였다.

두 잔째의 술잔을 비울 때쯤, 나온 음식 역시 깨끗하게 먹어치웠다.

이제 슬슬 입을 열 수 있을 듯한 느낌이 들었다.

분위기가 조금 가라앉을 무렵, 세 잔째 술이 나왔다.

지금이야.

"사실은—."

"사실은 말인데."

어?

우리가 입을 열려던 타이밍은 거의 동시였다. 깜짝 놀란 우리는

서로의 얼굴을 마주봤다.

그녀가 몹시 어중간한 쓴웃음을 지었다.

"난 급하지 않아. 먼저 말해."

여성의 체면을 세워주는 의미로 아베리아에게 발언권을 양보하고 싶은 참이지만, 서로 양보해 봤자 또다시 말을 꺼낼 기회를 잃을 뿐이다. 나는 먼저 입을 열기로 마음먹었다.

"여름 방학이 끝나기 전에, 미처 못 한 일을 완수하고 싶어. 그게 내 생각이야."

"……헤에."

아베리아는 새삼 놀란 듯이 두 눈을 크게 떴다.

그녀는 진지한 표정으로 나의 다음 대사를 기다렸다.

"그 녀석을, 이기고 싶어."

이런 데서 남녀 단 둘이 술을 마시다가 나오는 말로는 전혀 안 어울릴지도 모른다. 하지만 아베리아는 화난 표정이나 쓴웃음을 짓기는커녕, 다음 말을 재촉하듯이 작게 고개를 끄덕였다.

"……."

아베리아는 아무 말도 하지 않았다.

그러나 『그 녀석』이라는 말이 가리키는 대상에 관해선 충분히 알고 있는— 그런 표정이었다.

"완전히 답조차 안 나오는 패배였을 땐 순순히 단념할 수밖에 없었을지도 몰라. 하지만 나는, 그날의 패배와 전멸에 관해선 지금 이 순간까지 계속—."

"얼마든지 이길 수 있었던 전투로 여기는 중이야."

아베리아가, 정확하게 내가 다음으로 하려던 말을 대변했다.

"……!"

"후후…… 진도 마찬가지였나 봐."

"너도 나랑 똑같았다는 거야?"

"당연하지."

그 아룡에게 재도전하고 싶다.

그리고 이번에야말로 이긴다.

라이도우 선생님이나 시키 선생님한텐 상대가 안 된다거나, 파랑도마뱀 아저씨에게 먼지 나게 얻어맞는 정도야 지금의 우리들한텐 거의 일상이나 다를 바 없었다.

하지만 그 아룡에게 깨졌던 경험은 그런 차원의 문제가 아니었다.

방심과 잘못된 판단에 의해 야기된, 치욕스러운 패배였다.

절대로 그냥 넘어갈 건수가 아니야!

"다른 녀석들을 설득하는 걸, 좀 도와줄 수 있을까?"

"설득이 필요한 경우가 있을 땐, 당연히 도울 거야. 하지만 모르긴 몰라도, 다들 마음속 어디선가 후회하고 있을 거야. 상식적으로 레벨과 인원수와 상대를 고려할 땐, 당연히 질 수밖에 없는 전투였어. 사실은 그다지 집착할만한 가치는 없을지도 몰라."

아베리아의 말마따나, 아무리 하등한 종류더라도 학생이 용을 잡는다는 소리 자체가 터무니없는 얘기였다. 목숨을 건진 것만으로도 만족할 일일지도 몰라. 하지만 나나 아베리아는, 전혀 그렇게 여길 수 없었다. 보는 관점에 따라선 꽤나 대단한 일이었다. 이러한 태도 그 자체가, 이미 평범한 학생들의 레벨을 아득히 초월한 경지를 바라보고 있다는 증거였기 때문이다.

“그날 이후로 계속, 목구멍 사이로 잔가시가 걸려 있는 듯한 기분이야.”

“알아. 마찬가지거든.”

“여름 방학 마지막 이벤트는, 결정 난 거나 다름없군.”

“동감이야. 하지만 진? 문제는 애들을 설득하는 것보단, 무슨 수로 똑같은 종족의 아룡을 찾느냐는 거거든? 선생님께서 반대 안 하시면 직접 부탁하는 게 최선이겠지만, 과연 허락이 떨어질까……? 최악의 경우엔, 시키 선생님께 몰래 부탁드리는 수밖에 없을지도 몰라.”

“……깜빡 했다. 다시 한 번 거기로 간다고 해서 반드시 있으리라는 보장은 없단 말이지. 결국 선생님들한테 신세질 수밖에 없는 건가? 참 답이 없군…….”

“선생님과 제자 사이잖아? 이제 와서 그런 걸 신경 써봤자 소용없는 일이야. 차라리 학생답게 순순히 선생님들한테 기대는 편이 그나마 떳떳하지 않을까 싶어.”

“일리가 있는 말이야. 이왕 그러기로 한 이상, 다른 녀석들을 설득하자마자 곧장 선생님께 부탁드리러 가자!”

“찬성! 하—, 속 시원하다! 오늘밤엔 좀 더 마시고 싶어. 저기, 끝까지 같이 마셔줄 거지?”

“물론이지!”

아베리아의 산뜻하고도 밝은 표정이나 입에 담은 말엔 전면적으로 찬성이었다.

그 녀석을 상대론 두 번 다시 지지 않아. 무슨 일이 있더라도 절대로 말이야.

술이 들어갈수록, 우리의 결심은 더욱더 확고해졌다.

이번엔 반드시 우리가 이긴다.

어지간히 취기가 돌아 몸이 붕 뜬 듯한 감각을 느끼기 시작할 무렵, 화제는 각자의 출생 쪽으로 옮겨갔다.

“그러고 보니 진은, 어떻게 학원에 입학한 거야? 역시 스카우트한테 걸린 경우야?”

“응? 정답이야.”

“하긴 장학생이니까 당연한 건가? 나도 비슷한 경우지만, 제국의 사관학교보단 롯츠갈드 쪽이 여러 가지 속박 같은 거랑 상관없어 보였거든. 스카우트하러 온 타이밍까지 딱이었지……. 이래 봬도 고향 마을에선 신동 취급을 받던 편이야.”

아베리아가 과거를 그리워하듯이 아련한 눈으로 중얼거렸다.

“다들 엇비슷하지 않나? 다 이유가 있으니까 스카우트하러 가는 걸 테니 말이야.”

이래 봬도 나 역시 고향에 있을 땐…….

“그러게. 하지만 실제로 와 보니 나 정도는 땅바닥을 막 굴러다닐 만큼 흔한 축이더라. 라이도우 선생님의 강의를 받기 전까진, 솔직히 거의 제자리걸음이나 하는 중이었지~. 제국의 학교로 가봤자 큰 차이는 없었을지도 모른다거나, 최전선과 거리가 먼만큼 그나마 낫다— 는 식으로 자기 자신의 선택을 정당화하기 위한 온갖 변명거리나 떠올리던 나날이었어.”

"하하하, 그건 너무 심하게 부정적으로 들린다. 어라, 그러고 보니 아베리아는 방학 동안 고향으론 안 갔지? 가족들한테선 돌아오라는 말 못 들었어?"

"가족은 없어. 나 혼자뿐이야. 원래부터 어머니와 단 둘이 살다가, 그 어머니께선 여기로 오기도 전에 전염병으로 허무하게 돌아가셨거든. 이젠 고향이라고 해봤자, 단순히 태어난 장소에 지나지 않아. 그다지 그립지 않고, 사실은 두 번 다시 돌아가고 싶지도 않을 정도야. 그러는 너야말로 전혀 돌아간 적 없지 않아? 무슨 특별한 사정이라도 있어?"

아베리아는 어머니까지 돌아가신 본인의 고독한 입장을 털어놓더니 나의 과거를 캐물어왔다.

이거야 원, 정말 고단수로 노는 녀석이다.

이렇게 된 이상, 혼자만 입 다무는 건 비겁한 짓이잖아?

"정—답. 네 말대로, 난 특별한 사정이 있는 몸이야."

반쯤 자포자기한 태도로 대답했다.

"내가 태어난 마을은 정말로 아무것도 없는 농촌이었거든. 나는 아이가 많은 농가의 막내였지. 정말 철저하게 폐쇄적인 마을이라, 도무지 마음에 안 드는 것들뿐이더라. 신동이었던 이 몸은 자신의 운명을 개척해야겠다는 마음을 먹고, 스카우트하러 온 양반들한테 자기 자신을 선전한 거야. 그 결과, 학원에 입학하는데 성공한 거지."

"……어디가 특별한 사정이라는 건데? 이보다 더할 수 없을 만큼 평범하잖아?"

술기운 때문에 뺨을 어렴풋이 붉게 물들인 아베리아가, 게슴츠

레한 눈으로 나를 노려봤다.

하긴, 여기까진 틀림없이 평범한 축에 속한다.

나는 부모로부터 마을을 나가는 승낙을 받기 위한 위자료를, 학원의 스카우트 직원에게 빌렸다. 그 돈을 받은 나의 부모는 스카우트 직원에게 나를 떠넘겼다. 실질적으로 나를 학원 측에게 판 거나 마찬가지였다. 하지만 여기서 나는 최소한 노예 취급을 당하진 않는다. 우수한 성적을 유지한다는 전제하에 확고한 장학생 대우를 받을 수 있다. 현재의 대우는 나 자신이 바라던 것이기도 하다. 앞으로 영원히, 마을이나 가족과 엮이지 않기 위한 조치였다. 나는 졸업한 이후로도 학원 측이 자신에게 설정한 값어치— 부모가 받은 돈을 학원 측을 상대로 갚아 나가야 하는 입장이었다. 따라서 스카우트를 받은 녀석들 중에선 꽤나 이질적인 경우에 속하는 걸로 안다.

"일단 들어나 보셔. 폐쇄적인데다가 아무것도 없는 농촌 따윈 엄청 흔하지? 그런데 나는 최고의 신동이잖아? 사냥이나 농사일 같은 걸 할 땐 어지간한 어른들보다 훨씬 쓸모가 있다 보니, 마을 녀석들로부터 받는 대우는 별로 나쁘진 않았어."

"헤에. 이제야 예상하던 거랑 조금 다른 얘기가 나오는데?"

"하지만, 우리 마을엔 나 따위보다 훨씬 강한 사람이 있었지."

"뭐? 혹시 진 군은 우물 안 개구리들의 대장 노릇조차 못 해봤다는 소리야?"

"……아니, 사실 평범한 골목대장보단 높긴 했어. 하지만 당시의 난 결국 그냥 꼬맹이였지. 마을의 결정이나 어른들의 판단을 굽힐 수 있을 정도는 아니었어. 그 당시의 난 아직 그런 사실조차 깨달을 수 없었지만 말이야."

"요컨대, 그 강한 사람이 진의 스승이었단 말이구나. 무슨 단련이라도 받은 거야?"

"……그 사람은, 스승 따위가 아니야. 나의 첫사랑이자, 자기 자신이 그저 힘없는 꼬맹이에 지나지 않았다는 사실을 가르쳐준 사람이지……."

"뭐?"

농담 섞어 맞장구를 치던 아베리아가, 넋이 나간 얼굴로 나를 쳐다봤다.

지금 난 도대체 무슨 짓을 하고 있는 거지?

아무리 마음을 터놓기 시작한 사이일 뿐만 아니라, 똑같은 생각을 하고 있었기로서니—.

지금껏 이런 얘긴 라이도우 선생님이나 시키 선생님을 비롯한 그 어느 누구한테도 할 마음이 들지 않았는데…….

오늘밤엔 공연히 누군가에게 털어놓고 싶어서 견딜 수가 없었다. 그런 기분이었다.

"미란다 브루거, 고아였던 모양이야. 어디까지나 마을의 신세를 지던 입장이던 그녀는, 나랑 그다지 차이 안 나는 나이로 온갖 더러운 일이나 성가신 일들을 거의 도맡아 하는 듯이 보였어. 정상적인 바깥벽 따윈 없다 보니 나무로 만든 울타리 같은 걸로 주민들의 안전을 지키던 마을이라, 고블린이나 코볼트 등을 비롯한 마물이나 공격적인 아인(亞人)들이 항상 습격해 와서 비축해 놓은 식량들을 마구 빼앗아갔지. 선천적으로 강한 몸을 타고난 미란다는, 다섯 살 남짓 정도밖에 안 되던 시절부터 소모품처럼 그 녀석들을 격퇴하거나 토벌하는 역할을 맡아야 했어. 약간 나이를 먹은 이후론 나 혼자서라도 미란다를 도우러 따라다니긴 했지만…….”

“…….”

실제로 마을 녀석들은 처음에는 후방 지원 등을 시도하긴 했지만, 미란다가 눈에 띄게 강해진 이후론 최소한의 지원조차 중단하고 말았다. 그녀는 혼자서 고독하게 마을의 안전을 지키는 역할과, 이따금씩 마물을 토벌하러 가는 임무를 도맡아 했다. 마을 전체가 그 어린 소녀 한 사람에게 전적으로 기대던 주제에, 그녀는 어디까지나 마을의 소유물 취급을 받았다.

거의 부자연스럽기까지 한 전투 능력으로 마을을 지키던 미란다는, 마을의 휴만들로부터 뭔가 불순물이 섞여 있는 혼혈아가 틀림없다는 험담을 들었고, 음험한 따돌림까지 당해야 했다. 지금 돌이켜 보니 정말 구역질나는 곳이었다.

당시엔 감정다운 감정을 전혀 보이지 않던 그녀는, 모든 것을 포기한 노예 같은 눈빛으로 순순히 어른들의 명령에 따랐다. 나한테는 그녀가 몹시 불가사의하고도 불쌍한 존재로 보였다.

자신에게도 싸울 수 있는 힘이 있다는 사실을 안 이후론, 나는 마을 녀석들이나 가족들로부터 제지가 들어오든 말든 적극적으로 미란다를 도우러 따라다녔다.

함께 싸우다 보니 실감할 수밖에 없었다. 그녀의 휴만을 아득히 초월한 완력, 그리고 동물적인 직감이라는 말로도 모자랄 정도의 선천적인 번뜩임—.

—아하, 그렇군.

나 스스로가, 검사로서 즐겨 쓰고 있는 지금의 스타일은…… 그녀를 바라보던 어린 시절부터 완성된 건지도 몰라.

"미란다는 며칠 정도의 휴식만으로도 어지간한 부상은 다 낫는 체질이었어. 그러다 보니 정말로 지독하게 혹사당하더군."

"그 미란다란 사람이 당한 취급은 분명 지독하긴 하지만, 정말로 휴만이긴 했을까? 솔직히 조금 믿겨지지 않을 정도야."

"실제로 혼혈아였는지, 특수한 스킬이나 재능을 타고난 순수한 휴만인지는 이제 와선 확인할 방도가 없어. 항상 일부러 머리카락으로 한쪽 눈을 숨기고 다닌 듯한 느낌이 들었는데, 생각해 보면 그곳을 남들에게 보이고 싶지 않았는지도 몰라."

"꽤나 불가사의한 사람이었던 모양이야……."

"응. 불합리한 현실을 힘으로 찍어 누르듯이, 그녀는 마을을 위해 끝까지 싸웠어. 그 덕분에 우리 마을 근방의 천적들이 사라진 결과, 농지를 넓힌 마을은 점점 발전해 나갔지."

"……정정할게. 미란다 양이란 분은 불가사의하다기보다는 거의 라이도우 선생님 급 아니야?"

"그 정도까지 무지막지한 수준은 아니야."

"일단 얘기만 듣기론 충분히 터무니없거든?"

"하지만 그런 나날은 영원하진 않았어. 내가 열 살 때였나? 우리는 마을의 결정에 따라 근방의 섬뜩한 삼림을 개척하러 들어갔어. 그때까진 그 숲은 마을 근처였는데도 불구하고 묘하게 불길한데다가 깊숙하기까지 해서 건드리지도 않았던 곳이야. 마을이 발전하고 나니 욕심이 났는지도 모르겠군. 불길한 예감이 들었던 미란다와 나는, 어른들에게 경고했어."

지금 돌이켜 보니 그때의 느낌은 악의로 가득 찬 살기였다.

"뭔가 있긴 있었구나. 진의 직감은 꽤나 정확한 편이니까 말이야."

"그 직감 자체가 사실 미란다에게 단련 받은 거나 마찬가지야. 지금의 네가 예상한 대로, 터무니없는 녀석이 기다리고 있더군. 우리가 만난 아룡 정도는 아니었던 것 같지만, 떠돌이 마술사가 만들었다가 내다버린 듯한 합성수(合成獸)(키메라)였지."

"……농민들의 힘으로 상대할 수 있는 종류의 마물이 아니야. 운 좋게 낮은 레벨의 개체일 경우에도, 마을 한두 개쯤은 간단히 짓이기고도 남아."

"응. 그 녀석의 적갈색 체모, 사자의 몸에 달린 사람의 얼굴과 뱀 모양을 하고 있던 두 개의 꼬리가 아직껏 똑똑하게 기억날 정도야. 등으로부턴 수많은 사람의 손이 나 있더군."

"으…… 기분 나빠."

"맞아. 그야말로 추악한 괴물이었지. 그날의 나는 숲속을 순찰 중이었는데, 그 녀석과 마주치자마자 온몸이 굳어 버렸지."

"당연한 얘기야. 평범한 어린아이한텐 평생 극복 못할 트라우마로 남을 수 있는 경험이니까."

"스스로가 정말 한심하더라. 들고 있던 검이 우연히 그 녀석의 발톱으로부터 나의 몸을 지켰어. 그로 인해 겨우 치명상을 모면한 나는…… 곧 나무와 부딪친 충격으로 정신을 잃었지."

"넌 오히려 살아 있었던 것만으로도 행운아야. 역시 그 순간, 미란다라는 여성이?"

당연히 예상이 가는 결말에 관해, 아베리아가 약간 말하기 거북한 듯이 나에게 물어 왔다.

"……아니. 눈을 떠 보니…… 웃음소리가 들려오더군."

"웃음소리?"

"들어본 적 없는 미란다의 목소리와 본 적 없는 그녀의 웃는 얼굴, 온갖 감정이 담긴 떠들썩한 웃음소리였어."

"……."

"피투성이가 된 그녀는, 거의 고철이 된 자신의 검을 손에 든 채였어. 그녀는 하늘을 올려다보는 자세로, 끊임없이 웃고 있더군. 무지막지하게 진한 피 냄새가 자욱했어. 밤인데도 새까만 피가 근방을 온통 물들인 걸 느낄 수 있을 정도였지."

"……."

"그녀의 발밑 언저리로는, 난도질당한 합성수가 흩어져 있더군. 한밤중의 숲을 지독한 피 냄새가 가득 채우고 있는데도 불구하고, 숲속의 짐승들은 한 마리도 가까이 오지 않더라."

"미란다 양한테, 겁을 집어 먹었다는 소리야?"

"아마도 그럴 거야. 어른들의 인해전술로도 이길 수 없는 괴물을 혼자서 그런 식으로 도살해버린 그녀가, 분명하게 두려웠던 거야. 그 순간, 평소의 그녀가 숨기고 다니던 오른쪽 눈이 머리카락 사이로 보였어……. 나한텐 미란다의 양쪽 눈이 뱀이나 도마뱀처럼 날카롭게 빛나는 듯이 보였어."

"그건……."

"피에 물든 채로 웃고 있던 그녀에게 겁이 난 나는, 처음으로…… 괴물이라는 말을 입에 담았어. 입에 담고 말았던 거야. 나의 목숨을 살려준 건 미란다가 틀림없었는데 말이지."

"진……."

그날의 기억을 떠올릴 때마다, 당시의 자기 자신을 두들겨 패고 싶어진다.

아직껏, 나 자신의 말로 표현할 수가 없다.

가슴이 답답하다.

거기서 어떤 싸움이 벌어졌든, 기절한 나는 합성수에게 죽임을 당하지도 않은데다가 오히려 어설프게 살아있었기 때문에 미란다의 보호를 받아야 했다.

나는 그녀 덕분에 거의 상처다운 상처 없이 목숨을 건진 것이다.

그런데 나는 생명의 은인인 그녀를 상대로, 그런 지독한 소릴 지껄이고 말았다.

"그 순간의 미란다가 짓고 있던 표정은 거의 안 보였어. 다만 그녀는 웃음을 멈추더니, 아주 잠시 동안 입을 다물더군. 나를 일으켜 세운 그녀는, 손가락으로 마을 쪽을 가리키더라."

그녀는 울고 있었을까? 웃고 있었을지도 모른다. 혹은 화난 표정을 짓고 있던 건 아닐까? 나는 그 순간의 그녀가 짓고 있던 표정을 지금껏 도저히 떠올릴 수가 없다.

"……저기, 당연히 알고야 있겠지만—."

나를 위로하려는 듯한 아베리아의 시선이 느껴졌다.

하지만 나한테 그런 건, 필요 없다.

“미란다는 조그만 목소리로 마지막 선물이라고 중얼거리더니, 가지고 있던 검을 나의 눈앞에다가 꽂더군. 그녀는 그 즉시 한밤중의 숲속으로 덧없이 자취를 감췄어. 목구멍 속으로 억누른 듯한 웃음소리와 함께, 부모와 자기 자신을 저주하는 듯한 혼잣말을 수도 없이 되풀이하더라. 나는 몇 번이나 그녀의 이름을 불러 잘못을 빌었지만, 고개를 돌리진 않더군. ……그리고 두 번 다시 우리 마을로 돌아오지 않았어.”

“진, 그건 네가 열 살 때 일이잖아? 자기 자신을 나무라봤자 아무 소용없어. 우리 힘만으로 어쩔 수 없는 일 따위는 어딜 가나 넘쳐날 정도야. 태어난 장소나 몸속의 피처럼, 개인의 힘으론 어쩔 도리가 없는 일 같은 건…….”

“나는 울면서 혼자 마을로 돌아갈 수밖에 없었어. 하지만 마을 녀석들은 며칠이 지났는데도 미란다가 돌아오지 않는데 관해 걱정하기는커녕 골칫거리가 사라진 듯이 밝은 분위기를 연출하더군. 그 무렵부터 나는 태어났던 고향과 무력하기 짝이 없던 자기 자신을 철저하게 혐오하게 된 거야. 힘을 갈고닦아 마을을 떠날 기회만 기다리다가, 학원의 스카우트 직원과 담판을 지었지. 나의 실력을 사 달라는 식으로 끈질기게 매달렸어. 꼴불견처럼 보이건 말건, 당장 마을을 떠나 자기 자신의 실력을 키우고 싶었거든.”

나는 거기까지 단숨에 말을 마친 다음, 술을 들이켰다.

아베리아는 내가 술을 다 넘길 때까지 기다렸다가, 차분하게 입을 열었다.

"실력을, 키우고 싶었단 말이지? 그렇구나. 진은 출세가 아니라…… 아무튼 강해지고 싶어서 여기로 온 거야?"

"언젠가, 그날 사라져 버린 미란다를 찾아서 용서를 구하고 싶어. 엘리트들만 모이는 여기서 나 스스로가 괴물처럼 대단한 실력자가 된 다음, 그녀와 어깨를 나란히 하게 된 상태로 미안하다는 말을 하고 싶어. 그럴 수만 있다면, 직업 같은 건 아무 상관없어."

"응. 네 사정은 꽤 특별하긴 한 것 같아. 오히려 정말 대단히 순수한 동기야. 처음 봤을 땐 출세밖에 모르는 썰렁한 녀석들 중 하나인 줄로만 알았지만, 라이도우 선생님의 강의를 함께 받다 보니 넌 다른 녀석들과 좀 다르다는 느낌이 들더라."

"이렇게 한심한 옛날이야기를 털어놓는 건 처음이야."

"그렇지 않아. 대단히 순수하고 강한 동기로밖에 안 들려. 고향으로 돌아갈 생각이 없다는 공통점 덕분에 친근감까지 솟아날 정도야. 말하자면, 그 아룡은 반드시 넘어야만 하는 첫 번째 벽이라는 뜻이지?"

"뭐, 그런 셈이지."

"나도 마찬가지야. 절대로 양보할 수 없는 마지막 선이…… 있거든. 상대가 그 누구라도, 결단코 물러서고 싶지 않은 단 한 순간 말이야. 어쨌거나 난 기꺼이 협력할 거야, 진. 물론 용을 퇴치하는 것뿐만 아니라, 장차 네가 달성해야 할 목표에 관해서도 말이지."

"아베리아……. 고맙다."

"이제 슬슬 나갈까? 자리를 너무 오래 차지하고 있었던 것 같아."

일리가 있는 소리였다.

처음 예상했던 양보다 너무 많이 마셨나? 발밑이 휘청거렸다.

나는 아베리아의 부축을 받아 일어선 다음, 밥값을 치렀다.

계단을 내려와 밖으로 나와 보니, 여름날 밤 특유의 열기를 머금은 공기가 피부로 엉겨 붙어 왔다. 즉시 아베리아와 함께 기숙사로 돌아가는 길을 걸었다.

"그럭저럭 걸을 순 있을 것 같아."

"몸을 가누지 못할 만큼 마실 리가 있냐?"

"말은 참 잘 한다. 넌 평소보다 꽤나 빨리 마시던 걸로 보이던데?"

나랑 비슷하게 마신 걸로 아는데, 왜 이 녀석의 얼굴빛은 평소랑 거의 똑같은 거지?

눈이 평소보다 약간 멍한 정도로, 말투는 완전히 맨 정신일 때와 차이가 없게 들렸다.

그에 비해 나는 스스로 확실하게 느낄 수 있을 만큼 취한 상태였다.

술에 관해선 아베리아가 나보다 한 수 위로 보인다.

쳇, 솔직히 조금 한심하군.

"뭐, 평상시보다 조금 더 마신 건 인정할게. ……어라? 느낌이 좀 안 좋은데?"

이럴 리가 있나? 나의 알코올 허용량은 좀 더 높았던 걸로 기억하거든?

환각이 보이기 시작한 것이다.

"어쨌거나 정신은 유지할 수 있겠어?"

"글렀는지도 몰라. 방금 전부터 다에나 일행이 보이고 있거든."

때마침 골목으로부터 나온 3인방이 다에나와 미스라, 이즈모로 보인다.

저 세 사람이 같이 마시러 갈 리가 없는데…….

게다가 사이좋게 셋이서 어깨동무를 한 채로 걷고 있다.

혹시 진짜로 너무 마셨나……?

“저 세 사람끼리 술을 마시러 갈 만큼 사이가 좋다는 소린 못 들었…… 진, 쟤들은 진짜 다에나 일행이야.”

나의 시선을 쫓던 아베리아가 작게 숨을 죽였다.

“정말? 나 혼자만 따돌림 당한 건가? 사실은 은근히 비호감이었나?”

“그건 너무 나간 거야. 우리들 역시 오늘 처음으로 둘이서만 마시러 갔다 온 거잖아?”

“어, 듣고 보니 그렇군.”

도대체 뭐가 어떻게 된 거지?

점점 머릿속이 엉클어지는 느낌이야.

걷고 있다 보니 쓸데없이 추가로 취기가 돌았는지도 몰라.

“그나저나, 남자들은 역시 동물로밖에 안 보여. 저기서 걸어 나왔다는 건, 저 세 사람은 야한 가게로 가서 술을 마셨다는 뜻이야.”

“그 정돈 좀 봐주라…… 누구든지 가끔씩은 기분 전환을 하고 싶은 법이야.”

“미스라와 이즈모야 그럴 수 있겠지만, 다에나는 좀 아니지 않아? 부인은 이미 돌아와 있을 시간일 텐데, 과연 어떤 핑계로 술을 마시러 나온 걸까? 정말 구제불능이야.”

어라?

이건 또 뭐지?

어째선지 나는 아베리아에게 끌려갔다.

걷는 속도를 높인 그녀는, 확고한 발걸음으로 다에나 일행을 쫓아갔다.

당연히 우리가 접근해 오고 있다는 사실을 알아차리지 못한데다가 도망치지도 않은 그 녀석들을 따라잡는 데는, 그다지 긴 시간은 필요 없었다.

세 사람의 등 뒤로 다가간 아베리아가 기세 좋게 다에나의 어깨를 두드렸다.

"안녕, 좋은 밤이야! 너희들 말인데, 방금 묘한 데서 나오더라?"

당장 나부터 사돈 남 말할 처지는 아니었지만, 세 사람 다 꽤나 지독한 술 냄새를 풍겼다.

"으겍, 아베리아?! 아니, 그럴 리가 있나? 나도 오랜만에 너무 마셨나 보다."

다에나가 순간적으로 아베리아를 쳐다봤다가, 금방 크게 웃음을 터뜨렸다. 이즈모 역시 그런 다에나를 손가락으로 가리키면서 따라 웃었다.

"그건 나도 마찬가지야. 정신을 차리고 보니 여자는 아무도 데리고 나오지 못한데다가, 남자 셋이서 어깨동무나 하고 있잖아? 우린 지금 도대체 뭐하는 거냐? 아하하하."

미스라는 평소와 다를 바 없이 싱글거리는 얼굴로 나와 아베리아를 바라보고 있었다.

"나한텐 진까지 보이는 중이야. 시키 선생님한테 홀딱 빠진 아베리아랑 라이도우 선생님한테 홀딱 빠진 진이라니, 상식적으로 도저히 성립될 수가 없는 조합이잖아?"

분명히 나와 아베리아의 조합은 꽤나 야릇하긴 하다.

하지만 너희들 셋이서 함께 마시러 나왔다는 거야말로 야릇하거든?!

게다가 여자들이 술을 따라주는 가게로 갔다고?

그건 또 뭐냐! 난 왜 안 데려가?!

그리고 라이도우 선생님한테 홀딱 빠졌다니, 오해를 부를 만한 소린 하지 마!

"세 사람 다, 안심해. 너희들이 과음한 건 아니야. 너희들 눈앞의 나와 진은 진짜거든."

"……진짜냐?"

"이럴 수가……."

"진 쩐다. 아베리아를 시키 선생님한테서 빼앗아 오다니."

"그럴 리가 있냐!!"

무서운 소리 하지 마!

이래 봬도 나는 타인의 여자나 타인에게 반한 여자는 안 건드리는 주의야.

"계속 취한 채로 잠꼬대나 지껄인다면, 다에나의 부인한테 있는 소리 없는 소리 다 고자질해서 지옥 구경이나 시켜줄게. 오늘밤, 바로 지금부터 말이야."

시키 선생님에 관한 소리가 신경에 거슬렸나? 아베리아가 잠자코 세 사람을 노려봤다.

"그걸로 지옥 구경하는 건 나 혼자뿐이잖아?! 너무 불공평한 거 아니야?!"

"어, 언제 어디서부터 보고 있던 거야?! 우리는 단지 여자애들이랑 즐겁게 술이나 마셨을 뿐이거든?! 게다가 머릿수는 딱 일고여덟 명 정도였거든?!"

"옳소, 옳소! 귀족 어르신들처럼 가게를 통째로 빌린 것도 아닌데다가, 몇 명 정도 꼬시거나 몇 군데 좀 쓰다듬었을 뿐이야! 어라, 에리는 어디 갔냐?"

"이즈모, 미스라. 입 다물어. 일단 입부터 다물자. 나올 땐 너희들한테 어쩔 수 없이 끌려나온 척을 한 이 몸이 사실은 가게를 정한 장본인이라는 사실은 절대로 발설하지 마!"

우리는 어쩌다 보니 모든 방향으로 절찬 무덤을 파는 중인 바보 세 사람과 마주봤다.

한 사람당 두 명 이상 여자들이 붙어 있었다는 소린가?

그야 정말 즐겁게 마셨겠군.

좋아, 아베리아. 이렇게 된 바엔 그냥 까발려 버려.

"너희들……. 여름 방학 기간은 이제 거의 다 끝나 가는데, 도대체 언제까지 농땡이나 칠 셈이야? 시프나 유노도 머지않아 실력을 갈고닦아 돌아올 거거든? 아예 놀러 다니지 말라는 건 아니지만, 장소는 가려가면서 신중하게 좀 다녀……."

아베리아가 「난 너희 엄마가 아니거든?」이라는 대사와 함께 한숨을 쉬었다.

어쨌거나, 이 녀석이 우리를 걱정해주고 있는 건 틀림없는 사실이다.

좋은 녀석이야. 거의 우리들 전체의 엄마나 마찬가지다.

순수하게 친구로서, 앞으로도 인생을 함께하고 싶은 상대였다.

"진심으로 질려 하는 건 좀 참아주라, 아베리아. 우리는 이제 슬슬 한 번 정도 본심을 얘길 할 시기가 와서, 오늘 처음으로 밤의 거리로 나온 거야. 딱히 놀러 나온 건 아니란 말이지."

다에나가 얼굴만은 진지한 모드로 변명했다.

"이봐. 그런 의도가 있었다면, 왜 난 안 불렀냐? 혹시 엉겁결에 너희들한테 무슨 실수라도 저지른 적 있나?"

자기도 모르게 질문을 던지고 말았다. 이런 일에 관해선, 응어리를 남기고 싶지 않거든.

맨 정신으론 던지기 어려운 질문이었지만, 술의 힘을 빌린 지금 여기서만 제기할 수 있는 필살의 추궁이었다.

"아니? 부르러 가니까 넌 이미 온데간데없더라, 진."

"몇 군데 정도 찾으러 다니다 보니까 전부 다 헛발질이어서, 일단 첫 날은 셋이서 마시러 오기로 한 것뿐이야."

정말 시기가 너무 안 좋았군.

가만히 생각해 보니, 같은 날에 제각각 따로 마시러 나왔다는 건 대단한 우연이었다.

헛소릴 주워섬기는 걸론 안 보이니, 용서하마!

"그렇군. 하지만 다음번엔 절대로 날 따돌리지 마!"

"당연한 소리!"

특별한 이유 없이 다에나와 서로 손바닥을 마주쳤다.

그리고 웃었다. 특별한 이유 없이 그냥 웃었다.

이즈모와 미스라 역시 끼어들었다. 웃음소리의 대합창이 일어났다.

"응, 알아들었어. 이왕 다 모였으니까, 함께 돌아가자. 그나저나 본심으로 무슨 얘길 나눈 거지, 다에나? 정상적인 주제였을 경우, 부인에게 변명할 땐 좀 거들어줄 수도 있거든? 저 역시 다른 멤버들과 함께 나갔지만, 남편 분께선 즐겁게 술이나 마셨을 뿐이라는 식으로 말이야."

혼자서 한숨 섞인 표정으로 멀리서 보고 있던 아베리아가, 다시금 나를 가볍게 끌고 가는 듯한 자세로 입을 열었다.

"오해야! 처음부터 변명할 필요 따윈 없어! 우린 정말로 즐겁게 술이나 마셨을 뿐이라니까! 어쨌거나 이튿날 새벽까지 놀다 가는 건 아니잖아?!"

분명히 일리가 있는 소리였다. 밤늦은 시각이긴 하지만, 아직 새벽이랄 만한 시간대는 아니다.

하지만 부인께서 웃는 얼굴로 배웅을 나올 수 있는 시각이냐는 식으로 물으신다면, 아마도 그렇진 않으리라. 그런 식으로 꽤나 어중간한 시간이기도 하다.

"아까 아무도 데리고 나오지 못 했다는 식으로 투덜거리지 않았어, 이즈모?"

귀가 밝군.

아베리아의 이런 구석은 역시 날카롭기 그지없다.

"기억 안 나는데~."

이즈모가 고전적인 방식으로 시치미를 뗐다.

“그런 고로 어쩔 수 없으니 그냥 넘어가겠다는 얘기야. 그건 그렇고, 다 큰 남자들이 예쁘장한 언니들 상대로 무슨 신세 한탄이나 하다가 나온 거야?”

“……무자비하게 차가운 눈빛이 느껴져. ……정말로, 꽤 진지한 얘기를 하고 나오던 길이야.”

미스라가 난감한 듯이 웃는 얼굴로 답했다.

이 녀석의 치유 계열 미소가 좋다는 여자들 역시 꽤나 적지 않은 모양이다.

“미스라의 말대로야. ……요컨대, 이대로 우리의 여름 방학을 끝마칠 수 있겠냐는 얘기였어.”

“……구체적으로 어떤 얘기였는데?”

문득 진지한 표정을 지은 다에나가, 천천히 입을 열었다.

“너희들은 떨떠름하지 않아? 그 호숫가의 아룡을 상대로 꼴사납게 깨졌던 것 말이야.”

“…….”

너 말인데, 그건―.

나나 아베리아와 똑같은 이유로 모였다는 소리야?

“그만큼 선생님들한테 방심하지 말라거나 항상 최선을 다하라는 소릴 귀에 못이 박히게 들어놓고 말이야. 그런 식으로 맹렬하게 단련을 받은 주제에―.”

이즈모가 다에나의 말을 이어 받았다.

“그런데 너무나 순조롭게 사냥을 하던 우리는 방심하고 말았어. 아룡과 급작스럽게 마주친 일로 당황한 우리들은, 정상적인 판단력을 잃어버렸던 거야."

"에리스 양이 따라오지 않았다면, 모두 확실하게 죽고 말았을 거야."

다에나와 이즈모, 그리고 미스라가 우리들 전원이 오늘 이 순간까지 계속 신경 쓰고 있던 사실을 입에 담았다.

"이대로는, 학원제날 다른 녀석들을 이겨봤자 자신감을 되찾긴 어렵지 않을까? 언제까지나 그 녀석에 대한 패배감을 극복할 수 없을지도 모른다는 생각이 들더라."

"이대로 끝날 순 없어."

"냉정한 정신 상태를 유지할 수 있었다면, 그날의 아룡에게 이길 수 있었을까? 솔직히 잘 모르겠어. 하지만 라이도우 선생님의 제자로서, 최악의 패배였다는 건 틀림없어."

응, 맞아!

하나부터 열까지 너희들 말대로야.

이런 녀석들을 설득할 마음을 먹고 있었다니, 지금 생각해 보니 참 얼빠진 얘기였다.

다들, 똑같은 감정을 느끼고 있던 거야…….

"그런 이유로, 그 아룡에게 다시 도전하고 싶다는 거야?"

아베리아가 반드시 짚고 넘어가야겠다는 듯이 되묻자, 다에나를 비롯한 세 사람은 힘차게 고개를 끄덕이는 자세로 다시 입을 모았다.

"그렇고말고! 진, 아베리아. 너희들 역시 마찬가지잖아? 올 여름의 매듭을 지으러, 다시 한 번 가 보자! 이번에야말로 그 아룡을, 잡으러 가는 거야!"

……이 녀석들과 나는 이미, 단순히 같은 강의를 수강하거나 사소한 비밀을 공유하기만 하는 얄팍한 사이가 아니었다. 어느 틈엔가 진정한 동료를 발견했다는 사실을 다시 실감했다.

"다에나, 사실은 우리들 역시 똑같—."

"잡는 건 좋지만, 그 녀석들의 서식지에 관해선 파악이 되는 상황이야?"

잽싸게 끼어든 아베리아가 던진 질문이, 똑같은 얘길 하고 있었다는 사실을 밝히려던 나의 말을 가로막았다. 셋이서 얘길 나누고 있었으니, 경우에 따라선 이즈모 같은 녀석이 파악하고 있을 수도 있지 않을까?

『엇.』

세 사람이 동시에 말문이 막힌 듯한 반응을 보였다. 글렀군, 이 녀석들은 우리와 같은 레벨이었다. 그 녀석을 잡는 데만 지나치게 정신이 팔려 있던 거야. 만약 아룡들이 이곳과 지나치게 먼 곳을 생활 범위로 삼고 있을 경우, 싸우러 갈 수조차 없다. 남아있는 여름 방학 기간 동안 탐색하러 갔다가 돌아오는 건 거의 불가능에 가깝다. 이건 정말 가혹한 현실이군. 절망적이다.

"참나, 현재 상태론 도전할 방법조차 없는 거잖아?"

기가 막힌 듯한 표정을 짓고 있으면서도, 아베리아는 화난 것은 아니었다.

그녀 역시 동급생들과 한 마음이라는 사실이 기쁜 것이다.

우리들의 힘만으론 답이 없지만, 나와 아베리아에게는 그 녀석들을 찾을 전망과 도전하고자 하는 마음이 있다.

상관없어. 왜냐하면 우린 아직 학생 신분이거든. 당연히 선생님한텐 기댈 수도 있다. 전혀 이상하지 않아. 하지만 가능한 한 시키 선생님 위로는 이야기가 올라가지 않길 바라는 마음이 전혀 없는 것은 아니었다. 물론 에리스 양 혼자서 찾아줄 수만 있다면야 정말 최고였다.

"그렇군. 그 녀석들의 서식지에 관해선 짐작조차 안 가."

"그렇지? 하지만 우리한텐 이럴 때마다 무지막지하게 믿음직스러운 아군이 있어. 알고 있지?"

"라이도우 선생님 말이야?!"

"정답이야. 하지만 맨 처음엔 우선 에리스 양한테 부탁한 다음, 라이도우 선생님을 거쳐 최종적으론 시키 선생님한테 부탁하게 될 공산이 커. 음."

"……."

"어라?"

바로 그 순간, 네 남자의 눈빛이 우연스럽게 겹쳐졌다.

아마도 서로가 똑같은 생각을 품고 있으리라는 것을 직감적으로 느꼈다.

라이도우 선생님과 시키 선생님의 순서가 반대 아닌가?

사실 그냥 가능성이 높은 추론 정도가 아니야. 이건 확신이다.

굳이 말하자면, 라이도우 선생님한테 들키기보단 비교적 부드러운 성격의 시키 선생님을 상대하는 편이 나아 보여. ……하지만 이대로는, 아베리아한테 강행돌파당할 것 같군.

"시프와 유노가 돌아오자마자 출격할 수 있도록 준비해 두자.

그리고 당장 내일, 우선 에리스 양을 상대로 상담해 보는 거야! 다들 알아들었지?"

아무도 렘브란트 자매의 의견을 물어볼 생각은 없냐는 의문을 입에 담지 않았다.

모르긴 몰라도 그 녀석들 역시 우리들과 다를 바 없으리라는 확신이 들었기 때문이다.

아베리아의 주도에 따라, 우리는 다 함께 고개를 끄덕였다.

◇◆◇◆◇

놀랍게도, 에리스 양은 아룡을 수색해달라는 부탁을 즉시 받아들였다.

무조건 라이도우 선생님한테까지 보고가 올라갈 것으로 예상하던 나로서는 조금 맥이 빠졌다. 물론 반가운 방향으로 예상을 벗어난 사태였으니 더 이상 덧붙일 말은 없었다.

아베리아 역시 나와 거의 같은 생각을 하던 모양이다. 그녀는 시키 선생님한테 쓸데없는 수고를 끼칠 필요가 없어진데 관해선 몹시 기뻐했다. 실제로 에리스 양은「이 정돈 식은 죽 먹기니까 신경 쓰지 마」라는 선언대로, 부탁하러 갔던 이튿날 낮쯤엔 아룡의 거처를 찾아 왔다.

이렇게 간단히 찾을 수 있을 줄은 몰랐던 우리들 모두가 어안이 벙벙한 반응을 보였다는 건 굳이 말할 필요조차 없다. 에리스 양은 심지어「렘브란트 자매가 돌아오면 함께 데려다줄게」라는 대사와 함께 현지로 전이시켜 준다는 약속까지 잡았다. 이미 한 배를 탄 몸이라는 식으로 냉정한 미소를 지어 보인 에리스 양에게 반할 뻔 했다. 우리의 목적에 관해선 에리스 양과 언제나 함께 다니는 아쿠아 양의 귀에도 남김없이 다 들어갔지만, 우리의 도전 정신을 높이 산 그녀는 지금부터 일어날 일들에 관해선 묵인해줄 생각인 듯이 보였다.

쿠즈노하 상회는 선생님이나 종업원들이나, 모두 대단한 실력자들인데다가 멋진 분들뿐이야.

타이밍 좋게, 이튿날 렘브란트 자매가 롯츠갈드로 돌아왔다.

약간 무서울 만큼 모든 일들이 순조롭게 진행되고 있다.

롯츠갈드로 돌아온 시프의 첫 대사는 다음과 같았다.

"지금 막 돌아왔습니다. 그나저나, 그 도마뱀은 언제 잡으러 갈 건가요?"

언니와 함께 온 유노 역시, 싸우고 싶어서 몸이 근질거리는 듯한 모습을 보였다.

렘브란트 자매는 역시 우리들과 한 마음 한 뜻이었다.

두 사람은 츠이게로 돌아가 그냥 놀던 것이 아니라, 제각각 단련을 쌓고 온 모양이다.

황야에도 아주 잠깐 들어갔다가 나왔다는 이야기로 판단하건대, 두 사람의 실력은 나의 예상보다 훨씬 높은 경지까지 다다랐는지도 몰라. 믿음직스럽군.

2

우리는 장비와 몸, 그리고 마음의 준비까지 철저하게 갖춘 채로 결전의 날을 맞이했다.

에리스 양과 합류하기로 약속한 장소는 서쪽 문이었다.

우리의 얼굴을 확인한 그녀는 전이진 담당자와 무슨 얘길 나누더니, 천천히 다가왔다.

“이번엔 지켜보지 않을 거야. 자기가 뿌린 씨앗은 직접 거두고 오도록, 병아리들아.”

키 차이가 좀 나다 보니, 에리스 양은 그러한 대사와 함께 우리의 허리 부근을 가볍게 두드리다가 그냥 어디론가 물러갔다. 멋지군.

“여기에 그 녀석이 있다는 거지?”

“그럴 거야.”

나는 아베리아가 던진 질문을 듣자마자 고개를 끄덕였다.

우리가 전이된 장소는 예전의 호숫가가 아니라, 황폐화된 들판이었다.

흙이 겉으로 다 드러난, 강한 바람이 휘몰아치는 장소였다. 생물의 기척이 거의 느껴지지 않는, 온통 갈색의 대지였다.

“진, 있어. 북동쪽, 약 1킬로미터 지점이야. 진로 상으론 몇 마리 정도 졸개들의 반응뿐이군.”

이즈모가 가장 먼저 아룡의 존재를 파악했다.

우리가 선수를 잡는데 성공한 것이다. 우리는 말없이 고개를 끄덕이고, 최단거리라기보다는 풍향 등을 고려한 최선의 루트로 거리를 좁혀 들어갔다.

"들킨 것 같진 않아요. 여러분, 이제 슬슬 전투태세로 돌입할까요?"

길을 가던 도중부터 본인 또한 아룡의 소재를 파악한 시프가 이즈모와 함께 앞장섰다.

단지 마구잡이로 거리를 좁혀 들어가는 것이 아니라, 이즈모는 이따금씩 바람을 조종하는 등의 수단으로 상대방에게 우리의 존재가 들통 나지 않도록 최선을 다하고 있었다.

다른 녀석들이나 나나, 예전에 비해 크게 성장했다는 실감이 들었다.

가능한 한 기습으로 선수를 치고 싶었지만, 장애물이 적을 뿐만 아니라 시야가 탁 트여 있어 쉽진 않았다. 하지만 언제나 최선의 수단을 찾는 것은 당연한 일이었다.

더 이상 우리들에게 자만심은 없다.

"포효(로어)는 나한테 맡겨. 유노는…… 이번엔 창 중심으로 가려나 봐?"

아베리아는 이날을 위해, 몇 겹에 걸친 상태 이상 대책을 세워 왔다.

하긴 우선 그 공격을 막지 못 하고선 답이 안 나온다.

최전방을 담당하는 우리의 힘으로 가능한 건 자기 자신의 강화 정도였다. 사실상 꽤나 본격적으로 기합을 주는 것 말고는 별도의 대항수단은 없는 상황이다.

우리는 경험상 강화 술법이나 내성 강화를 써 봤자 용의 포효에 대한 저항을 할 때는 그 효과를 확실하게 장담할 수 없을 뿐만 아니라, 약간 운까지 따라줘야 한다는 사실을 잘 안다. 바로 그 운에

의한 경우의 수를 저항에 성공하는 쪽으로 수렴시키는 것은 술사의 영역이었다.

이왕 여기까지 온 이상, 스스로 앞장선 아베리아를 믿어 보는 수밖에 없다.

"응. 최근 들어 겨우 자신만의 전투 방식을 발견한 것 같으니, 활은 한동안 쉴 생각이야."

"알았어. 원거리 화력은 시프랑 나, 그리고 이즈모가 책임질게."

아베리아를 중심으로 분담에 관해 상담하던 중앙과 후방의 멤버들이 서로 고개를 끄덕였다.

"미스라와 난 최전선을, 다에나는 상황에 따라 기습을 맡는다. 우리가 할 일은 언제나 같아. 평상시와 다른 건 없어."

적의 움직임을 봉쇄한 다음, 체력을 소모시킨다. 가능할 땐 그 여세를 몰아 완전히 제압한다.

그것이 전사의 역할이다. 중요한 건 그러한 단순 작업들을, 위압감 있는 적을 상대하면서 얼마나 냉정하게 소화할 수 있냐는 것뿐이야.

나의 의도를 파악한 다에나와 미스라가, 제각각 고개를 끄덕였다.

"알아. 있는 힘껏, 하지만 냉정하게 간다."

"그렇군. 평소와 다를 건 전혀 없어. 차분하게, 갈 데까지 가 보자."

우리와 아룡의 거리는 서서히 줄어들었다. 그에 비례하듯이 정신적 흥분과 집중이 고조됐다.

"큭, 상대가 우리의 접근을 알아차렸어!!"

이즈모가 다급한 목소리로 경고해 왔다.

아룡 녀석 나름대로 주위를 경계하고 있으리라는 건 당연한 얘기였다.

이상적인 기습 위치까지 나아가지 못 하리라는 것 정도는 예상한 대로였다.

"가자!!"

내가 전투 개시를 선언하자, 다 함께 일제히 아룡 녀석을 향해 달려갔다.

즉시 아베리아가 영창한 포효 대책용 방어 술법이 전개되는가 싶더니, 시프가 쏜 불꽃 광선이 아룡을 향해 일직선으로 날아갔다.

이즈모는 우리들 전원의 속도를 높이는 술법으로 접근할 때까지 걸리는 시간을 단축시켰다.

"이번엔 제대로 붙어 보자, 도마뱀 자식아!!"

다에나가 열띤 목소리로 고함을 치더니 대폭적으로 다양한 강화 술법들을 동시 전개시켰다.

다에나는 첫 공격을 날릴 듯이 속임수를 썼다가 아룡 녀석의 측면으로 달려 들어갔다.

순간적으로 그에게 정신이 팔린 잿빛 아룡의 얼굴이 측면을 향했다.

"미스라, 유노! 지금이야!"

"알았어!!"

"나만 믿어!!"

두 사람은 아룡에게 정확한 타이밍의 동시 공격을 날렸다.

지금까진 거의 완벽하다.

우리는 4미터를 넘는 거구에게 달려 들어갔다.

이즈모와 시프는 이미 공격 술법을 영창하기 시작한데다가, 한창 방어 술법을 전개 중인 아베리아는 추가로 회복 술법까지 대기시킨 상태였다.

병행 영창과 영창 대기—.

양쪽 다 재학 기간 동안 익히는 것만으로도 찬란한 미래가 보장된다는 스킬들이다.

제법이군, 아베리아!

아룡의 주의를 끌던 다에나가 달려 들어간 여세를 몰아 등 뒤로부터 공격을 개시했다.

그는 이따금씩 아룡 녀석의 거구 그 자체를 발판 대신 써먹었다. 그리고 일격만으론 충분치 못한 공격의 위력을 여러 차례에 걸친 연속 공격으로 보강했다. 일격의 위력은 비교적 가볍다지만, 터무니없을 만큼 강화된 다에나의 공격은 불과 몇 번 정도의 참격으로 용의 비늘을 가르기 시작할 정도였다.

물론 아룡은 잠자코 당하기만 하던 것은 아니었다.

앞발과 뒷발, 그리고 꼬리와 어금니가 연속으로 날아 들어왔다. 나의 유노가 직격을 용납할 수 없는 강력한 공격들을 회피하는 동안, 미스라는 직접 상대방의 공격들을 받아넘기거나 힘으로 물리쳤다. 우리가 아룡의 주의를 끄는 동안, 후방의 시프가 술법을 발동시켰다. 창과 소용돌이로 변한 불꽃이 아룡을 뜨겁게 달궜다. 잠깐 못 보던 동안, 그녀가 쓰는 술법의 위력은 눈에 띄게 오른 모양이다. 눈앞의 아룡은 불 속성에 대한 높은 내성을 지니고 있는 듯이 보였지만, 그럼에도 불구하고 불 속성과 상성이 좋은 시프의 공격은 문제없이 통하고 있었다.

초반에는 다양한 속성들을 시험해 보던 시프와 이즈모는 이젠 불 속성과 바람 속성으로 집중시킨 파상 공격을 펼치고 있다. 물론 공격의 위력 자체는 더할 나위 없을 정도였다.

상대가 된다.

우리는, 드래곤 상대로도 밀리지 않아!

"포효? 아니야, 브레스! 다들, 물러나!!"

우리와 아룡을 관찰하고 있던 후방의 아베리아가 경고해 왔다. 저 녀석이 전체적인 전황을 파악해주고 있는 덕분에, 편한 마음으로 각자의 역할에 집중할 수 있다.

빈틈없는 견제 공격을 날려 시간을 번 다음, 모두 일제히 물러났다.

즉시 아룡 녀석이 눈앞의 땅바닥을 향해 불꽃 덩어리를 쏘듯이 토했다.

땅바닥을 핥고 지나가는 듯한 불꽃 파도가, 격렬한 기세로 우리들에게 들이 닥쳤다.

—큭?!

혹시 지금 전개한 장벽으론 버틸 수가 없나?!

뚫린다!

현실은 유리하던 형세가 한 방의 브레스로 곧장 역전될 만큼 불합리하기 짝이 없었다.

시프가 순간적인 판단에 따라 장벽을 형성하는데 가세함으로써 적의 공격을 맞받아치려 했다.

"아니야, 시프! 너의 힘이 필요한 건 공격 쪽이야!!"

"미스라?!"

미스라가 급박한 상황임에도 불구하고 거의 장벽과 맞닿는 곳까지 앞장서 나아갔다.

그의 눈에는 단호한 결의가 깃들어 있었다.

뭔가 시도할 생각이야.

"애들아, 공격을 끊지 마! 이대로 저 녀석을 짓이겨 버리자!!"

미스라가 커다란 고함소리와 함께 자신의 대검을 머리 위로 있는 힘껏 치켜들었다.

그리고 장벽과 함께 브레스의 불꽃을 갈라 버렸다.

"이 몸에게 단 한 순간의 유예를…… 디 · 바리에!!"

미스라의 스킬이 발동됐다. 처음 들어보는 스킬이다.

스킬이 발동되자, 갈라져 나간 불꽃이 미스라의 대검 속으로 빨려 들어가듯이 사라졌다.

……그게 말이 되냐?

더군다나 미스라의 검이 붉게 빛나기 시작했다.

아룡의 브레스로부터 흡수한 힘으로 검을 강화시킨 건가?

저렇게 흉악한 스킬은 난생 처음 본다.

"미스라 선배, 드디어 눈에 띄는 스킬을 익힌 거야?!"

"대박이다! 하지만 난 더 대단할 걸!!"

미스라의 새로운 기술을 목격한 유노가 크게 흥분하자, 다에나가 질 수 없다는 듯이 영창을 개시했다.

"공격 술법의 영창은, 계속 이어갑니다!"

"장벽을 다시 전개하는 건 나한테 맡겨!"

"나는 저 녀석의 움직임을 봉쇄할게!!"

시프와 아베리아, 그리고 이즈모로 구성된 후방 멤버들은 브레스의 소실을 확인하자마자 중단 중이던 술법들의 영창을 다시 시작했다.

한 호흡 늦게 다에나의 영창이 완성되자, 연한 초록빛 마력이 그의 몸을 에워쌌다.

그의 마력이 서서히 더욱더 진한 빛을 띤 순간…… 그의 존재감과 발산되는 중압감이 단숨에 증폭됐다.

강화된 몸에다가, 추가로 강화를?!

착안점부터 터무니없었지만, 그 술법을 견디는 육체 또한 마찬가지로 터무니없다.

"지금의 나 자신이 쓸 수 있는 최강의 필살기다! 이름하여, 제2단계!"

……효과는 좋을지 몰라도, 작명 센스는 치명적이군.

"이름은 최악이지만, 멋지긴 해! 으—, 난 저런 거 아직 못 하는데!"

유노가 불평을 하면서도 다에나의 등 뒤로 쫓아갔지만, 그의 스피드를 따라잡을 순 없었다.

지금의 우리가 지닌 실력으로 저 녀석의 속도를 따라잡기는 어려워 보이는군.

다에나 녀석, 정말로 괜찮은 거야?! 아무리 봐도 단기 결전용 스킬로밖에 안 보이거든?

가까스로 유노를 따라잡은 나는, 전방으로 뛰쳐나간 미스라와 다에나에게 시선을 돌렸다.

그리고 곁눈질로 유노를 확인했다.

……이 녀석 역시, 눈에 띄게 실력이 오른 편이다.

창술로 특화시킨 단련을 쌓은 건, 확실하게 아니다. 어딘지 모르게 근본적으로 「몸을 쓰는 방식」 자체를 바꾼 것에 가깝다는 분위기야. 창을 든 상태로도, 무기 자체에 대한 집착은 별로 없어 보인다. 손과 발을 포함한 몸 전체를 다루는 걸 의식하고 있다는 느낌이야.

이 놈이나 저 놈이나, 다음 연습 날이 기대되는군.

두둥, 아룡과 가까운 데서 공기가 터지는 듯한 충격음이 울려 퍼졌다.

이즈모였다.

저 견제 공격은 위력 자체가 만만치 않았다. 바람의 칼날만으로 전투를 펼치던 과거의 저 녀석과 지금의 저 녀석은, 패턴의 숫자부터 비교조차 되지 않는다.

아룡에게 통한다는 건, 당연히 우리들한테도 써먹을 수 있다는 뜻이다.

"단 · 오우사 · 리베르노…… 에어리얼!! 완성이다! 다들, 지금이 찬스야!!"

바로 그 이즈모가 아룡의 발밑으로 마법진을 전개하는 필살기를 성공시킨 모양이다.

땅바닥으로부터 초록빛을 띤 바람이 아룡을 휘감듯이 불어 올라왔다.

아울러 아룡이 거의 발버둥에 가까운, 오로지 저항만을 위한 움직임을 보이기 시작했다.

당연히 만족스럽게 공격 등을 시도할 수 있을 리가 없었다.

틀림없이, 이건 최고의 기회야!

"으쌰아아아아아아!!"

미스라가 브레스를 빨아들인 검으로 아룡의 다리를 향한 참격을 날렸다.

그 일격이 넓적다리의 가운데 부분까지 파고들어가자, 불에 탄 냄새가 주위로 퍼져 나갔다.

"GYEEIIE!"

아룡의 입으로부터 여유 없는 비명소리가 새어 나왔다.

그 절규 소리가 갑작스럽게 멈췄다.

"네 시끄러운 비명소리가 귀에 거슬려. 지금부터 브레스나 포효 같은 건 금지야!"

아베리아가 본인의 마력을 부여한 화살이 아룡의 입을 꿰뚫고 들어갔다.

단순한 부여 효과로 드래곤에게 화살이 꽂혀 들어갈 리가 없다. 저 화살이야말로 저 녀석의 새로운 기술인가!

끝이다.

이제 이 전투는 끝난다.

나는 그런 확신이 들었다.

아룡 녀석을 난도질하던 나는, 남몰래 약간 웃고 있었는지도 모른다.

"여러분, 지금부터 최대급의…… 술법을 씁니다. 물러나 주세요."

조용하지만, 신기하게 잘 울리는 시프의 목소리가 들려왔다.

등 뒤로부터 엄청난 규모의 마력이 흘러나오는 낌새가 느껴졌다.

굳이 고개를 돌려 확인할 필요성조차 느낄 수 없었던 나와 미스라는, 순순히 그녀의 지시에 따랐다. 다에나가 기분 좋은 휘파람을 불면서 우리를 앞질러 가더니, 마지막으로 유노가 언니의 술법에 말려드는 건 무조건 사양하겠다는 듯이 쏜살같은 속도로 우리를 추월해 갔다.

나머지 일행들의 시선을 따라, 나 또한 시프의 등 뒤로 보이는 하늘을 올려다봤다.

그녀의 등 뒤로, 커다란 바윗덩어리가 떠올라 있었다.

크기는 아룡에 비해선 약간 작은 정도였다.

즉, 제법 거대한 암석이다. 사실 띄우고 있는 것만으로도 꽤나 엄청나 보일 정도야.

흙의 정령에게 상당한 힘을 빌린 것 같군. 추가로 시프 본인으로부턴 불의 마력이 느껴진다.

어, 병행 영창인가?

이미 영창 자체는 완료된 데다가 발동이 시작된 이상, 술법의 정체까진 파악할 수가 없었다.

"정령 마술과 속성 마술의 혼합 술법입니다. 지금의 제 힘으로 손에 넣을 수 있는, 최고의 불꽃이지요. 어디 한 번…… 받아 보세요!!"

불꽃? 불꽃이 어디 있다는 거야?

떠올라 있던 바윗덩어리의 고도가 점점 더 올라갔다.

머리 위를 똑바로 올려다보지 않고선 육안으로 확인할 수 없을 만큼 상승한 그 바윗덩어리가…… 알맹이부터 붉게 물들기 시작했다.

……맙소사.

시프가 발현시킨 불의 마력과, 흙의 정령이 지니고 있던 힘이 서로 뒤섞였다. 지상의 우리들한테도 열기가 전해져올 만큼 밝게 타오른…… 아니, 녹고 있던 바윗덩어리가 단숨에…….

"잠깐! 이즈모, 장벽!"

"아, 알았어!"

"언니, 제발 부탁이니까 우리까지 휩쓸어 버리지 마——!!"

—정확히 아룡을 향해 떨어졌다.

어마어마한 굉음과 충격파, 그리고 열기—.

장벽을 펼쳤는데도 불구하고, 공격의 여파가 우리들의 몸을 어루만졌다.

눈을 뜬 순간, 아룡의 목숨은 끊어져 있었다.

굳이 말할 필요조차 없나?

아룡은 부분적으로 겨우 원형이 남아 있는 정도의 레벨로 확실하게 숨을 거둔 상태였다.

우리는 한동안 멍하니 서 있었다.

"……시프, 방금 쓴 술법은 절대로 사람한텐 쏘지 마."

"그걸 쏘기 전엔 반드시 나랑 상의하기로 약속한 거 기억나, 언니……?"

아베리아와 유노의 발언이, 멈춰 있던 시간을 움직였다.

모든 멤버가 일제히 깊은 한숨을 내쉬었다.

곧이어, 차마 말로 표현하기 힘들 정도의 달성감이 넘쳐 올라왔다.

한 계절 동안, 이만큼이나 알기 쉽게 자신의 성장을 느낀 적은 없었다.

응…… 이긴 거야.

그리고 우리는 되찾았다.

그날, 이 녀석에게 형편없이 당한 이후의 후회로 가득 차 있던 시간을 말이다.

우리는 다시금 앞으로 나아갈 수 있는 권리를 손에 넣은 것이다.

진지하게 학원제에 임할 수 있다. 선생님에게 단련 받을 수 있다.

"어—쩐지, 최고로 멋진 장면은 시프한테 몽땅 빼앗겨 버린 것 같아."

다에나가 어깨를 으쓱거리는 자세로 쓴웃음을 지었다.

"전 아직 멀었어요. 방금 그 술법을 쓰기 위해선 전투가 시작된 그 순간부터 계속 영창을 읊어야 했고, 몇 차례나 실패하고 나서야 가까스로 발동시킬 수 있었으니까요. 지금의 제 실력으로 실전에서 쓰는 건 무모한 짓이었어요……."

시프가 낮은 목소리로 반성할 점들을 언급했다. 그런 식으로 따지고 들어가자면, 오늘의 난 방금 전까지 다른 멤버들의 성장한 모습에 압도당하던 참이었다.

"어, 진! 저 녀석 머리가 아직 남아 있는데? 일단 뿔과 어금니 정돈 뜯어 가자. 무사한 부분이 있으면 비늘까지 말이야."

"전리품을 챙기자는 거군. 좋은 생각이야!"

나는 다에나를 따라 용의 뿔을 뽑으러 달려갔다.

"으아, 눈은 글렀다. 완전히 증발된 상태야. 뿔은 가까스로 무사하지만, 어금니 쪽은 장담하기 어려워 보여. 비늘은…… 아주 약간 남아있군."

"롯츠갈드의 가게로 팔러 갔다가 괜한 소문을 퍼뜨리고 싶진 않으니, 일단 학교로 돌아갔다가 몰래 다른 동네로 가져가서 팔아버리자. 모르긴 몰라도 전이진을 쓰건 말건 본전은 챙길 수 있을 정돈 남아 있지 않아? 피곤하니까 도보로 가는 건 좀 봐주라."

미스라의 제안은 지극히 당연하기 그지없었다.

사실 개인적으로도, 지금부터 가장 가까운 길드가 있는 마을까지 걸어갈 마음은 들지 않았다.

귀환 아이템으로 학원까지 돌아가서, 곧장 전이진으로 아무 마을에나 가서 환금하는 걸로 다 끝나는 얘기였다. 누구 한 사람만 대표로 가는 걸로 쓸데없는 지출을 줄일 수도 있다.

"그나저나 미스라 선배는 정말 엄청났어요! 설마 브레스를 한꺼번에 빨아들이다니!"

"아하, 그게 신경 쓰였나 보군. 디 · 바리에를 말하는 거지? 어쩌다 보니 얼마 전에 고유 스킬로 습득한 기술이야."

"고유 스킬이라니, 정말요?! 멋지다—."

유노가 놀라는 건 지극히 당연한 반응이었다. 고유 스킬이라는 능력은, 오랜 시간 동안 수련을 쌓은 기사나 모험가가 가끔씩 습득하는 것으로 알려진 대단한 기술이거든.

젠장, 미스라 녀석.

아무리 수비에 특화된 능력이라지만, 재학 중에 정말 터무니없는 능력을 손에 넣었군.

"즉사 수준까지 안 가는 경우에 한해 적에게 받은 대미지를, 공격력이나 방어력을 강화시키는데 써먹을 수 있지만……."

"거의 반칙에 가까운 스킬이야. 무효화 수준이 아니라 강력한 카운터 스킬이잖아?"

아베리아가 깜짝 놀란 듯이 두 눈을 크게 떴다.

"편리하기만 한 기술은 아니야……. 사실은 대미지를 무효화시킬 수 없다는 단점이 있거든."

뭐? 지금 미스라가 신경 쓰이는 발언을 한 것 같은데?

"하지만 당장 다친 데는 없지 않아?"

"30분 정도 있다가 한꺼번에 찾아오더라. 모르긴 몰라도 오늘은 장난 아닐 거야, 하하……."

"잠깐, 뭐?! 넌 어떻게 그런 소릴 태연하게 하는 거야?! 그건 엄밀히 따져 볼 땐 아예 흡수한 것조차 아니잖아! 대미지를 그냥 뒤로 미루는 것뿐이야?!"

"하하하, 정답이야. 여러분들껜 정말 크나큰 민폐를 끼칩니다."

세상일은, 그렇게 간편하게만 굴러가는 건 아니구나.

흔치 않은 고유 스킬이건 뭐건 넓게 볼 땐 다 마찬가지라는 건가?

참 야박한 세상이다.

"진, 다에나! 당장 회수 작업부터 끝마쳐! 사실은 미스라가 겉보기보다 훨씬 더 큰 부상을 입은 모양이니, 얼른 돌아가서 눕히자!!"

아베리아의 재촉을 받은 다에나가, 어딘지 모르게 안심한 얼굴로 나한테만 들리는 성량으로 중얼거렸다.

"순간적으로 미스라한테 완전히 추월당한 걸로 보였지만, 아슬아슬하게 세이프군. 그리고 즉사급의 대미지를 막을 수 없다는 건, 우리랑 그다지 큰 차이는 없다는 뜻이야. 아까 시프가 쓴 술법 같은 기술의 직격을 당할 경우엔, 어차피 스킬 같은 거랑 상관없이 즉사일 테니까."

"아까 네가 쓴 기술은 재 못지않게 대단하더라, 다에나. 오히려 지금 난 혼자만 별 볼일 없다 보니 약간 진지하게 낙담 중이야."

쓴웃음을 짓는 김에 문득 넋두리를 늘어놓고 말았다.

나한테도 아직은 좀 더 실력을 발전시킬 여지가 있을 거야.

필사적으로 라이도우 선생님을 따라갈 수만 있다면, 아직은 좀 더 성장할 수 있을 걸로 안다.

"……너 말인데, 설마 그런 소릴 진지하게 하는 건 아니겠지? 스킬이나 별도의 강화 없이, 당연하게 장검을 이도류로 휘두를 수 있다는 건 충분히 괴물 같은 기량이거든?"

괴물…… 괴물이라.

일반적으론 오히려 신경에 거슬릴지도 모르는 단어였다.

하지만 지금의 나에게 있어선, 그 단어는…… 최고의 찬사 중 하나였다.

"너희들과 비교하자면, 평범하게 검 한 자루만 늘렸을 뿐이잖아? 아직 멀었어."

"강화 계열을 중심으로 술법까지 그럭저럭 자유롭게 구사하는데다가, 이도류로 언제까지나 자기 턴을 놓치지 않는 네가 아직 멀었을 리가 있냐? 이놈이나 저놈이나 모조리 향상심의 화신들뿐인가? 참나, 쓸데없이 투지만 점점 더 들끓어 오르게 만드는군!"

나는 그냥 좌우 상관없이 검을 씀으로써 공격 패턴을 두 배로 늘리거나, 공격과 수비를 동시에 수행할 수 있을지도 모른다는 사고방식으로 검 한 자루를 더 늘렸을 뿐이다.

그랬군. 겨우 그 정도로도 괴물 같다는 소릴 들을 만큼 강해 보일 줄은 몰랐다.

하하.

"그러게 말이야. 후기에도 잘 부탁한다, 다에나."

"동감이야. 얼른 파랑도마뱀 아저씨들한테도 진짜 실력을 발휘할 자릴 만들어 주자."

이거야 원, 정말 나랑 생각이 완전히 똑같군.

우리는 지금, 똑바로 뻗어 있는 길 위를 걷고 있다.

걸으면 걸을수록―.

달리면 달릴수록―.

앞으로 나아갈 수 있는 올곧은 길이다.

머나먼 저편으로 보이는 라이도우 선생님과 시키 선생님은, 아득할 만큼 드높은 경지에 서서 우리를 이끌어준다.

강하게―.

더욱 강하게―.

나는 언제까지나 이 길로 나아가고 싶다.

나는 지금, 분명하게 자기 자신의 소망을 확신했다.

이제 곧 학원제가 다가온다. 우리는 과연, 선생님을 상대로 얼마나 자신들의 성장한 모습을 보여줄 수 있을까?

아룡으로부터 뿔과 어금니, 비늘을 채집한 우리들은 다 함께 학원으로 돌아갔다.

예상 밖의 임시 수입과, 너무나 소중한 친구들과 공유하게 된 추억—.

좌절과 명예 회복—.

우리가 라이도우 선생님과 만난 이후로 처음 맞이한 여름은, 그렇게 끝이 났다.

◇◆◇◆◇

그곳은 현재의 휴먼과 마족의 세력권 사이에 자리 잡은 틈바구니 쯤 되는 위치의 지역이었다.

여성과 어린아이로 이루어진 2인조가 그곳을 걷고 있었다.

"용사와 마족, 그리고 전쟁…… 세상은 언제나 참 바쁘게 돌아가는군."

"무슨 말을 하고 싶은 거냐? 설마 네가 전쟁으로 죽어가는 목숨들이 불쌍하다는 감성적인 소릴 할 리는 없을 텐데?"

"신경 쓰지 마. 덕분에 우리한테 유리하게 일이 진행되고 있다는 생각을 한 것뿐이야."

"흣, 옳은 말이다. 그 라이도우와 만난 일 말고는, 우리의 계획은 평화롭게 순항 중이야."

"라이도우……."

파란 머리카락의 여성은 거대한 검을 짊어진 모험가였다.

그리고 그녀의 동반자인 어린아이는 무장다운 무장을 전혀 갖추지 않은 소년이었다.

언밸런스하기 그지없는 두 사람의 관계는 보호자와 피보호자나 모자 사이는 아니었다.

대화의 내용으로 판단하건대, 같은 목적을 가진 동지라는 사실을 알 수 있었다.

"걱정 마라. 지금의 네 힘은 라이도우조차 손쉽게 이기고도 남을 정도다, 소피아."

"그러지 않으면 안 되는 상황이야, 미츠루기(御劍)."

드래곤 슬레이어 소피아, 그리고 그녀에게 토벌된 것으로 알려진 상위 용 미츠루기—.

그것이 바로 이 두 사람의 이름이었다.

"그건 그렇고, 왜 이렇게 아무것도 없는 장소까지 갈 필요가 있는 거지?"

소피아가 지금부터 가야할 행선지에 관해 의문을 가진 듯이, 미츠루기에게 물었다.

"글쎄? 나 역시 정확한 정보를 파악하고 있는 건 아니다. 얼마 전, 순간적으로 루토로 추정되는 기척이 이 부근을 통과한 것을 느꼈다. 혹시 모르니 일단 살펴보자는 것뿐이야."

"큭?! ……그렇군, 루토란 말이지? 그렇다면 발걸음을 옮겨볼 가치 정돈 있겠지. 별거 아닌 이유로 시간을 낭비할 바엔, 신(蜃)에 관한 정보를 모으거나 모래 물결을 죽일 준비나 진행시켜야 되지 않을까 싶었던 것뿐이야."

"신에 관한 정보를 수집하려면 츠이게를 통해 황야로 나아갈 필요가 있다. 그곳은 꽤나 만만치 않은 지역이야. 다음으로 처리할 상대는 모래 물결 쪽이 더 적합할 거다. 하얀 사막으로 침입할 수단에 관해선 전망이 섰거든."

미츠루기가 태연하기 그지없는 태도로 현재 상황에 관해 언급했다.

신과 모래 물결—.

둘 다 그와 같은 상위 용의 이름이었다.

소피아가 그 두 마리를 죽이겠다는 의도의 발언을 입에 담자, 미츠루기는 그녀의 말을 부정하기는커녕 완전히 인정한다는 전제하에 자신의 의견을 제시해 왔다.

상위 용이 같은 상위 용을 죽인다는 것은, 물론 절대로 평범한 상황은 아니었다.

"제국 내부의 「협력자」 덕분이라고 했나? 생각보다 훨씬 쓸 만한 녀석인가 봐?"

"원래부터 나의 보금자리 또한 제국령 안에 자리 잡고 있다. 그런 고로 연줄 자체는 그럭저럭 남아 있는 편이야. 옛날에 눈감아 준 휴만 같은 경우 말이다."

"헤에…… 네가 상대방을 눈감아주기도 한다는 건 금시초문인데?"

"사냥할 가치조차 없는 자들은 그날의 기분에 따라 눈감아주기도 한다. 뭐, 대충 그런 셈이야. 여기서 볼일을 보자마자 모래 물결, 그론트 할멈을 잡으러 갈 준비나 하자."

"OK. 바라던 바야."

"이제 슬슬 마을 하나가 나오는 걸로 안다만…… 어떻게 할 테냐, 소피아? 들렀다 갈까?"

"마을……."

"이 부근치고는 흔치 않게, 상당히 큰 규모의 마을인 모양이야. 모험가 길드의 지부까지 설치되어 있다더군. 빌로안 마을이라는 곳이다."

그 마을의 이름을 들은 순간, 소피아는 순간적으로 발걸음을 멈췄다가 곧 아무 일도 아니라는 듯이 앞으로 나아갔다.

"딱히…… 들를 필요는 없을 거야. 그보단 목적지에 관해 짚이는 데가 있어. 얼른 따라와."

"으, 음. 그런데, 넌 묘하게 길을 잘 아는 듯이 보이는군. 혹시 이 부근을 방문한 적이 있나?"

항상 마을로 가서 술 등을 조달하곤 하는 소피아가, 용건을 우선한다는 이유로 그냥 지나치려 하는 것은 꽤나 드문 경우였다. 더군다나 그녀가 묘하게 지금부터 갈 목적지에 관해 자세히 알고 있다는데 관해, 미츠루기는 고개를 갸웃거렸다.

"지금부터 통과하게 될 숲을 지나치다가, 등으로부터 손이 잔뜩 나 있던 징그러운 키메라를 잡은 적이 있을 뿐이야."

"등으로부터 손들이라…… 혹시 스펠 핸드 키메라라는 종륜가? 술사가 자신의 작업장을 지키는데 이용하는 마물로서는 최상위에 해당되는 녀석이다."

"아마 그럴 거야. 그땐 거의 죽을 뻔 했거든. 그렇군, 역시 그 작업장은 루토가 지은 거였나?"

“……작업장이라고? 가본 적 있단 말이냐?! 아니, 그보다 네가 거의 죽을 뻔 했다는 건 또 무슨 소리냐? 그 녀석은 강력한 마물이긴 하지만, 너를 고전시킬 정도는 아닐 텐데?”

“그땐 혼자였던 데다가, 나이가 어렸거든. 열둘…… 어라, 열세 살이었나……? 이젠 거의 기억조차 흐릿할 정도야.”

“오히려 용케 이긴 셈이군. 옛날부터 무모한 성격은 변함이 없다는 건가? 정말 터무니없군.”

“……응. 그러게. 그땐 꽤나 심하게 날뛴 편이니까, 지금 가봤자 폐허밖에 없을지도 몰라.”

“뭐, 밑져야 본전이다.”

“안내할게. 따라오기나 하셔.”

두 사람은 그 순간 이후로 그 화젯거리를 일단락 지었다.

소피아의 선언대로 마을을 지나친 다음, 농지의 옆길로 산기슭에 남아있던 숲으로 향했다.

“네가 키메라를 잡은 덕분에 저 마을의 주민들은 농지를 일굴 수 있었다는 건가?”

“옛날엔 이 근방까지 숲이었던 걸로 기억하니까, 아마 네 말이 맞을 거야.”

“하지만 전부 개척하기는 어려웠던 모양이군. 여기서부턴 숲이다. 마물의 기척까지 느껴져.”

“내가 발견했던 작업장은 이쪽 방향이야.”

소피아는 낮 시간부터 어둡고도 섬뜩한 숲속으로, 거리낌 없이 발걸음을 옮겼다.

와본 적이 있다는 이유로 그런 것은 아니었다.

어떤 적이 나오건, 전부 다 물리칠 수 있다.

그러한 자신감에 의해 자연스럽게 나온 행동이었다.

“여긴가 보군.”

“아마도, 그럴 거야. 나의 기억으로는, 이 부근이 작업장이었던 것 같아.”

두 사람은 그루터기 몇 개만 남아있을 뿐인, 아무것도 없이 탁 트인 장소까지 와서 발걸음을 멈췄다.

“아니, 대단한 기억력이다. 아직껏 결계가 살아있군. 뭔가 숨겨두고 있는 모양이야.”

“그렇구나. 너 혼자 처리할 수 있는 수준이야?”

“물론이다.”

“굳이 따라갈 필요까진 없다는 뜻이군. 유쾌한 물건이 나왔을 때만 알려주러 와.”

“……흠, 알겠다. 잠시만 기다려다오. 금방 돌아오마.”

미츠루기는 뭔가 영창을 읊더니 한동안 그 근방을 두리번거리다가, 순간적으로 멈춰 섰다. 그리고 거기 있던 투명한 입구 속으로 쑥 빠져 들어갔다.

“루토의 작업장. 나 자신이 시작된 장소야. 아하, 그러고 보니 그 아이……. 지금쯤 저 마을 자경단의 보스 노릇이라도 하고 있을까?”

미츠루기가 사라질 때까지 기다렸다가, 소피아는 그루터기 중 하나에 걸터앉았다.

울창한 숲이었지만, 태양빛은 여기까지도 그럭저럭 들이치고 있었다.

숲 바깥에 비해선 결코 밝은 편은 아니었으나, 주위를 경계하기 쉬울 뿐만 아니라 비교적 안전하게 머물 수 있는 장소라는 것은 틀림없었다. 소피아는 그런 장소에 터를 잡은 채로, 그녀치고는 정말 흔치 않게 먼 옛날의 기억을 떠올렸다.

부모의 얼굴조차 몰랐던 그녀가, 진짜 가족 대신 자신을 키워준 마을의 뜻에 따라 마물들과 싸우면서 성장하던 무렵의 일이었다.

옛날부터 그녀는 남들보다 훨씬 강력한 전투력을 지니고 있었다. 하지만 그 능력이 그녀의 운명을 크게 뒤틀어 버렸다.

모든 것은 그녀가 갓난아기였을 때부터 시작됐다. 그녀는 자신을 돌봐주던 성인 여성의 손목을 짓이겨 버렸다. 그 사건 이후로 소피아는 마을 사람들로부터 따돌림을 당하게 됐을 뿐만 아니라, 그 힘을 눈여겨본 어른들에게 마을의 수호자가 될 것을 명령받았다.

소피아는 마을을 공격해 오는 아인이나 마물들을, 모조리 물리쳤다. 이따금씩 큰 부상을 입는 경우가 없진 않았지만, 마을 사람들로부터는 응급조치 수준의 치료밖에 받을 수 없었다. 그러나 몸 자체는 며칠 정도의 휴식만으로도 대충 움직일 수 있을 만큼 빠르게 아물다 보니, 다시금 싸움터로 끌려 나갈 수밖에 없는 나날들이었다. 그녀는 명확하게 평범한 휴만이 아니었다.

마을 사람들은 아무도 소피아와 함께 싸우고자 하지 않았다. 따라서 그녀는 언제나 혼자였다. 하지만 그에 관해 굳이 따로 신경 쓴 적은 없었다.

마을 사람들은 소피아가 실수로 놓친 잔챙이 마물을 상대로도 인해전술을 동원해야 했다. 그녀는 그러한 힘의 차이에 관해 특별히 신경 쓰지 않았다.

언제부턴가 소피아는, 자신의 힘을 휴만이 아닌 이형(異形)의 존재가 지니는 부정적인 힘으로 여겼다. 그리고 자신을 키워준 마을의 힘이 될 수 있다는데 겨우 삶의 의의를 두게 됐다.

그러던 어느 날, 한 소년이 소피아와 함께 싸우기 시작했다.

"그 아이의 이름은, 뭐였더라……? 기억이 잘 안 나……."

그는 마을을 통틀어 둘 째 가라면 서러워 할 부농 가문의 막내였다.

그 또한 다른 마을 사람들과 분명하게 구별되는 전투 적성을 지닌 소년이었다.

그가 열 살쯤 되는 나이로 성장할 무렵엔, 별반 강한 마물들이 살지 않는 이 마을 주변을 통틀어 소피아와 그를 막을 수 있는 이들 자체가 온데간데없이 자취를 감출 정도였다.

소피아는 자신을 두려워하기는커녕 순수한 존경심을 보이는 그에게 이따금씩 태어나서 처음으로 따스한 감정을 느끼던 참이었지만…….

"틀렸어, 전혀 기억이 안 나. ……뭐, 큰 상관은 없나? 지금의 난 미란다 브루거가 아니니까."

어느 날, 미란다라고 불리던 당시의 그녀는 숲을 개척하기 위한 정찰 임무를 명령받았다.

숲속을 터무니없이 위험한 생물이 나돌아 다니고 있다는 사실을 직감적으로 감지한 그날의 소피아는, 자신을 따라다니던 그 소년을 따돌렸다. 그리고 혼자서 숲속을 조사하러 갔다. 그러나 따돌린 줄 알았던 그 소년은, 오히려 소피아를 앞질러 그녀가 지나려던 길에 숨어 있었다. 그에게 당장 돌아가라는 말은 통하지 않았다. 그녀는 결국, 그를 데리고 갈 수밖에 없었다.

그때까지 한 조사로는 멀리서 불길한 낌새를 느꼈을 뿐인데다가 특별히 위험한 상대와 맞닥뜨린 적은 없었기 때문에, 그날 밤의 그녀는 약간 방심하고 말았다.

소년과 함께 있을 때마다 느끼던, 따스한 감정에 몸을 맡긴 결과였다.

그리고 만나버린 것이다.

방금 그녀가 미츠루기에게 설명했던 키메라와 맞닥뜨리고 말았다.

소년은 키메라의 첫 공격을 당하자마자 정신을 잃었다. 지금껏 물리쳤던 상대들과 뚜렷하게 차원이 다른 적을 만난 소피아는, 소년을 지키기 위해 죽을힘을 다해 싸우다가…… 누군가의 목소리를 들었다. 숲속으로부터, 자신에게만 들리는 듯한 목소리가 울려 왔다.

목소리의 명에 따라 몸속의 힘을 해방시킨 소피아는 자신의 본질을 깨닫기 시작한 머리로 눈앞의 키메라를 찢어발겼다.

한창 키메라를 난도질하던 그녀는 눈앞의 마물을 잔챙이로 느꼈다.

강적으로 알고 있던 키메라를, 방금 전까진 분명히 고전을 면치 못 하던 마물을 약하게 느낀 것이다. 그만큼이나 엄청난 힘이 소피아의 몸속으로부터 솟아 나왔다.

그다지 긴 시간을 들일 필요조차 없이 키메라는 말없는 고깃덩어리로 전락하고 말았다.

전투가 끝나자마자, 미란다 브루거는 자기 자신에 관해 깨달았다.

깨닫고 말았다.

변경의 시골 촌구석에 버려진 흔하디흔한 고아들 가운데 하나였다면, 자신은 얼마나 행복했을까? 자기도 모르게 그런 질문을 스스로에게 던질 만큼, 그녀의 본질은 기구하기 짝이 없었다.

그녀는 웃음을 터뜨렸다.

자신에게 주어진 힘에 관해 뭔가 특별한, 선택받은 영웅의 증거일지도 모른다는 식의 망상을 떠올리던 과거의 자기 자신이 너무나 우스꽝스럽게 느껴졌기 때문이다.

"……나는 선택받은 영웅 따위가 아니었어. 보는 관점에 따라선 특별, 아니, 특수하긴 한가? 머릿속의 기억에 따라 숲속으로 들어가 보니, 작업장의 흔적이 남아 있더군. 거기서 나는 자기 자신의 진짜 이름까지 알게 된 거야."

소피아—.

그것은 그녀의 이름이 아니었다.

거기에 남아 있던 것은 그녀의 이름이 아니라, 식별용 번호라고 불러야 할 하나의 기호였다.

소피아는, 작업장을 관리하던 책임자의 이름이었다.

그날까지 미란다 브루거라는 이름으로 불리던 소녀는, 웃는 얼굴로 울다가 소피아라는 이름을 자기 자신에게 아로새겼다. 최소한, 스스로를 더 이상 「미란다」로 여길 수가 없었던 탓이다.

"만색의 루토—. 이 작업장을 지은 장본인이자, 나에게 주어진 힘의 근원이나 다름없는 존재. 그 이름만을 역사에 새긴, 상위 용들의 우두머리. 그때부터 내 인생의 목적은, 너를 잡아먹는 것뿐이야. 그리고 지금의 나에게 주어진 목적은 이미 너조차 초월한 머나먼 저편……. 조금만 기다려. 그론트와 신을 먹어치운 나는, 머지않아 너한테 다다르고야 말 테니까…….”

당시의 소피아는 작업장의 상당 부분을 파손시켰다. 그로 인해 소실된 자료의 숫자는 결코 적지 않을 것이다. 따라서 지금 여기에 중요한 자료가 남아있을 가능성은 거의 없었다.

하지만 미츠루기는 「밑져야 본전」이라고 말했다. 만약 당시의 일로 트집을 잡힐 경우, 간단한 사과 한 마디 정도로 족하리라는 것이 소피아의 예상이었다.

두 사람은 틀림없이 파트너라 불릴 만큼 같은 시간을 공유하고 있을 뿐만 아니라 목적까지 완전히 일치된 사이였으나, 결코 친구 같은 관계는 아니었다.

어디까지나 이해관계가 일치된 것뿐이다.

오직 그것만이, 소피아와 미츠루기를 이어주는 단 하나의 가냘픈 끈이었다.

따라서 그때나 지금이나 그녀는 마찬가지로 고독한 몸이었다.

그녀는 지금껏 자신의 마음을 아무한테도 열지 않았다.

“어라? 그러고 보니 그 남자아이와 나는…… 어떻게 헤어졌더라? 걔는 키메라의 공격을 받고도 죽지 않았던 걸로 기억하는데…… 끄응…….”

유일하게 그녀와 마음을 나눌 가능성을 지니고 있던 소년과 공유하던 기억 또한, 이젠 거의 심리 작용의 표면으로 불러올 수 없을 만큼 희석되고 말았다.

드래곤 슬레이어 소피아는 이 세상의 그 누구하고도 마음을 트는 일 없이, 고독한 가운데 자신의 경이적인 능력을 갈고닦아 어둡기 그지없는 소망을 이루고자 오로지 앞으로만 나아간다.

장애물들을 모조리 도륙하고야 마는 그녀는, 베어 버린 상대에 관해선 거의 기억하지 않는다.

단 한 사람—.

스스로가 참패한 상대로 인식하고 있는 정체불명의 사나이, 자칭 술사인 라이도우 말고는—.

"후우, 아무튼 좋아. 어차피 당분간은 상위 용 사냥과 라이도우를 죽이는 것만이 최우선 사항이거든. 그나저나, 이제 슬슬 미츠루기가 쓸 만한 물건들을 거두어 올 시간……이군."

정확히 그 순간, 미츠루기가 얼굴을 보였다.

"소피아, 정말 어이가 없을 만큼 쑥대밭을 만들어 놨더군! 그 덕분에 쓸데없는 수고를 들여야 했단 말이다!"

"진짜 미안. 그땐 정말 너무 어렸거든."

"……일단 최소한의 단서조차 못 찾은 건 아니니, 결과 자체는 나쁘지 않은 편이었다."

"과연 미츠루기야. 이제 잽싸게 그론트를 잡을 준비나 하러 갈까?"

"잠깐. 그보다 먼저 그 녀석들의 소집에 응해야 할 것 같다. 아마도 거절하기 힘든 건이로군."

"……그렇단 말이지? 그 녀석들한텐 지금껏 상당히 큰 빚을 진 이상, 갈 수밖에 없어."

"마지막 남은 의리라는 거로군. 혹시 모르는 거 아닌가? 저 녀석들이나 휴만들과 엮이다가, 경우에 따라선 느닷없이 라이도우와 맞닥뜨릴 수도 있지 않겠나?"

"후후, 개인적으론 그러길 바라던 참이야. 좋아. 어느 쪽이 될지는 알 길이 없지만, 용사하고도 놀 기회가 있을지도 몰라. 아마도 간단히 몸 정돈 풀 수 있을 거야."

"믿음직스럽군. 아무튼 출발하자."

"응."

소피아는 자신의 과거가 남아있던 그 숲에 관해선, 결국 마지막까지 아무런 미련조차 보이지 않았다. 미츠루기와 의미심장한 대화를 나누던 그녀는, 어느 틈엔가 귀신 같이 자취를 감췄다.

이제 곧 가을을 맞이하는 학원 도시가, 학원제를 앞둔 무렵이었다.

일찍이 라이도우와 결전을 치렀던 드래곤 슬레이어 또한, 자신의 힘을 비축하고 있었다.

달이 이끄는 이세계 여행 8.5

1판 1쇄 발행 2022년 1월 10일
1판 2쇄 발행 2022년 4월 8일

지은이_ Kei Azumi
일러스트_ Mitsuaki Matsumoto
옮긴이_ 정금택

발행인_ 신현호
편집장_ 김승신
편집진행_ 권세라 · 최혁수 · 김경민 · 최정민
편집디자인_ 양우연
관리 · 영업_ 김민원

펴낸곳_ (주)디앤씨미디어
등록_ 2002년 4월 25일 제20-260호
주소_ 서울시 구로구 디지털로 26길 111 JnK디지털타워 503호
전화_ 02-333-2513(대표)
팩시밀리_ 02-333-2514
이메일_ lnovellove@naver.com
L노벨 공식 카페_ http://cafe.naver.com/lnovel11

ISBN 979-11-278-6314-2 04830
ISBN 979-11-278-4112-6 (세트)

값 9,500원